・コトリバコ

Sin-Ark

KOTORIBAKO

[原案] まだら牛

[著] 手代木正太郎

[イラスト] ヨタロー

テロリストグループ〝Z〟
遺伝子改造
人権侵害
麻薬中毒
環境汚染
過剰な富
貧困
人体実験

穢土《エド》ソバカリ
武古熊《タケフルクマ》
日置《ヘキ》カツラ
イザナミ課長
卜部《ウラベ》ワカヒコ
神功《ジングウ》オキナガ
特務部隊〝異形厄災霊査課（イヤサカ）〟

Sin-Ark
KOTORIBAKO

「目次」

CONTENTS

【プロローグ】

生まれた赤ん坊は、手も足も骨もないヒルコでした。

お父さんとお母さんは「この子はよくない子だ」と言って、ヒルコを葦船《あしぶね》に乗せて海へと流しました。

流されていると、ヒルコの葦船は、ノアとたくさんの動物の乗った箱船とすれ違いました。

ノアはヒルコの葦船を見て「世界から捨てられたヒルコが流されている」と思い、ヒルコもまた、ノアの箱船を見て「世界から捨てられたヒルコが流されている」と同じことを思いました。

さあ、ここで問題です。ボクたちの乗っているのは、葦船と箱船——どちらの船でしょうか？


——ああ、箱船が見えたよ。

子供たちは、その建物を指さして歓声をあげた。

おりしも黎明の太陽が海原を輝かせ始めた頃である。

島根県沖——荒々しい日本海の波間に、忽然と屹立《きつりつ》する立方体の建造物が見えた。つい五分前までは、そんなものは見えなかった。八人の子供たちの乗ったプレジャーボートが、その建物の五キロ圏内に入った途端、突如、空間から滲《にじ》むように姿を現したのだ。

建物は、高度な結界呪術によって隠形《ステルス》され、肉眼のみならず、いかなるセンサーやレーダーにも認識できぬようになっていたのである。建物の姿が見えたということは、ボートが無事に結界内へ侵入できたということだ。

絶海に浮かぶ立方体の建物は、文字通り〝箱〟の〝船〟と呼ぶにふさわしい。

だが、見た目に限らず、その建物は八人の子供たちにとって本当の意味で箱船だ。

八人の子供たちは八人とも、この世界のルール——大人の定めたルールの内では生きられぬ子供たちだった。

持って生まれた個性ゆえ、彼や彼女らは、ただ大人の世界の中にいるだけで、脅威であり、害悪であり、秩序を破壊してしまう存在だった。だから疎まれ、蔑まれ、恐れられ、嫌悪され、大人の世界から捨てられた。子供たちは己を捨てた世界を憎み、大人たちへ復讐を繰り返す、恐るべき不良児となっていた。

だけど、それも今日までだ。

今日、子供たちは、波の向こうに見える箱船に乗って、自分を捨てた世界の外側へと出ていく。大人たちのルールで、すっかりダメになってしまったこの世界——静かに壊れていくだけの世界から出ていくのだ。

疎まれることも、蔑まれることも、恐れられることも、嫌われることもない、子供だけの新世界へ……！

「だけど、その前に奪わなくちゃね」

ひとりの子供が、二キロほど先まで迫った建物を眺めながら、楽しげに言った。

まだ、箱船は子供たちのものではない。大人たちのものなのだ。

「ああ、奪おう」

子供たちは顔を見合わせ、このあとにおこなう壮大ないたずらを思い、ニカッと笑う。皆、いい顔をしていた。

「箱船の大人たちを皆殺しにしよう！」

「ああ、皆殺しにしよう！」

――二〇××年七月七日早朝。国際的少年テログループ〝Z〟の八八《ハチハチ》式研究所での大虐殺は、こうして幕を開けたのである。


研究所内に轟然《ごうぜん》と爆音が鳴り響き、警備員は一階へ駆けた。

熱センサーが火災を感知し、けたたましい警報を所内に鳴り響かせている。滞在する数十人の研究員たちは、にわかに起こった変事に浮足立っていた。

十五分前、施設の管理システムが障害を起こしている。ハードの故障、外部からのサーバー攻撃、様々な要因が考えられ、迅速な原因究明と復旧のため、すでに専門のエンジニアが一階サーバールームへと向かっていた。

そんなおり立て続けに起こった爆発音である。

音は、サーバールームのある一階から聞こえた。防犯カメラのモニターは、システム障害直前の映像を映したまま硬直していた。一階で何が起きているのかモニターごしには窺《うかが》うことができない。エンジニアとも通信が途絶えていた。

（何が起こっているんだ……？）

一階に到着すると、照明が消え、非常誘導灯のみが灯っていた。消火装置が作動し、完全絶縁性消火薬液のミストが噴出されている。もうもうと蒸気が非常誘導灯の緑色の光に揺曳《ようえい》するばかりで、火の手はすでになかった。

エンジニアの安全と、爆音の原因を確認するため、警備員は懐中電灯で足元を照らしながら慎重に廊下を進む。

床を照らす懐中電灯の円いライトが、黒い人型のものへ当たった。それがなんであるか理解したとき、警備員は「ひっ」と声をあげた。

——炭化した人間であった。

「な、なんだこれは……!?」

慄然と声を絞りだしたとき、ミストの向こう側に朦朧と浮き上がるものがあった。

——子供である。

燃え盛る炎を思わせる見事な赤毛の少年が、いつの間にか炭化死体を挟んで、警備員の真正面に佇んでいたのだ。

「君は……」

――誰だ？　と、尋ねようとして警備員は言葉を引っ込める。

少年の形相があまりにも凄まじかったからだ。

さかしまに裂けた双眸《そうぼう》は三白眼で、爛々《らんらん》と熾火《おきび》のごとく輝いている。眉間《みけん》には、激しい怒気を表してくっきりと深い皺が刻まれていた。僅かに開いた口の中には、のこぎりさながらの鋭い乱杭歯《らんぐいば》が並んでいる。

修羅とか鬼とか呼ばれる存在のみが持ち得る貌《かお》であった。

少年の口より噴煙を思わせる吐息が漏れる。

途端、その身が、ぼうっ、と内側より滲むように赤く発光した。高熱で溶解した鉄を思わせる赤だった。いや、思わせる、ではない。警備員は、ひりつくように強烈な熱気を肌に感じていた。本当に少年は超高温に発熱していたのである。

少年の小さな体が、膨張したかと見えた次の瞬間、バックドラフト現象にも似た凄まじい業火が、少年の口腔より爆発的に噴射された。

「ぎゃあああああっ！」

爆炎に呑み込まれた警備員の肉体が、絶叫を迸《ほとばし》らせながら、見る間に消し炭と化していった。

火災を知らせる警報に、研究所の職員たちは、研究室から廊下へと飛びだした。

――何者かが八八式研究所を襲撃している……!?

高度な結界術によって〝隠れ里化〟された八八式研究所は、部外者が侵入できないことはもちろんのこと、いかなる物理的・霊的手段を用いても感知することは不可能なはずだ。そもそも神祇省《じんぎしょう》最高機密施設であるこの研究所の存在自体、誰がどんな方法で知り得たというのだろう？

もし施設の存在が知られたならば、最悪、機密保持のために施設爆破という決断がくだされる可能性があった。早急に脱出できるよう、全職員はヘリポートとなっている屋上へと避難を開始していた。

惨劇はまず三階で起こった。

五人の職員が屋上へ向かうため階段室へと駆けていた。先頭のひとりが、階段室へ踏み込んだときである。

――タタタタタッ！

軽快な射撃音とともに、先頭の職員の身が躍った。血を噴き上げてぶっ倒れる。

「なっ……!?」

後続の四人が急停止する。

彼らの足元に倒れた職員は、額、首、胸、腹に弾痕を穿《うが》たれ、即死していた。

――ジジジ……。

階段室の天井隅に設置されている監視カメラが、唖然とする四人の職員へと向いた。カメラには監視迎撃システムの小型機関銃が付属されている。

「やばいっ！」

咄嗟に飛び退いたのは三人。遅れたひとりを――。

――タタタタッ！

機関銃が蜂の巣にした。

瞬く間に床に転がったふたつの屍《しかばね》を驚愕の眼差しで見つめる職員たち。

「監視迎撃システムが乗っ取られている……？」

「階段は使えない！　エレベーターだ！」

非常時にはエレベーターを使用すべきではないのだが、この場合、仕方がなかった。三人は廊下を駆け戻り、ちょうど停止していたエレベーターへと乗り込む。

最上階へのボタンを押して、扉を閉める。間を置かずエレベーターが上昇し始めた。と、ここでふいに職員のひとりが妙な声をあげた。

「げっ」

声をあげた職員の頸《くび》から盛大に鮮血が噴き上がった。天井が、壁が、床が、エレベーターミラーが、瞬く間に赤く染まっていく。狭いエレベーター内を血塗《ちまみ》れにしながら、職員は糸の切れた操り人形のようにくずおれた。

「く、頸を切られているぞ！　頸が！　頸……うっ！」

ここまで叫んで、またべつの男が自らの胸を押さえた。

「うう……うううぅ……」

呻《うめ》いてしゃがみ込んだその手の間から血が滲んでいる。

「さ、刺された……胸……」

と、言い残し、しゃがみ込んだ姿勢のまま、男は硬直して果てた。

残された職員は恐怖の極致の中、立ち尽くしている。出口のない狭いエレベーター内で、同僚が立て続けに殺された。だが、凶行に及んだ襲撃者の姿はどこにも見えないのだ。まるで透明な刃にでも襲われたかのように……！

ふと、ここで男はエレベーター内に設置されている鏡に目がいく。

——ゾッとした。

鏡面のエレベーターの隅に少女がひとり立っていたのだ。

エプロンドレスを着た愛らしい女の子である。ピンク色に染めた髪につけたリボンがウサギの耳のように揺れていた。黄色のリュックサックを背負い、手には、血に濡れたカランビットナイフが握られている。

同僚ふたりを手にかけたのは、間違いなくこの少女だった。

男は、鏡面から目を離し、少女のいるであろう位置を振り返る。しかし、そこには誰もいなかった。もう一度、鏡を見る。鏡の中には少女がいた。また、少女のいる場所を見る。いない。鏡を見る。いる。振り返る。いない。

——少女は鏡の中だけにいた。

鏡面の内の少女が、ニーッ、とよこしまな笑みを浮かべ、ナイフを振り上げる。

それが己の顔面に突き立てられる前に、男は正気を失っていた……。

施設のべつの場所では、さらなる地獄絵図が展開されていた。

十数人の職員たちが悲鳴をあげながら廊下を駆けている。彼や彼女らは、自分たちを追い立てる〝獣〟から逃げていた。

当初、彼や彼女らも警報を耳にし、屋上へ避難しようとしていたのだが、その最中に突如〝獣〟が出現し、同僚を引き裂き、殴り潰し、噛み殺し始めたのだ。

「ライオンだ！」と叫ぶ者もいたし、「ヒョウだ！」と口走る者もいた。中には「スフィンクス」「マンティコア」などと伝説上の魔獣の名を口にする者すらいた。

剽悍《ひょうかん》に動き回り、絶えず殺戮《さつりく》を続ける〝獣〟の姿をじっくりと観察できた者などひとりもいなかったのだ。

ただ〝獣〟を目撃した全員に共通する印象があった。

——美しい少女の顔をした〝獣〟だった……。

パニック状態になった職員たちは、もはや屋上へ避難などという理性的な行動は取れなくなっていた。ただ、自分たちを狩り立てる〝獣〟から少しでも遠くに逃げようと無我夢中で施設内を走り回っていたのである。

十数人いたはずの職員が、いつしか三人に減っていた。

背後から迫りくる〝獣〟の気配もまた消えていた。三人は〝獣〟をまくことに成功したのだ。

ほっ、と胸を撫でおろし、荒い息を整えたときである。

　ふと、甘い匂いがした。

　酒のような、薬品のような、お香のような、不思議な香りである。

　なんの匂いだろう、と三人は、くんくんと鼻を鳴らして匂いを嗅いだ。と——。

「げげっ……！」

　突如、呼吸が困難になった。咽喉の筋肉が痺れたような感覚である。

　指先が震えた。全身が痙攣を始めた。激しい眩暈《めまい》と吐き気がする。

　匂いの正体が毒性のガスであると気づいたときにはもう遅かった。もはや立っていることができなくなり、失禁しながら芋虫のごとく床をのたうち回っていた。

　カチャ、カチャ、と廊下の先よりガラスの打ち合う音が近づいてくる。

　病的なまでに肌が青白く、骸骨のように痩せた少年だった。頭髪をパンキッシュに逆立てている。カチャカチャ鳴る音は、彼のショルダーバッグに詰め込まれた薬瓶同士がかち合う音だった。

　致死性のガスに悶絶する職員たちの中を、蹌踉《そうろう》と歩む少年は、その骸骨然とした姿から、西洋の死神を思わせた。

　目は、虚ろで、足元に倒れた職員たちのことなど見てはいない。

　ただ幽鬼のごとき足取りで、みっつの屍の傍らを通過するだけだった……。

――炎を吐く赤毛の少年。

――鏡の内に潜むエプロンドレスの女の子。

――美しい少女の顔をした獣。

――毒ガスを発散する痩躯《そうく》の少年。

殺戮者たちは、皆、十歳ほどの子供であり、全員が常識では理解の及ばぬ妖しい能力を用いる魔少年魔少女たちであった。

炭化した焼死体が、頸をかき切られた失血死体が、引き裂かれ叩き潰された惨殺体が、目をむき泡を吐く窒息死体が、施設のあちこちに転がり、恐怖と断末魔の悲鳴や絶叫が未だ鳴りやまず響き続けた。

その阿鼻叫喚の坩堝《るつぼ》を、白衣をひるがえし悠然と進む少年がいる。

利発げな顔立ちは、美少年と言って差し支えない。瞳の色が左右で違う。右目が赤く、左目が青い。手には一台のタブレット端末を抱えている。

目をそむけたくなるような屍の散乱する廊下を、少年は眉ひとつ歪めず、口元に微笑すら湛《たた》えて進んでいた。

やがて少年が辿り着いたのは、『所長室』というプレートの嵌《は》められた部屋である。

「待て！」

黒服の男が三人、少年の背後から現れた。黒服の上からでもわかるほど屈強な肉体をしている。手には、先端に二対の金属棘《きんぞくきょく》がついた銃器状の兵器を握り、構えていた。バチバチと青白い火花を散らしている。

——非殺傷電撃銃【雷電《ライデン》】。

伊勢神領警備の神宮衛士《えじ》などが装備し、電気ショックにより標的に筋肉麻痺を生じさせる非殺傷兵器だが、御霊値をあげれば十分に対象を感電死させられる。

少年は苛立たしいほどゆっくりと三人の黒服を振り返った。

「なるほど、所長を護衛するプロのガードマンというわけですか……」

笛のようなソプラノボイスは、小癪《こしゃく》なまでの丁寧口調である。

「さて、どの実験にしましょうか……」

少年は余裕しゃくしゃくといった動作でタブレットをタップする。

「動くなと言ったろう！　撃つぞ！」

本来ならば、警告などせずに即座に撃っても構わなかった。すぐに撃たぬのは、やはり相手が年端もいかぬ少年だからだろう。

「よし。この実験にしよう」

ポンッ、と少年が指先でタブレットを叩く。ぼう、とタブレットが妖しい燐光を放ったと見るや——。

「うっ！」

突如、黒服三人は、鼓膜を突き破るような強烈な耳鳴りと頭痛にみまわれた。

「うっ……がはっ……！」

ガタガタと筋肉質な肉体が痙攣したかと思うと、風船のように膨張した。血管が網の目状に浮き上がる。破裂するように顔中の穴という穴から血が噴きだしたかと思うと、三人の黒服は、どっ、と床へくずおれた。

「どうです？　真空に投げ込まれた気分は？」

亡骸に一瞥《いちべつ》をくれると、少年は改めてドアノブを回し、所長室の戸を開ける。

さほど広くない室内にはマホガニーの机があった。高級そうなレザーチェアにひとりの中年男性が腰かけていた。

「来たね」

中年男性の声は、少年が来るのを予想していたかのように落ち着いていた。

少年は作り物みたいに整った顔に、冷たい微笑を浮かべる。

「あなたがこの施設の所長さんですね？」

「いかにも」

と、頷いた中年男性は、何か箱状のものをいじくっていた。

寄木細工のからくり箱である。古めかしいが、色味の異なる木材を組み合わせた幾何学模様が美しい。男の手の中で、スライドされたり、ひねり回されたりしながら、箱が絶えず形を変えていた。まるで木製のルービックキューブのようだった。

「あなたは逃げないのですか？」

「逃げる？　なぜかね？」

「ボクらに殺されるからですよ」

さらりと少年は言った。

「……怖いな」

と、呟いた所長だが、言葉とは裏腹に微笑していた。不可解なまでの落ち着きようである。

「君たちは〝Z〟だね？」

「へえ、ボクらを知っているのですね」

「十歳以下の少年少女で構成されたテロリストチーム。全員が怪異的異能を備え、世界各地でテロ行為を繰り返している。君は〝人体実験〟かな？」

自身のコードネームを言い当てられ、少年は僅かに驚きを見せる。

所長は、その驚きをからかうように――。

「知っているさ、君たちは世界的な有名人だからね」

少年――〝人体実験〟は反発心を覚えたのか、やや挑戦的に言う。

「あなたが――いいや、この国の大人たちが、この施設で何をしようとしていたのか、ボクたちはもうすっかり調べつくしていますよ」

「ほお、それはなんだね？」

「――核兵器の製造でしょう？」

ずばり〝人体実験〟は言った。

「超高度な隠形結界《ステルス》を張っているのも納得ですね。建前とはいえ、この国は『持たず、作らず、持ち込ませず』の非核三原則を謳っています。『持ち込む』どころか製造しているなんてことが知られれば、核アレルギーの強い国民が騒ぎだす――だけではなく国際社会での評価にも大きく影響しますからね」

「だから隠していると？　おかしなことを言うね」

所長の涼しげな顔には、毛ほどの動揺もなかった。

「存在を知られない核兵器になんてなんの意味もないよ。核は使用するものではなく抑止力だからね。むしろ知られたほうがよい。ああ、いや、それは違うな」と、ここで少し言い直す。「塩梅《あんばい》だ。製造しているかもしれない。持っているかもしれない。核というものは、そう絶妙に匂わせておくのが肝要だ」

「くだらない駆け引きですね」

〝人体実験〟は所長の言葉を切って捨てた。

「あなたの今語ったことは、大人のルールでの、くだらない駆け引きゲームに過ぎません。そんなルールで本当に国は……世界は平和になるのですか？」

「君なら、世界を平和にできると？」

「まさか。世界を平和にできるルールなんてあるものですか。ボクらは、ただ大人の作ったくだらないルールの巻き添えを食らいたくないだけですよ。ボクらは、ボクらのルールで、もっと面白いゲームを楽しんでいたいだけです」

「なるほど、なるほど。君たちのテロは、ゲームというわけか」

所長は納得げに幾度も頷く。子供のいたずらに理解ある大人とでもいった風に。

「では、この研究所を襲撃したのもゲームの一環だね？」

「そういうことです。ですが、今回は国造りのゲームです」

「国造り？」

「この八八式研究所には、潜航能力がありますね？　製造した核弾頭を搭載したこの施設は、そのまま弾道ミサイル搭載潜水艦へと変わる」

「………」

「ボクらは、この完全な隠形結界を持ち、世界のどこへでも潜航できる八八式研究所をボクらだけの独立国家とするつもりです。核武装したボクらの国家へ大人たちは迂闊《うかつ》に手を出すことができない。大人たちのルールの完全に外側、大人たちに干渉されることのないボクら子供だけの独立国家――新世界へ向かう箱船になる……」

陶酔した表情で語る〝人体実験〟を所長は眺める。

やがて、所長は笑いを堪《こら》えるように肩を揺らし始めた。

「フフフ……。この施設を国家にか。箱船というより、それは箱庭だな」

「幼稚な夢だと笑いますか？」

「いや、そうではないよ。私はね、どれほど荒唐無稽でも、子供の語る夢だけは笑わぬことに決めているのだ。夢を笑う者は、停滞し、衰退するものだからね。ただ君があまりに大きな勘違いをしているもので……それがおかしくてね」

「勘違い？」

「君は先ほど、核武装したこの研究所を不可侵の独立国家にすると言ったね？　残念ながら、それは不可能だよ」

所長は一度腰を上げて、レザーチェアに深く座り直す。手では相変わらず木箱をいじくり続けていた。

「今さら核など持ったところで、抑止力にはならぬのだよ。近年のミサイル迎撃システムの発達は著しい。核開発において大きく出遅れている日本国が、一発や二発の核を所有したところで、脅威とは見なされないだろう。それこそ国内外からの反発を招くだけだ。核ではダメだ。核では国を守れない」

このとき、凡庸な顔の所長の瞳の奥に、ギラついた何かが生まれた。

「国を守り得るのは――もっとべつのものだ……」

カチリと音がした。所長の手の中で、からくり箱の全手順が終了したのである。

ゆっくりと寄木細工の箱の蓋が開かれていく。

にいっ、と凄絶な笑みに顔貌を歪め、所長は謎の言葉を口にした。

「――〝ハッカイのコトリバコ〟」

途端、寄木細工の箱より、何か目に見えぬ波動が迸った。空間そのものに波紋を描いたその波動は〝人体実験〟の皮膚をビリリと刺激しながら、駆け抜ける。

「うっ！」と〝人体実験〟は強烈な眩暈と不快感に襲われ、額を押さえて床に片膝をついた。

（――呪詛《じゅそ》……!?）

波動は呪力を帯びていた。先ほどまで所長のいじくっていた箱は呪具に違いない。

（――ボクを油断させ、呪具を使用するタイミングを見計らっていた!?）

それにしてはあまりに微弱な呪力であった。

気分を悪くする程度の効果しか及ぼせていない。0距離で発動されたならばともかく、こんなに弱い呪力では〝人体実験〟を呪殺することすら不可能であろう。

眩暈が治まり、顔を上げると、所長がマホガニーの机に突っ伏していた。

先ほどまで掴んでいた寄木細工の箱が、机上に転がっている。横に倒れて箱の中身が零《こぼ》れていた。干からびて黒く変色したそれは、手のひらよりも小さな動物のミイラのように思われた。

（やはり呪詛……。動物の死体を用いているところから見るに蠱術《こじゅつ》の一種か……）

〝人体実験〟は、机に突っ伏す所長を警戒し、身構え続ける。が、いっこうに動きだす気配がない。いいや、ぴくりとも動かない。

「まさか……死んでいるのですか……？」

呆然とそう呟いたあと、笑いが込み上げてきた。

なんてことはない。所長は箱状の呪具を用いて〝人体実験〟を呪殺しようとしたが、失敗し、逆に直接呪具に触れていた自分自身が死んでしまったのだ。呪具の扱いに不慣れな素人が起こしがちな事故である。

「間抜けな大人ですね」

〝人体実験〟は所長へ歩み寄りその身に触れた。そこで違和感を覚える。

「おや……？」

触診でもするように所長の頬や額を触り、続いて腕、衣服に手を突っ込み胸や肩を探る。そして、驚倒すべき事実に気がついた。

「人形……？」

骨格から皮膚、毛穴に至るまでおそろしく精巧に作られた人形であった。少年が〝人体実験〟というコードネーム通り、人体に精通した人間でなければ気づき得なかっただろう。

「どういうことですか……？」

ここで、ふと、あることに気がつく。周囲の——おそらく八八式研究所内の空気が、明らかに重苦しく変質していた……。

◆◆◆◆

微《かす》かに残る眩暈に身をふらつかせながら所長室を出ると、廊下にひとりの少年が待っていた。ひょろりと痩せた十歳ほどの少年だった。髪を金色に染めて、どこか小生意気な雰囲気がある。

「ああ〝過剰な富〟か」

〝人体実験〟はその少年をコードネームで呼んだ。

「〝貧困〟もいるよ」

〝過剰な富〟は、自分の背後に隠れた少女へ目をやる。

幼稚園をやっと出たぐらいの女の子だ。小型犬のように小さく、伸びっぱなしにされたボサボサ髪が、小さな体を丸ごと覆っている。おどおどと身を縮こまらせていて、前髪の間から覗く表情には、苛立たしいまでの怯えと卑屈さがあった。

「どうしたの？　顔色が悪いよ」

〝人体実験〟の青ざめた顔を見て〝過剰な富〟が言った。

「……呪詛にあてられたようです」

「えっ！　じゅそ……!?」

女の子――〝貧困〟が怯えた声をあげた。

「まあ、休めば回復するでしょう。それより片付きましたか？」

この問いに〝過剰な富〟が答えた。

「〝あの子〟が施設内の監視システムで調べたけど、ボクら以外の生体反応はすべて途絶えているってさ。ボクらは、この施設の大人たちを皆殺しにできたんだ」

「〝あの子〟は順調に、施設のシステムを奪取できているのですか？」

「すべてのパスワードを解読し、セキュリティも全部破ってる。もう、この施設のネットワークの隅々まで〝あの子〟は侵入できているよ。ボクらは、ようやく箱船を手に入れたんだ」

「核兵器は？」

こう〝人体実験〟が尋ねた途端に〝過剰な富〟の顔が曇った。

「それが……見つからないんだよ……。今、みんなで探してるんだけどね。どこにあるのか、まだわからないんだ……」

「〝あの子〟はネットワークの隅々まで侵入できているのでしょう？　それでも見つからないというのですか？」

「そもそも核兵器に関するデータ自体を見つけることができないんだって」

「なんだって……？」

――おかしい……。

〝人体実験〟は口元に手を持っていき、考え込んだ。

ハッ、と先ほど所長と交した会話の内容を思いだす。

（――君があまりに大きな勘違いをしているもので……それがおかしくてね）

自分たちのしていた勘違いとは、なんだったのか？

もしや、この施設で核兵器を製造しているということ自体が勘違いだったのではないだろうか？

（――核では国を守れない。国を守り得るのは――もっとべつのものだ……）

八八式研究所が作っていたのは、核兵器ではなく、べつの何か……？

所長は人間ではなく、人形だった。おそらくロボットとか、そういうものではない。呪術的な方法で動かされた式神人形のようなもの……。

所長が使用した箱状の呪具も気になる。呪力が不可解なまでに弱かった。だが、あの箱の呪力が発動されて以降、施設全体の空気が明らかに重く、陰湿なものへと変貌した。あれは〝人体実験〟を呪殺するためではなく、もっとべつの目的で使用されたのではなかろうか……？

「え、ええか……？」

控えめな声がした。

〝貧困〟が、前髪の間からおどおどした眼差しを〝人体実験〟へ向けている。

「さ、さっきやけど……ま、〝麻薬中毒〟が……、急に神憑《かみがか》りしはって……」

「神憑り？」

〝麻薬中毒〟とは、毒ガスを発散していた死神少年のコードネームである。

彼は家系的に霊媒の才能を持っており、薬物によるトリップ状態の中、たびたび神霊に入り込まれ、トランス状態に陥る。

「いつになってももとに戻らへんの……。それで、ずっとけったいなこと……口走ってはって……」

「けったいなこと？」

神憑り状態の〝麻薬中毒〟が語る言葉は、神霊の言葉——すなわち神託である。どれだけけったいに聞こえても、耳を傾けるべきであった。

「…………」

女の子は、一度黙ると、躊躇《ためら》いがちにこう言った。

「——みんな死ぬ……。コトリバコから離れろ……」

CHAPTER 01

【箱《ハコ》】

暗い……。

目の前に、ひどく暗い闇が広がっていた。

一切光のない完全な闇に身を浸し、私は佇立《ちょりつ》し続けている。

いいや、横になって虚空を見上げている？　それとも、底を見下ろしながら海中を漂っている？　この場所には上下とか左右とか、そういうものが存在しないような気がする。ただ、深い場所と浅い場所があるだけだった。

底のない無限の深淵《しんえん》に、粘性の高い泥のような闇が溜まり、その中を揺蕩《たゆた》っている。そのような感じだろうか……？

と――。闇の底より、何か四角形のものが、滲むように浮き上がった。

――〝箱〟？

なぜか私の目は、閉じられた蓋を透過して、その箱の中身を覗くことができた。

箱には、周囲のそれ以上に濃厚な闇が凝縮されて詰まっている。

ヘドロみたいな闇に浸かって、一匹の生き物がいた。深海生物のように白いそれは、身を丸まらせぴくぴくと蠢《うごめ》いている。

――赤ん坊……。

人としての形をようやく完成させたばかりといった、未熟な赤ん坊だった。

うっすらと瞼が開いていた。私を見ている。

ひどく悲しげで、恨みがましい眼差しだった……。

ああ、憎んでいるのだな……。おまえは私を憎んでいるのだな……。

「オキナガさん……オキナガさん……」


「オキナガさん……オキナガさん……」

僕が呼びかけるとオキナガさんの瞼はすぐに開かれた。

睫毛の長い目が僕を見る。

化粧っけがまるでなく、白くきめ細やかな肌、情念の深そうな日本的容貌に、歴戦の隊員らしい野性味が加わった顔立ち……。

「ワカヒコ……」

薄桃色の唇が、魅力的なハスキーボイスで僕の名を口にする。

黒く深みのある瞳は澄んでいた。寝起きのしょぼついた感じはまるでない。本当に今の今まで眠っていたのだろうか？

ＵＨ－６０Ｊブラックホーク霊的迷彩仕様特別機――シングルローター式ヘリのキャビン。

現在、任務へ向かう僕ら五人のイヤサカ隊員を乗せ、ヘリは島根県沖を航行中だった。

ちらっと僕の目は、オキナガさんが腕に抱いている鞘《さや》込めの日本刀にいった。

オキナガさんは、仮眠を取る間も決して刀を手放さない。嘘か実《まこと》か、常時精神を研ぎ澄まし続けている彼女は、たとえ眠っていたとしても敵意ある人間が接近すれば、無意識に抜刀し相手を両断するのだという。

もちろん僕はオキナガさんに敵意なんて抱いていないのだけれど、何かほんのちょっとでも心にやましい部分があれば、斬られてしまうんじゃないか、と一抹の不安を抱かずにはいられない。

「間もなく目標地点に到着します。本部のイザナミ課長と通信が繋がり次第、ブリーフィングが始まります」

「わかった」

オキナガさんは顔にかかった純黒の長髪をかきあげた。

壁に預けていた背を起こして座り直すと、オキナガさんの一八〇センチある長身がいやでも意識される。スニーキングスーツを着込んだ状態ではわからないけれど、実は体つきもがっしりしていて、僕なんかよりよほど鍛えている。

鍛錬の足りない僕は屈んだ状態から立ち上がろうとしただけでよろめいてしまった。気流の影響か何かで機体が揺れたのだ。

フッ、とオキナガさんが微笑んだ。

「気が抜けているぞ」

オキナガさんは、笑うと整った顔がクシャッと真ん中に寄る。絶対に本人には言えないけれど、僕はその表情を「愛らしい」と思ってしまうのだ。

「何言ってるんですぅ。あなただって眠っていたじゃないですか〜」

すぐ近くの座席に座っていた日置《ヘキ》さんが、おっとりとこう言った。

細い目、柔らかい表情と雰囲気を持った人だ。年齢は日置さんのほうがオキナガさんよりも上だけど、入隊したのはオキナガさんが先なのだそうだ。

こんなおっとりした日置さんだけれど、イヤサカ隊随一の選抜射手である。日置さんの隣には、榊の絡んだ呪的なセミオート式マークスマン・ライフルが立てかけられてある。

「いつ招集されるかわからぬのだ。任務が開始されれば数日は寝れぬときもある。眠れるときに眠っておく習慣がついているのだ」

生真面目に答えたオキナガさんへ、離れたべつの席から、茶化すような甲高い笑いが飛んできた。

「ヒャッハハハ。たいしたもんだな、隊長さんはよぉ」

ソバカリさんである。

見事なほど大きな鷲鼻、幼児みたいに小さな体、まるで大きな鴉《からす》がそこに蹲《うずくま》っているように見える。

ソバカリさんは、大きな目を熱っぽく見開き、舌なめずりをする。

「俺なんて任務の前はまるっきり眠れなくなっちまうってのによぉ。血がよぉ……滾《たぎ》っちまってよぉ……」

オキナガさんは、僅かな不快を覚えたようにソバカリさんを一瞥したが、特に何も言葉を返さなかった。

ソバカリさんに関しては〝いかれたやつ〟とだけ耳にしている。「有能だが協調性に難あり」という理由で、普段、ソバカリさんは単独で任務に当たることが多く、新米の僕が任務を一緒にするのは今回が初めてだ。

ふと、僕は黙り続けているもうひとりの隊員へ目をやる。

操縦席側の隅の座席に、どっしりと腰を下ろしたスキンヘッドの巨漢――古熊《フルクマ》さんだ。

並みの大男ではない。身長は二メートルを超えている。

樹齢数千年といった古木の幹でも見るような、ごつごつした凄まじい褐色の筋肉。一度、腕に触らせてもらったことがあるが、ザラザラして石にでも触れているかのようだった。圧倒的な肉の圧は、人間というよりか、ゾウとかサイとかいった巨獣が人の形を取ってそこに腰かけているという風に感じられる。

「…………」

寡黙な古熊さんは、ヘリに搭乗してから一度も言葉を発していない。ただ厳《いか》めしい顔立ちには不釣り合いな、ひどく静かで澄んだ瞳を足元に落とし続けていた。

神功《ジングウ》オキナガ
日置《ヘキ》カツラ
穢土《エド》ソバカリ
武古熊《タケフルクマ》
卜部《ウラベ》ワカヒコ

以上、五人が今回の任務に招集されたイヤサカ隊員だ。

日本政府・神祇省所轄特殊部隊、異形厄災霊査課《いけいやくさいれいさか》——通称〝イヤサカ〟。

国民を脅かす脅威のうち、怪異や霊能に属するものを秘密裏に調査解決するために編制された組織だ。怪異に対処する訓練を受けているのは言うまでもないが、隊員ひとりひとりが、陰陽師《おんみょうじ》、僧侶、修験者《しゅげんじゃ》、祈祷師、巫女、霊媒、憑き物筋など、何らかの霊能的バックボーンを持って入隊している。当然僕も——。

「おい、新入り」

ふいにソバカリさんが僕を呼んだ。

「えーっと……オメエ、オメエ、なんだっけかぁ？」

「ワカヒコです」

「名前なんてなんでもいいんだよ」

せっかく名乗ったのに、一蹴《いっしゅう》されてしまった。

「任務を一緒にすんのは初めてだよな？　戦闘訓練は入隊してからしか受けてねえだろ？　ひょろひょろした生っ白い体してるもんなぁ。ヒャッハッハッ！」

　下卑た笑いに腹立たしさを覚えなくもなかったが、僕は殊勝に頭を下げた。

「すみません。精進します」

「オメェ、なんの役に立つのよ？　入隊前は何やってたんだ？」

「えっと……」僕は僅かに躊躇して「……卜占《ぼくせん》です」

「はあ？」

　一時、目を丸くしたソバカリさんだったが、次の瞬間、嘲笑を爆発させた。

「ギャハハハハッ！　卜占？　占いってか？　おいおい、そんなもんが任務の役に立つのかよ！　大丈夫かぁ？」

　ここで日置さんがおっとりと横からフォローを入れてくれる。

「あ～……ソバカリさん。ワカヒコ君は、託宣の神、葛城《かつらぎ》山《さん》一言主神《ヒトコトヌシノカミ》に仕えていた卜部一族の末裔《まつえい》ですよぉ～。卜占の能力は折り紙つきですからね～」

「でもよぉ、占い……占いだぜぇ？　ヒャッハッハッ！　どうやって怪異をぶっ殺すんだよ！」

「いやいや彼の専門は情報収集であって戦闘要員じゃないですよぉ。随時戦況を分析して、戦闘を支援してくれるんです。彼がいるとかなり助かるんですから」

「戦況の分析？　んなもんテメェですするがな。まあ、せいぜい足引っ張るんじゃねえぞ。ヒャッハハ……」

「ソバカリ」

オキナガさんの厳しい声が、ソバカリさんの軽薄な笑いを止めた。

「ワカヒコは入隊して間もないが、すでに〝八千尺さま討伐作戦〟と〝きさらぎ駅救助作戦〟に参加し、自らの有益性を証明している。貴様こそ仲間を侮辱し、チームワークを乱すならば今からでも任務を外れてもらうぞ」

「……ハイハイ、みんな仲良く悪口は駄目ですよ～、だろ？」

なおも軽口を続けるソバカリさんを、オキナガさんはキッと睨んだ。

ここで──。

「今回の任務……妙だな」

ふいに今まで黙りこくっていた古熊さんが口を開いた。寡黙な古熊さんがその低く野太い声を発すると、つい皆、耳を傾けてしまう。

「八八式研究所と言ったな？　こんな日本海の真ん中に神祇省管轄の施設があるなんて初耳だぞ。何をしている施設なのだ？　オキナガ、おまえは聞いているか？」

「いいや。機密施設とだけ」

「機密施設をテロリストはどうやって見つけたというのだ？」

「…………」

間もなく目標地点に到着しようとしているのに、僕らはまだ作戦の詳細を知らされていなかった。ただ「島根県沖にある神祇省の機密施設がテロリストに占拠されたから奪還せよ」とだけ告げられ、僕らは慌ただしく招集されたのだ。

古熊さんの言う通り、確かに妙な任務だ。

「まぁ、国家機密ですからね～。僕らにどこまで情報を開示していいか神祇省も判断がつきかねているのでしょうよ」

日置さんが呑気に言った。

「心配しなくても任務の詳細に関しては課長が伝えてくれるんじゃないですかね」

プツン、と音を立て、キャビン正面上部のスクリーンがついたのはこんなタイミングだった。

スクリーンに映ったのは、隊服を着た女性だ。陶磁器のように肌が白く、整いすぎた顔立ちは冷たく、日本人形のような印象を抱かせる。

僕らは、反射的に居住まいを正した。キャビンのうちに緊張感が生まれる。

――異形厄災霊査課、イザナミ課長。

イヤサカのトップにあたる人物だ。

「……ブリーフィングを始める」

イザナミ課長の声は、その人形じみた容貌通り、冷たく感情に乏しい。

「作戦に当たる前に、改めて今回の事件の背景――そして追加の情報と作戦内容の変更を伝えておきたい」

「追加の情報……？　作戦内容の変更……？」

イザナミ課長は頷きもせずに言葉を続ける。

「先に伝えた通り、八八式研究所は機密施設だ。それゆえ施設の詳細は、直接事態収束に臨む諸君らにも伝えることができないと、神祇省上層部が渋り続けていてな。連中を説得するのに時間がかかってしまった」

「ヒャッハハハッ。嘗められたもんだな。上のもんは、俺らイヤサカが任務の内容をベラベラ喋るとでも思ってるってかぁ？」

ソバカリさんの茶化しも、イザナミ課長の無感情を一切波立たせない。

「機密が機密だ。上も慎重になる」

「その機密って、僕らにも教えていただけるんですよね？」

日置さんの問いにイザナミ課長が頷きを返す。

「八八式研究所では、とある呪物を管理している」

「とある呪物……？」

「――コトリバコだ」

途端、全員の表情が凍りついた。しばし、愕然として問いを発することもできなくなっていた僕らだったが、ひとりふたりと言葉を取り戻していく。

「コ、コトリバコ……？」

「そんなもの本当にあったのですか？」

「オイオイオイ、洒落になんねえじゃねえかよ」

イザナミ課長の表情のない顔が、また、こくんとひとつ頷く。

「だから機密なのだ……」

僕らのような怪異に携わる人間の中で、コトリバコを知らない者なんていないだろう。日本呪術史上、最強最悪の呪具と伝えられるものだ。

見た目は綺麗な寄木細工の箱なのだけれど、その箱に込められた呪力に当てられた者は内臓が引き千切れ、全身から血を噴いて悶絶死するのだという。何が最悪かと言えば、その呪力の及ぶ範囲が非常に広範囲な上に、その範囲内に進入してしまった生者を誰であれ無差別に呪殺するという点だ。それひとつでちょっとした町なら容易に壊滅させられるだろう。

「コトリバコは実在する。幕末から明治初期にかけて十六個のコトリバコが製造された。そのすべてを神祇省は秘密裏に回収し、八八式研究所にて厳重な管理下に置き、呪力の〝除染〟をおこなってきた。コトリバコの存在が機密である理由はわかるな？　この最強最悪な呪具が誰かの手に渡り悪用されたらどれだけの被害がでるか……考えただけでも寒気がするだろう」

言葉とは裏腹に、やはりぴくりとも表情を動かさないイザナミ課長。

「八八式研究所を占拠したテロリストは、コトリバコの存在を知っていたと？」

神妙な声でオキナガさんが尋ねる。

「そのようだ。実はつい先ほど、神祇省へテロリストから声明文が送られてきた」

「声明文？」

スクリーン内のイザナミ課長が手元のタブレット端末の画面を見ながら、その声明文を読み上げた。

「『我々に日本国の主権を譲渡せよ。二十四時間以内におこなわなければ、十六個のコトリバコの呪力を全日本国民に向けて解放する』……」

「ヒャッハハッ！」

ソバカリさんが笑い声をあげた。

「日本国の主権ときやがったか。威勢がいいねぇ。どこの馬鹿どもなんだよ」

「――〝Z〟だ」

と、答えたイザナミ課長の声は神妙だった。

「はあん？　Zぉ？　ああ、あれか、『大人のルールを壊す』とか青くせーこと抜かして、世界中で馬鹿やってるガキどもだろ？」

「子供だと思って油断しないほうがいいですよ〜」と、日置さんが口を挟む。「Zの構成員は、全員が怪異的な異能力の持ち主で、中にはかなり戦闘に特化した者もいるそうですからねぇ。彼らの討伐に当たった海外の傭兵部隊が全滅させられたこともあるんですから」

「傭兵部隊を全滅だぁ？　そのZってガキどもは何人ぐらいいやがるんだ？」

「七人ですよ」

「はあ？　たったの七人？」

「はいはい、そうです、七人です。メンバーのひとりひとりが〝新・七つの大罪〟をコードネームとしていましたから確かですよ」

「新・七つの大罪？　新ってなんだよ？」

「知りません？　二〇〇八年に、ローマ教皇庁が現代における新しい七つの大罪を発表してるんです。えーっと、確か――」

日置さんが、次の七つの言葉を口にした。


〝人体実験〟

〝遺伝子改造〟

〝環境汚染〟

〝人権侵害〟

〝麻薬中毒〟

〝貧困〟

〝過剰な富〟


これが――〝新・七つの大罪〟であり、少年テロリストグループZ構成員のコードネームだった。

「もうひとり増えたらしい」

補足するようにイザナミ課長が言った。

「もうひとり……？」

「正確な時期はわからないがここ半年以内にZに新メンバーが加入しているのは確かだ」

「なぜですか？」

「Zによるサイバー犯罪が突如高度なものに変わったからだ。これまでも〝過剰な富〟を名乗るメンバーが幾度かクラッキングをおこなっていたが、せいぜいがセキュリティの脆弱なサイトへの不正アクセスに留まっていた。それが、半年前から軍事施設や研究機関のシステムに侵入し、情報を盗んだり、プログラムの改竄《かいざん》をおこなったりし始めたのだ。高レベルのハッキング能力を有するメンバーが加入したのは間違いない」

「八八式研究所の位置や、コトリバコが保管されていることも……」

「新メンバーがハッキングして盗みだした情報と考えて間違いないだろう」

「何者なんです？　その新メンバーって」

「わからん。新メンバーに関する情報はまだ少ないのだ。ただZメンバーに加わっているからには、何らかの怪異的異能の持ち主と考えるべきだろう」

「…………」

オキナガさんが、口元に手をやって思案げに呟く。

「八人の異能力者……。未成年とはいえ、全員確保して施設を奪還するのは容易なことではない……」

こう言ったオキナガさんへ、イザナミ課長が声をかけた。

「安心しろ。任務の目的はZの確保ではない」

「確保ではない？」

イザナミ課長は、一度目を伏せてから、真っ直ぐに僕らを見返し、こう言った。

「確保ではなく、殲滅」

オキナガさんの顔色が一瞬で青ざめた。ひゅー、とソバカリさんが口笛を吹く。

「ヒャッハ。そりゃあいい。確保だの奪還だのってしち面倒くせえと思ってたんだ。皆殺しで構わねえってんなら、そりゃあ楽だ。ヒャハハハハハハ！」

わなわなとオキナガさんの肩が震えを帯びる。

「子供ですよ！」

オキナガさんが声を張り上げた。いつも冷静なオキナガさんらしくなく、僕は驚いて彼女へ目をやった。オキナガさんは、落ち着きを取り繕うように声を低くし、それでも震えを帯びた唇で、こう続ける。

「イザナミ課長。テロリストとはいえ、十《とお》に満たないような少年少女を殺《あや》めるのは人道的にどうかと。しかも国家の指示のもとに……。このことが知れれば本国は国際社会からの非難を免れ得ないのでは？」

「知れれば……な」

イザナミ課長の返答は冷たかった。

「オキナガ、貴様の言う通りだ。今回の作戦内容が外部に漏れれば国内外からの非難は必至。此度《こたび》の作戦、極秘裏に、迅速に遂行せねばならない。ひとりも生かしてはならない。Z構成員八人を尽《ことごと》く抹殺するのだ」

「そういうことではなく年端もいかぬ子供を説得もせず……！」

「オキナガ」

淡々としたイザナミ課長の声に、強く制止するような響きが加わった。

「貴様の言いたいことはわかる。Ｚが年齢相応の少年ならば、そして占拠した場所が八八式研究所でなければ、私も貴様の言葉に耳を貸したろう。が、Ｚは尋常一様な児童ではない。国際指名手配を受ける凶悪犯罪者どもだ。生きたまま確保する余裕などない。ばかりか、やつらの手にはコトリバコまであるのだ。情けを見せて躊躇し、コトリバコを発動されてしまえば日本国民の生命まで危険に晒《さら》すことになる」

オキナガさんは何かに耐えるような面持ちで、じっとイザナミ課長の言葉を聞いていた。

「わかったな、オキナガ」

「ハッ。失礼しました」

こう答えたオキナガさんだが、表情にはまだどこか翳《かげ》りが残っていた……。


ブリーフィングは手短に終わった。すでに僕らを乗せたヘリは、海上に突きでた真四角の建物——八八式研究所の上空へ到達していた。

パラシュートを装備した僕らは、びょうびょうと海風の吹き込むヘリのドアより順繰りに虚空へと身を投げていく。訓練通りの動きで八八式研究所の屋上へと降り立った僕らは、手早くパラシュートを外して片付ける。

『――全員、無事だな?』

　僕ら全員の脳裏に、オキナガさんの冷静な声が響く。隊員ひとりひとりが所持する通神器【誰《タ》ソ彼《ガレ》】。この、神祇省が極秘に開発した霊的通信デバイスは、携帯するだけで物理的障壁を無視して使用者同士の念話を可能にしてくれる。

　強風の吹く屋上では念話のほうが話しやすい。

『内部へ通じる非常用の出入り口があるはずだ。探すぞ』

　一分もかからずに僕らは屋上のタイルとほとんど同化したハッチを発見する。手順通りに作業をすると、すぐにハッチが開いた。

　梯子《はしご》のかけられた、人ひとりぶんほどの出入り口には、闇とともに、淀んだ何かが籠っていた。不可視のそれは〝瘴気《しょうき》〟あるいは〝妖気〟とでも呼ぶべき不浄な気配であった。

『あの……』と、僕は、念話で皆へ呼びかける。『潜入する前に占わせていただいてもいいでしょうか?』

『やってくれ』

　オキナガさんの許可を得た僕は、懐より六角形の呪的タブレット端末【電子亀甲板】を取りだす。亀卜《きぼく》に用いられる亀の甲羅の代用となるものだ。

　人差し指でタップすると、パネル上に赤い光の線が生じる。ボウッ、と光の内に、這子《ほうこ》人形のようなものが浮かび上がった。目も耳も鼻もないが、大きな口ばかりがのっぺらぼうの顔の真ん中についている。

【電子亀甲板】には、僕の仕える葛城山一言主神の御霊が、ほんの僅かだけど分霊されて鎮まっている。この這子人形はそれが仮初《かりそ》めに形を成したものだ。

『呪力指数・壱拾参《ジューサン》%ヲ検知、施設内ハ微弱ナガラ穢《ケガ》レテイル』

悪事《まがこと》も善事《よごと》も一言で言い放つ一言主神の御霊が研究所内に瀰漫《びまん》する妖気の正体を看破し、神名通り一言で報告してくれた。

『すでに研究所内は、微弱ですが呪力に汚染されています。内部で何らかの呪詛が発動されたのは間違いなさそうですよ』

『人体への影響は？』

『長時間いれば何かしらの霊障があるかもしれませんが、その程度です。耐呪加工されたスニーキングスーツを着ている僕らでしたら、なんの影響もないでしょう』

『ならもういいだろがよ』

ソバカリさんが焦《じ》れたように言った。

『迅速に皆殺しにすんだろ？　ごちゃごちゃ言ってねえで、とっとと入ろうぜ』

僕らは、頷き合って、ひとりずつ梯子を下り始めた。淀んでねばついた水の底に潜っていくような感覚を抱く。施設内に充満する微量な――微量であっても満遍なく含有されている呪力が、空間そのものを変質させているのだ。

梯子を下りた先は、狭い階段室だった。僕らのいるこの場所が最上階なので、目の前には下り階段だけがある。

『ワカヒコ、Ｚがどこにいるかわかるか？』

オキナガさんが尋ねてきた。屋内に入ってもなお念話を用いているのは、隠密を旨とする任務で声を発することが憚《はばか》られるからだ。

『今、占います、ちょっと待ってください』

僕は、再び【電子亀甲板】を起動する。タブレットから赤い光が浮き上がり、一瞬、這子人形じみた一言主が浮き上がったが、今回はその姿がすぐさま歪み、四角形に変形する。八八式研究所の立体マップに化けたのだ。

立体マップの各所には八つの小さな光が点滅している。

『いました。僕ら以外の生体反応が八つ』

『あー。八つですか～』

日置さんが唸るように言った。

『Ｚのメンバーが八人……ってことは研究所の職員に生存者はいないということになっちゃいますねぇ～』

古熊さんが不快げに舌打ちをする。オキナガさんも柳眉《りゅうび》をひそめた。

ニヤニヤしているのは、ソバカリさんだけだ。

「ヒャハ。向こうも向こうで皆殺しかよ。普通よぉ、こういう場所に立てこもるんならひとりふたり人質を残しとくもんじゃねえの？」

『ソバカリ、声を出すな。念話を使え』

オキナガさんが叱る。ソバカリさんは大人しく念話に切り替えた。

『へいへい。でもなぁ、隊長さんよ、占い師の兄ちゃんのマップを見りゃ、俺の声の届く範囲に敵さんがいねえのなんて一目瞭然じゃねえの?』

ソバカリさんが、一言主の化けたマップを指さした。

Zメンバーの居場所を示す光は四つが一階のサーバールームに固まっており、残り四つも四階より下にいる。僕らのいる最上階は十階だ。ソバカリさんの言う通り、肉声を発したところで届きはしないだろう。

『警戒を怠るな』

オキナガさんが、厳しい声色で諫《いさ》める。

『Zメンバーのひとり〝遺伝子改造〟は、文字通り自分自身に遺伝子改造を施し、野生獣なみの身体能力を身に付けている。聴力もまた動物に匹敵しているとすれば、一階にいたとしても我々の声を聞き取ってしまうかもしれん』

『へっ。だとすれば、俺じゃなくて、気をつけるのはあんたらだぜ。俺はさっきから一切物音を立ててねえ。テメエらときたら、靴音はパタパタさせやがるし、装備もガチャガチャうるせえんだよ』

僕らは決してソバカリさんが言うほどやかましい音を立ててはいない。可能な限り物音を立てぬようにしているし、そういう訓練も受けている。

だが、それでも多少の衣擦《きぬず》れや、靴と床の触れる僅かな音、ほんの少し装備が揺れて当たる音などは起こってしまう。これは消しようがない。

だけれど、ソバカリさんは消していた。ソバカリさんの挙動は一切無音なのだ。

やれやれという風に日置さんは肩をすくめる。

『忍びのあなたに比べれば誰だってやかましくなっちゃいますって』

『忍びじゃねえよ。確かにベースは忍術だが、忍道なんて堅苦しいもんはとっくにやめちまってる』

こう言ったあと、ソバカリさんは『んなこたぁどうでもいい』と話題を変える。

『それで、どうすんだ？　まさか五人全員でゾロゾロ動くんじゃねえだろうな？』

『さすがにそれは非効率でしょうね～』

日置さんは、オキナガさんに顔を向けて、

『どうしますぅ？』

『二手にわかれ、随時【誰ソ彼】で連絡を取り合いながら、分散している四人をひとりずつ潰し、最後に全員でサーバールームを叩く。ワカヒコは――』

『はい』

『――この階に留まり、占術での情報収集とサポートに徹してくれ』

『わかりました』

戦闘能力に乏しい僕は、基本的にこのような役割を振り当てられることが多い。

このぐらいの規模の施設ならば、一言主の力で全体をサーチすることが可能だし、その情報は【誰ソ彼】を通して隊員がどこにいても共有することができる。

いつもひとりだけ安全圏にいるというのが、正直心苦しくもあるのだけれど、足手まといになるよりはいいだろう。

『それで……チーム分けだが……』

と、オキナガさんが言いかけたのを、またソバカリさんが遮った。

『チームって必要かぁ？　俺はひとりで動きたいんだけどね』

『単独行動は許さんぞ』

『基本的に俺はいつも単独で任務に当たってんだ。あんたらと違ってチーム戦にゃ向いてねえ。ひとりのほうがベストなパフォーマンスを出せるんだよ。特に今回のような抹殺任務ならなおさらな……』

『しかし――』

『いいんじゃないです？』

日置さんが言う。

『僕思うに、今回ソバカリさんが加えられているのは、無音殺傷法《サイレント・キリング》の技術を期待されてのことですよね。ソバカリさんには、いつも通り、ひとりで動いてもらったほうが成果を期待できると思います』

『ヒャハハッ。話がわかるじゃねえか。じゃあ、俺はひとりで行動。占いのガキはどっかの部屋で待ちん坊。あとの三人は三人で行動すりゃいい』

こう言うと、さっそくソバカリさんは歩き始めた。

『んじゃ、俺は行くぜ。さあて、俺ひとりとあんたら三人、どっちが多く殺《や》れるか競争だ。ヒャッハハハ!』

立ち去り際、ソバカリさんは『おい、占い小僧、敵の居場所は【誰ソ彼】で送り続けとけよ』と僕へ声をかけ、階段を下っていく。踊るような足取りにもかかわらず、やはり一切物音を立てていなかった。

僕もまた『では』と歩みだす。階段ではなく廊下のほうへだ。

『占術拠点を確保しに行きます』

本当は、屋上に拠点を設けたほうが安心といえば安心だ。だけど、高度なステルス結界のかけられた八八式研究所の内部状況を正確に占うには、自身も内部に入らなければならない。外からでは、壁一枚隔てた屋上にいたとしても占い結果に誤差やノイズが生じてしまうのだ。

『何かあったなら、すぐに連絡しろ』

念を押すようにオキナガさんが言った。

『はい』と、答えた僕だったが、安易にオキナガさんたちに助けを求めるつもりはない。ぎりぎりまで自分ひとりで対処するつもりだった。

僕は、心配そうに僕を見つめているオキナガさんの顔を改めて眺める。

端整で、凛々しく、意志の強そうな顔、だけれど、どこか脆《もろ》く、儚《はかな》い……。

(この人の役に立ちたい……)

僕には、日置さんや古熊さん、ソバカリさんのような戦闘能力はない。オキナガさんの傍にいて直接彼女を助けることはできない。だからせめて、邪魔にだけはならないようにしたかった。

『ご武運をお祈りします』

怪異の鎮圧を任務とするイヤサカ隊である。任務中に別行動を取る際は、これが今生の別れになるかもしれない可能性がある。その都度名残を惜しんでいてはきりがない。なので、自然と別れは素っ気なくなる。

『オキナガ隊長、僕らも行きましょう』

日置さんに促され、オキナガさんと古熊さんは、階段を下り始める。

また会いましょう。死なないでください。心中で一度こう声をかけ、思い直す。

(いや、僕のサポートで必ずオキナガさんを死なせない……!)

心に誓い、階段室から一歩踏みだしたところで――。

(え?)

誰かいた。

人だ。廊下のずっと先である。白衣を羽織った男が、ゆらゆらと泥酔した人間のような足取りで廊下を歩んでいる。

(あの格好、研究所の職員……? だけど――)

生存者はいないはず。生存者どころかZのメンバー自体、四階より上の階層にはいないはず。

卜占は確かにそう示していた。

（いや、待て……）

僕は、この施設内の生体反応を占ってZの位置や生存者の有無を確かめた。

だけど、すべての生体反応を調べてしまえば、ネズミやゴキブリの類まで検知してしまう。なので、ある一定以上の生体反応と条件付けをして占った。昆虫や小動物のような微弱な反応を除外するためだ。

（除外した微弱な生体反応の中に、あの人が……？）

肉眼でよく観察する。廊下の先の薄暗がりで、ゆらゆらと目的もなさげにその場をいったりきたりする男は、明らかに尋常な様子ではなかった。見開いた目は虚ろで、ぽかんと開けた口の端からは涎《よだれ》が垂れている。

僕は【電子亀甲板】をタップして、一言主の検知する生体反応の範囲を広げる。

――出た。

立体マップのそこここ――ほとんど各階層の廊下部分に、新たに小さな光が浮かび上がった。どの光も一定の範囲を往復するように動いている。白衣の男のいる地点にも光は灯っていた。

白衣の男は、極めて微弱な生体反応――つまりは瀕死の状態で歩いているということになる。

しかも、立体マップに新たに生じた光点を見る限り、ああいう瀕死の存在が、各フロアの廊下に、ひとり乃至《ないし》ふたりずつうろついている。

不審と言ってよかった。ソバカリさんやオキナガさんたちに伝えねばならない。

『皆さん……』

と、僕が念話を送ろうとしたとき、ふいに白衣の男が振り返った。僕の存在に気がついたからではないだろう。うろうろとした動きの過程で、ただ偶然にこちらを向いたというだけに見えた。直後、男が口を開き——。

「——ジリリリリリリリリリリリリリリリリリリリリリッ！」

甲高く凄まじい音声を口腔から放出させた。

「……っ!?」

咄嗟に耳を押さえた僕が、この怪音波を発しているのが白衣の男の咽喉であると気がつくのには僅かな時間が必要だった。なぜならば、現在聞こえているこの轟音は、到底人間の声帯から発せられたものとは思えなかったからだ。

『ワカヒコ、何があった!?　なんだ、この音は!?』

オキナガさんからの念話だった。【誰ソ彼】の便利なところは、どれだけやかましい音が鳴り渡っていても会話が可能なところだ。

『わ、わかりません。男がいて……』

と、説明しているうちに、すでにオキナガさん、日置さん、古熊さんの三人が階段を駆け戻ってくる。単独行動のソバカリさんはいない。

男は止むことなく「ジリリリ」を発し続けていた。顎がはずれんばかりに開かれた口の中で、舌がブルブルと非人間的なまでに高速振動している。対して、目はとろんと虚ろなままだ。さながら男は人間目覚まし時計だった。

タッ、と床を蹴ってオキナガさんが迅速に動いた。一跳足で白衣の男に接近すると、それこそ目覚まし時計でも止めるように、男の首元に手刀を打ち込んだ。

昏倒し、バタッと床へくずおれる白衣の男。ぴたりと静寂が戻る。

『すみません！　今ので敵に気づかれました！』

僕の言葉を受け、全員、ハッと一言主のマップへ目をやった。

Zメンバーを示す光点が慌ただしく動きを見せていた。先ほどの「ジリリリ」は研究所全体に響いており、当然、Zたちにも聞こえていたのだ。

（──〝警報装置〟だ……！）

呪術的手段を用いたのか、医学的手段を用いたのかはわからない。Zの内の誰かが、瀕死の職員を、侵入者を発見すると甲高いアラームを鳴らす警報装置に仕立て上げていたのだ。

今回の任務は隠密裏に八人のZを抹殺することだ。Zは日本史上最悪の大量無差別呪殺兵器であるコトリバコを所有している。僕らの侵入に気づいたZは報復としてコトリバコの呪力を日本国へ放つかもしれない。

僕の不用意な行動が、たくさんの人を死に追いやる……！

が、僕はすぐに心を切り替えた。過ぎてしまったことは仕方がない。失敗を取り戻すために何をするかを考えなければならないんだ。

情報収集と状況分析──今一度、立体マップに目を向ける。

マップのうちに、ひとつ顕著な動きを見せる光点があった。

一階のサーバールームにいたZのひとりだ。光点は、一階の階段室に飛び込むと、凄まじい速度で上階へと駆けあがってくる。警報を聞いた何者かが、侵入者を排除にしに向かっているのだ。

『敵一名、階段より接近中です！』

全員が下り階段を振り返った。

──トトトトトトト……ッ！

下層階より階段を駆けあがってくる小気味いい音がする。闇夜を駆ける猫のごとく俊敏なまま足音を忍ばせていた。

『……来るぞ』

一言、一同へ覚悟を促すように告げて、オキナガさんが腰に佩《は》いた日本刀の鍔《つば》へ手を添えた。抜刀の姿勢である。敵が姿を現し次第、抜き打ちの一刀を浴びせる腹積もりだろう。

古熊さんが、両足を肩幅に開き、両腕を軽く前に突きだした体勢を取る。一見脱力した無防備な姿に見えるが、実際にはいかなる状況にも即座に対応できる隙のない構えであった。

日置さんは廊下まで後退して、階段へ向けてライフルを構える。階段から上ってくる敵を即座に狙撃するためだろう。

僕はと言えば、後退した日置さんのさらに後ろへ移動している。占術しか使えない僕は、戦闘時は足手まといにならない位置へ移動するしかないのだ。

情けない。いや、余計なことは考えるな。占術家ならば状況を分析し、的確なアドバイスをするんだ。

　一言主のマップから敵の位置情報を確認する。

『六階を過ぎました』

　カウントダウンをして味方の臨戦意識を整える。

『七階……八階……九階……』

　全員の緊張が高まった。

『来ます！』

　僕が告げた途端、階段の下より、飛弾のごとく躍りでたものがいる。

　凄まじいスピード。あまりにも高速で動いていたため、その細部を確認することはできず、ただ残像を引く一塊としか捉えきれなかった。だが、速度自体は意外ではない。意外だったのは、そいつが、階段ではなく天井を駆けて出現してきたことだった。

　タッ、タッと天井から壁、壁から天井へとそいつは鞠《まり》のごとく跳ねながら前衛のオキナガさん、古熊さんの頭上を越えようとする。

　刹那《せつな》。疾風の速さで鞘走ったオキナガさんの刀が三日月を描いた。斬っ——ては、いない。驚くべきことに、敵はオキナガさんの神速の抜刀を瞬時に見切ったのだ。

　バサッ、と鳥の羽ばたくような音が鳴り響き、弾き飛ばされたように跳び下がり、タタタタッと壁を駆ける。

その動きは人というよりか獣だった。翼があり、尻尾があり、毛皮や羽毛のようなものも窺える。四足獣？　の、ように一瞬見えたが、二足歩行の存在が、猿のごとく両手を地につけて駆けていると気がつく。

タンッ！　日置さんが発砲した。サプレッサーの装着された日置さんのライフルの銃声は非常に小さい。タンッ、タンッ、タンッ！　と、立て続けに三発、日置さんは、壁を駆ける獣を追撃する。

獣はジグザグの軌道を巧みに描いて、日置さんの銃撃を尽く躱《かわ》す。あの日置さんが、一発で標的を仕留められなかっただけでなく、数発撃って一度も当たらないなど信じられなかった。

ぬうっ、と跳ね回る獣の行く手に立ち塞がったのは、古熊さんの巨体だ。

大きな手のひらを軽く前へ突きだした体勢で、するするすると巨躯に似合わぬ敏捷さで、動き回る獣へ迫った。

十分に距離を詰めたところで——シュッ！　と、空を裂いて、古熊さんの右拳が一剣のごとく鋭利な突きとなって繰りだされた。バンッ！　と思いのほか派手な炸裂音が鳴り渡る。

「ぬぅっ！」

呻いて身をくの字にのめらせたのは、意外にも古熊さんのほうだった。

胸を押さえて飛び退いた古熊さんのいつも沈毅な顔が、激痛に歪められていた。僕の目には捉えきれなかったが、強烈な当て身を返されたらしい。

『……手強いぞ』

絞りだすように言った古熊さんの口の端から血が一筋垂れていた。

『私がやる』

静かな、だが、気迫のこもった念話とともにオキナガさんが進みでた。

左手に抜き身の一刀を提げて跳ね続ける獣を牽制しつつ、右手で腰のタクティカルポーチから銃弾状のものをつまみだす。日本刀の柄頭《つかがしら》に開いた孔《あな》に、装填するかのごとく銃弾状のそれ――秘剣電書【韴霊《フツミタマ》】を挿入した。途端――ボウ……と、刀身に青い光の古代文字が浮き上がる。神代の昔より使われていた神聖カタカムナ文字だ。

オキナガさんの主力装備である日本刀は、神代の合金ヒヒイロカネで打たれた共鳴刀【玉《タマ》響《ユラ》】である。

この霊刀に古《いにしえ》の剣聖の魂魄《こんぱく》を霊的データベース化した【韴霊】を装填することにより、本来、武神と通ずることによってのみ会得し得る異能的秘剣を一時的にだが発動することが可能なのだ。

今、オキナガさんの装填した【韴霊】は――〝雲耀《ウンヨウ》〟。

煌々と青く光り放つ一剣を八双につけ、つつつ……と、獣へと接近する。

タッ、タッ、タッ……！　と、獣は、オキナガさんを惑乱するように、壁を蹴りながらその周囲を複雑に跳ね回る。が、オキナガさんは一切心かき乱されることなく、泰然と刀を構え続けていた。

精神を研ぎ澄ませたオキナガさんは、俊敏に移動する獣をいちいち目で追っていない。視覚のみに頼らず、聴覚、嗅覚、触覚を動員し、視界の届かぬ範囲も、凝視するがごとくに捉えているのだ。

　このとき——鉄壁と思われたオキナガさんの構えに亀裂ほどの隙が、フッ、と生じる。オキナガさんの左側面。獣の野性的な感覚はその間隙を見事に察知した。壁を蹴った反動を利用して、飛燕《ひえん》のごとく突っ込んだ。

　と——。

　スイッ、とオキナガさんの体《たい》が、優雅とも言える流線を描き、振り返る。

　先ほど見せた隙は、オキナガさんの〝誘い〟。あえて隙を見せて、己の来て欲しい位置とタイミングへ獣を誘い込んだのである。

　高々と掲げられた霊刀【玉響】が、キラッと稲妻のそれを見るがごとく煌《きら》めいた。

　脈が四回半打つ時間を古くは〝秒〟と言った。現代の秒に換算して約三・五秒である。この〝秒〟の十分の一の時間を〝絲《し》〟と言い、〝絲〟の十分の一の時間を〝忽《こう》〟と言い、〝忽〟の十分の一の時間を〝毫《ごう》〟と言い、〝毫〟の十分の一の時間を〝厘《りん》〟と言い、〝厘〟の十分の一の時間を

——〝雲耀〟と言う。

　すなわち〇・〇〇〇〇三五秒。限りなくゼロに近い超高速——物理的に不可能なその斬撃速度を霊刀【玉響】に込められた【師霊】の霊力が実現させた。

　雷光のごとき速度でオキナガさんの刀が、獣の脳天目掛けて叩き落とされる。

　獣は無惨に幹竹《からたけ》割りにされるかと思われた。が、ここで意外なことが起こった。

――刀が止まったのだ。

獣が、オキナガさんを見上げている。いや、その顔は、少女のそれだった。十歳にも満たぬ、あどけない女の子の顔。どこかキョトンとしたようにオキナガさんを見る少女の鼻先で、宙に縫い付けられたかのように刀身が硬直している。

次の瞬間――ドッ！　獣の身が翻った。「ぐっ！」とオキナガさんの口より苦鳴が漏れでて、その身が吹っ飛ばされる。獣の硬質な尻尾がフレイルのごとく振るわれ、オキナガさんの腹に炸裂したのだ。

「オキナガさんっ！」

叫んだ僕の声は、念話ではなく肉声になっていた。獣の眼差しが僕へ向く。澄んだ、無垢な瞳。その視線に、僕は蛇に睨まれた蛙みたいに身が竦《すく》んでしまう。

日置さんが発砲した。銃弾を飛んで躱した獣が、そのまま天井を蹴って、突進したのは、廊下――僕にだった。

次の瞬間、僕の懐に飛び込んだ獣の肩が鳩尾《みぞおち》に叩き込まれた。呻きを漏らしたのを最後に、僕は呼吸ができなくなる。強引な獣の力が僕を抱え上げ、そのまま――。

「ワカヒコ！」

オキナガさんの声が遠ざかる。僕の意識も遠ざかる。

僕は廊下を疾駆する獣に抱えられたまま、八八式研究所のどこかへと拉致されてしまった……。

私はワカヒコの連れ去られた廊下をしばし呆然と眺めていた。

そんな私の横を、古熊と日置が駆け抜ける。獣を追いかけたのだ。

すぐに【誰ソ彼】を通して日置から報告がある。

『下り階段がありますねぇ。敵はワカヒコ君を抱えて、下層に下りたようです。現在、古熊さんが敵を追っていますけど……どうしますか？』

『今から行く。深追いはするな』

努めて平静を装い、私はこう返した。

『オキナガ』

野太い声が聞こえた。古熊からだ。

『敵に我々の侵入を知られてしまった。早急に片をつけねばなるまい。が、ワカヒコを見殺しにもできぬだろう。俺が単独でワカヒコの救出に当たり、おまえと日置、そして別行動を取っているソバカリでの任務の続行を提案する』

『わかった。ワカヒコのことは任せた』

『了解した』

ワカヒコからの念話が途絶えていた。おそらく意識を失っている。……そうだ。意識を失っているのだ。そう考えるべきだ。すでに死んでいるなどと考えてはいけない……。

『オキナガ隊長』

日置から念話が飛んでくる。

『先ほどは、なぜ刃を止めたんです？』

非難している。という風ではなく、単純に疑問だから尋ねたという風だった。

しばし、私は返答に窮する。だが、あの瞬間を思いだすにつれ、私の胸の奥底——その仄暗《ほのぐら》い場所から滲むように言葉が出てきた。

『子供が……』

『子供……？』

『あの獣の顔が……子供だった。だから、躊躇ってしまった……』

『なるほど』

日置の反応は恬然《てんぜん》としていたが、次の言葉は手厳しかった。

『あなたの躊躇いが、ワカヒコ君を窮地に陥らせちゃってます。Zが少年少女の集まりなのは知っていたはずでしょう。非情になってくださいね』

『わかった。すまん』

ふと、私の目の前に何か四角いものが見えた。

箱だ。闇の詰まった箱だ、私はそれを幻覚だと知っている。

箱の内のヘドロみたいな闇に浸かって、一匹の生き物がいた。

深海生物のように白いそれは、未熟な赤ん坊だった。
うっすらと瞼が開いていた。私を見ている。ひどく悲しげで、恨みがましい眼差しだった
……。ああ、憎んでいるのだな……。おまえは私を憎んでいるのだな……。
その赤ん坊の顔と、あの獣の少女のあどけない顔が、なぜか重なって見えたのだ……。

CHAPTER 02

ひと箱目【プレゼントバコ】

凶悪な形相、というものがあるのならば、この少年の顔こそがそうだろう。

さかしまに裂けた双眸は三白眼で、大きな口の中には凶器のごとく乱杭歯が並んでいる。眉を剃り上げた眉間には、常にギュッと皺が寄り、怒髪天《どはつてん》を衝《つ》く真っ赤な頭髪はヤマアラシのように逆立っていた。

――コードネーム〝環境汚染〟。本名、煙上《エンジョウ》サバク。九歳。

九歳には見えない。せいぜい十三歳ぐらいに見える。体格がいいのだ。同年代の子供たちと比べて、身長が高く、筋肉質な肉体をしていた。

「むかつく……。あぁぁー。むかつくぜ……」

今、不動尊のような風貌のこの少年は、こんなことをブツブツ言いながら八八式研究所七階の廊下をのしのしと歩いていた。

床を踏むごとに、ジュウ、ジュウ、と物の焼ける音がし、焦げくさい臭いが立ち上る。彼の周囲には陽炎《かげろう》がゆらゆらと生じていた。肉体が、ストーブのように高熱を帯びているのだ。

――〝発火能力者《パイロキネシスト》〟。

〝環境汚染〟は、自在に火を発生させることのできる超能力者であった。

しかも、超強力な。

得てして超能力というものは未成年のほうが強く、訓練しない限り、成人するに伴い弱くなり、ついには失われることが多い。

その理由はよくわかっていないが、精神的に未熟で不安定であることが、むしろ超能力の威力を高めるという例がいくつかある。超能力を発現する児童の多くが精神になんらかの疾患を抱えていたり、性格に問題があったりするのだ。

未熟・不安定・性格に問題――というのならば、まさにこの〝環境汚染〟など最たるものだろう。

「ああぁ〜。むかつく……。むかつくぜぇ……。むかつく」

先ほどから、苛立ちながら呟いているこの「むかつく」だが、今が普段よりも特別にむかつく状況だから呟いているのではない。

〝環境汚染〟は、いついかなるときもむかついている。

天気が悪いとむかつくし、天気がよすぎるのもむかつく。冷たくされるとむかつくし、優しくされるのもむかつく。コンビニ店員が元気よく挨拶してるのがむかつくし、不愛想でもむかつく。テレビタレントの顔がむかつく。料理の味がむかつく。看板広告のイラストやコピーがむかつく……。

とにかく、目につくもの、目につくもの、すべてに対してむかつける。

〝環境汚染〟の中では、むかつきの炎がメラメラと常に燃えており、捌《は》け口を求めていた。そして、ついに限界に達して噴出したものこそ、彼の発火能力なのである。

初めて能力を発現したのは、彼が保育園年中のときだった。何がきっかけで能力が発現したのかは、もう覚えていないのだけれど、ともかくその日、彼の能力によって保育園が炎上し、幼児三人が焼死する惨事が起こった。

その次は、小学校一年生のときに自宅でだった。学校に行くのが億劫だった朝に、登校の準備を急かされてむかついたのが原因だ。両親、祖母、二歳の妹を自宅もろとも丸焼きにしてしまった。

これによって〝環境汚染〟は孤児となり、児童養護施設に入ることになる。

この施設にA子という保育士の女性がいた。たびたび諍《いさか》いを起こすことから、煙たがられていた〝環境汚染〟へも、A子は、優しく、分け隔てなく接したものだ。いや、むしろ〝環境汚染〟が問題児であるがゆえに特別に目をかけ、深い愛情を持って接してくれていたように思えた。

ある日、それはクリスマスで、施設の児童全員でささやかなパーティが開かれた日のことだった。〝環境汚染〟は実につまらないことで、同級生と喧嘩になり、廊下に立たされることになってしまった。

食堂からクリスマスを祝う子供たちの楽しげな声が漏れてくるのを聞きつつ、〝環境汚染〟は、例のごとくむかついていた。

そんな彼にそっとA子が近づいてきたのだ。

「サバクくん。君の心にはいつもイライラが住んでいるんだね。君の中に住んでいるイライラが、お友達を叩いたり、ひどいことを言わせたりするんだよね。大事なのはね、どうしてサバクくんがイライラするか、何がサバクくんをイライラさせちゃってるかなんだよ。それは、サバクくん自身かもしれないし、学校やお友達との間で起こったことが原因かもしれないし、もしかすると先生たち大人のせいかもしれないね。大切なのはね、サバクくんが、自分で、どうしてイライラしちゃうのかをちゃんと知ることだと思うんだ。だからね……」

A子の体が燃え上がった。

ただでさえイライラしているところに、長々と話しかけられむかついたのだ。

とはいえ〝環境汚染〟としては、A子を燃やすつもりはなく、A子の燃焼はむかつきの発散中に無意識に起こったことだった。

特に望んでもいないのにA子が燃えたことに、さらに〝環境汚染〟は、むかついた。むかつくことによってA子の炎はますます強くなり、火だるまになったA子は凄まじい絶叫を迸らせながら、廊下をのたうち回った。

ふと、A子の手に何か四角いものが握られているのに気がついた。

プレゼントの箱だった。クリスマス会で児童ひとりひとりに配られていたものとは大きさが違った。

「それ、オレにか？　先生が、オレのために用意したもんなのか？　オイ！　ギャーギャー喚いてねーで、答えろよ！　オイ、コラ！」

と、呼びかけてみるも、炎上中のA子に答えられるはずがなかった。

ここで異変に気がついた保育士や指導員たちが、わらわらと廊下に集まってくる。「うわあっ！　誰か燃えてるぞ！」「み、水！」「いや、消火器だ！」「おい、サバク！　何があったんだ？」「おいっ！　おいっ！」「何か言え！　おいっ！」

矢継ぎ早に尋ねられた〝環境汚染〟のむかつきはピークに達し、発火能力が暴発した。施設の各所から爆炎が発生し、クリスマスパーティを楽しんでいた施設内はたちまちにして阿鼻叫喚の焦熱地獄へと一変した。

火事場のドサクサに紛れて〝環境汚染〟は施設から逃げだしたが、そのとき施設にいた児童と職員合わせて二十三人が焼死した。

こうしてついに居場所を失ってしまった〝環境汚染〟は、住む家もなく、ただただむかつきながら路上を彷徨《さまよ》い暮らすことになったのだった。

市街地をうろつきながら心にあるのは、以下のことである。

（A子先生はオレに何をプレゼントしよーとしてたんだ？　あの箱の中には何が入ってたんだ？　なんで教えてくれねーまんま死んじまったんだよ。むかつくぜ。クソッ。むかつく……！）

むかつきのままに、幾度か発火事件を起こした。

コンビニで万引きを咎められ放火したり、絡んできたヤクザの事務所を炎上させたり、警察に補導されて交番を燃え上がらせたり……。

いい加減〝環境汚染〟の存在――発火能力を操る奇怪な子供がいるという噂は世間に広まり始めた。もう半月ほど彼が野放しだったならば、イヤサカの出動によって捕らえられていただろう。

だが、幸か不幸か、イヤサカよりも先に、彼の前に姿を現した者がいた。

白衣を着た少年──〝人体実験〟である。

市街地で爆発事件を起こし、路地裏に逃げ込んでいた〝環境汚染〟の前に、フッと出現した賢《さか》しげな美少年に対する第一印象は、やはり「むかつく」だった。

「やあ、初めまして。キミが噂の発火能力者だね？」

しゃべり方もむかつくと思った。

「ハッカノーリョクシャ？　オメェ、アタマいいふりしてんじゃねーよ」

〝人体実験〟はクスクスと微笑する。笑い方もむかついた。こいつ、燃やしてやろうか？　と、〝環境汚染〟が考え始めたとき〝人体実験〟がこう言った。

「キミの心にはいつもイライラが住んでいるね……」

びっくりした。偶然だろうが、目の前のむかつくガキが、A子とまったく同じことを言ったじゃないか。

「キミのイライラだけれどね。ボクならスカッとさせてあげられるんだけどな」

「はあ？」

「キミは、大人の作った世界から、はみだしてここにいる。だから、イライラしている。そうじゃないかい？」

〝環境汚染〟は首を傾《かし》げる。そうなのか？

「ボクもはみだしたひとりさ。ボクの場合、イライラするというより退屈しているんだけどね。ボクもスカッとしたいのさ」

　こいつの言っていることは、よくわからない。よくわからなくてむかつく。だけど「スカッとしたい」のは確かで、興味もあった。

「ねえ、ボクらと一緒に、スカッとすることをしないかい？」

　普通ならここで「ボクら？　他にも仲間がいるのか？」とか尋ねるものなのだろうし、〝人体実験〟もそう尋ねられることを期待してわざわざ「ボクら」と強調したのだが、頭の回りの遅い〝環境汚染〟は「ボク」が複数形になっていたことにまるで気がつかなかった。

「何をするっつうんだ？」

「大人たちの作ったルールをぶっ壊してやるのさ」

「……？」

　またも、よくわからないことを言われて、むかついた。

　大人の作ったルールってなんだ？　ルールをぶっ壊す？　ルールって壊せるのか？　何言ってんだ、こいつ？　むかつく野郎だな。と、思ったものの――。

「それをやるとホントーに、スカッとするのか？」

　スカッとはしたかった。

　正直、二十四時間、三百六十五日、寝ても覚めても、飯食ってても、風呂入ってても、クソしてても、むかつき続けるのはキツかった。永続的な苦痛――いいや、激痛と言ってもよかった。自分の頭が悪いのは、絶え間ないむかつきに脳みそが焼かれてしまっているせいなんじゃないかとも思う。

〝環境汚染〟は、スカッとに飢《かつ》えていた。本当にスカッとさせてくれるのなら、断る理由なんて何もなかった。

「もちろん。スカッとするとも」

あっさりと〝人体実験〟が頷いた。あっさりしすぎててむかつく。

「もしかして、そいつが箱の中身だったのか？」

「箱……？」

さすがの〝環境汚染〟もおかしなことを聞いてしまったと思った。だけど〝環境汚染〟は、なんの根拠も繋がりもなく、こう思ったのだ。

（A子先生がクリスマスにオレへプレゼントしようとしていた箱の中身は、〝スカッと〟だったんじゃやねーのかな？）

ともかく、こうして〝環境汚染〟は、〝人体実験〟の誘いに乗り、後にZと名付けられるテロリストチームの一員となったのである。

だが――。

（チクショウ！　全然スカッとしねーじゃねーか！）

相も変わらず〝環境汚染〟はむかつき続けていた。

Zに入ったおかげで、むかつきを自由にぶつける対象ができたのは確かだ。

アメリカの都市をひとつ焼きつくしたこともあった。多様な生態系とかなんだとか、鼻について むかつく世界自然遺産の広大な密林を焦土に変えてやったり、石油タンカーを爆破して海を汚染してやったりもした。

環境保護だの持続可能性だのっていう大人どもの綺麗ごとをぶっ壊してやるのは、確かに痛快だったが、だからといって、心の中のむかつきが晴れてスカッとしたことなんて一度だってなかった。

いや、むしろ、ますますむかつきは募り、イライラは増すのだ。

(なんでだ？　なんで、むかつくんだ。なんでむかつくのかわからなくて、むかつくぜ。あぁーっ、むかつく！)

そんなとき、ふと、A子のおっとりした笑顔が頭に浮かぶのだ。

(――大事なのはね、どうしてサバクくんがイライラするか、何がサバクくんをイライラさせちゃってるかなんだよ。大切なのはね、サバクくんが、自分で、どうしてイライラしちゃうのかをちゃんと知ることだと思うんだ。だからね……)

ここで、A子の言葉は途切れる。

(だからねのあとに何を言おうとしてたんだ？　それはオレにくれようとしてた箱の中身とカンケーあるのか？　ああ、燃やさなければよかったぜ。あぁーっ、むかつく……っ！)

八八式研究所を占拠した今も〝環境汚染〟は、むかつき続けていた。

「あーっ、むかつくぜぇ！　ここにいるやつをぶっ殺せば、オレたちの基地ができるって話じゃねーのかよ！　それがなんでカクへーキがねえから探せって話になってんだよ！　クソッ！　クソッ！　むかつくぜ！　クソッ！」

〝環境汚染〟は激情のままに、壁を幾度も幾度も蹴っ飛ばす。短気を起こしているように見えるが、爆炎をまき散らさないぶんだけ、まだ冷静なほうだった。

「それによぉ……」

〝環境汚染〟は眉間の深い皺をさらに深く寄せた。

「さっきのやかましい音はなんなんだよ、むかつくなぁ！　あれはシンニューシャが来たときに鳴るって〝人体実験〟のヤロウが言ってたよなぁ？　なんでシンニューシャが来んだよ！　ケッカイに守られてっから誰もこねーんじゃなかったのかよ！　あーっ、むかつくっ！　クソッ！　クソッ！　クソッ！　クソッタレッ！」

またもガンガンと壁を蹴る。蹴られた箇所がへこんでいた。蹴りの威力というより、彼の足裏から発散される高熱によってである。

「シンニューシャをぶっ殺してやれば、スカッとすっかなぁ〜……」

残忍に呟いた〝環境汚染〟だったが、そんな程度のことではスカッとしないことぐらい経験的に知っている。だが、今のむかつきが10だとすれば8ぐらいにはなる。いや、核兵器を探し、広い施設の中をうろうろしていることにすでにむかついていたのだ。それをやめられるなら、もう2ほどむかつきは減りそうだった。

（ぜんぶで5も減るなら、ぶっ殺すしかねーだろ）

と、まともに引き算もできない〝環境汚染〟は思った。

警報を鳴らした〝シンニューシャ〟が何者かとか、何人だとか、なんの目的で侵入してきたのかとか、そんなことまで頭が回らなかった。ただ、むかつく侵入者をぶっ殺して、むかつきを5減らしたいといったぐらいのことしか考えていなかった。

そのとき――。

「ぎゃっ……!?」

突如、利き腕を背中へねじ上げられた。

物陰に潜んでいた何者かが、背後に忍び寄り、腕を取ったのだが、それがあまりに素早く静かだったので真後ろに瞬間移動でもされたかのようだった。

「うぎゃっ！　うがあああっ！　なんだ、てめっ！」

もがき抵抗したが振りほどけなかった。九歳とはいえ、肉体的には高校の運動部員を凌駕するほど屈強な〝環境汚染〟が苦もなく床へ組み伏せられてしまう。

〝力〟ではなかった。圧倒的な〝術〟が、瞬時にして〝環境汚染〟の体《たい》を崩し、制圧してしまったのである。

「テメッ！　何しやがる！　は、はなせ！　テメッ！」

　床にうつ伏せにされジタバタする〝環境汚染〟の背が、強靭な膝によって圧迫された。肩口を押さえられ、右腕をねじ上げられている。腕を固める手、背中に乗る膝――どれをとっても大きく硬い。まだ姿の見えぬ襲撃者は、むかつくほどデカくて筋骨隆々な人物と想像された。

「……大人しくしろ」

　ぼそりと発せられた声は、〝環境汚染〟の想像した大男がいかにも発しそうな低く太い声色だった。むかつく声色だ。

「……おまえの仲間に獣のような姿をした者がいるな？」

「ああ？〝遺伝子改造〟のことかぁ？」

「……俺はそいつに攫《さら》われた仲間を捜している。どこにいるかわかるか？」

　静かだが威圧感のある声だった。威圧は声に留まらない。ねじり上げた腕への圧迫を強めてくる。手首から肩口にかけて激痛が走った。

「ぎゃあああっ！　いてぇえっ！　いてぇな、テメェッ！　ぎゃああっ！」

　絶叫する〝環境汚染〟とは対照的に、襲撃者は落ち着いた声で――。

「わかるか？　答えろ」

「うぎゃあああああっ！　いでっ！　いでっ！　よせっ！　ぎゃあっ！」

　このまま〝環境汚染〟の腕をへし折ることも可能なのだろう。いや、背中を押さえている足で背骨を踏み砕くことだってできる。

生殺与奪の権を握った者の余裕が襲撃者から感じられた。

それが、むかついた。こんな無様な格好をさせられているのがむかついた。情けなく悲鳴をあげさせられているのがむかついた。痛いのがむかついた。自分を拷問しようとしてるのがむかついた。10だったむかつきが20にまで高まった。

「てっ……めえ……！」

むうっ、と〝環境汚染〟の肉体が高温にさらされた鉄のごとく赤熱する。

「ぬ……っ!?」

直後〝環境汚染〟の肉体より爆炎が迸った。世界が一瞬真っ白に染まり、超高温の熱風が怒《ど》涛《とう》のごとくフロアの廊下を端から端まで駆け抜ける。

熱を感知した消火装置が、天井から揮発性消火薬液のミストを、どっと噴出し始めた。それによって瞬く間に鎮火されたが、フロアは惨憺たる有様だった。換気システムによる排気が間に合わず、もうもうと立ち上る黒煙が天井に溜まっている。床や壁が黒ずみ、溶けて歪んでいた。消火薬液のミストにより徐々に冷却されてはいたが、未だに籠る熱気によって陽炎が揺らめいていた。

「ああーっ、くそっ、むかつく……。むかつくぜぇ……」

惨状の中心で、よたよたと〝環境汚染〟が身を起こす。これだけのことをやっておいて、まだ彼のむかつきは収まっていなかった。床に組み伏せられたむかつき、肩の痛みがまだ残るむかつき……。だが、それでも襲撃者を黒焦げの木っ端微塵にしてやったことで、20まで達していたむかつきが11ほどまでは下が……。

——廊下にスキンヘッドの大男が佇立していた。

「ああん……？」

大男が先ほどの襲撃者なのは間違いないだろう。〝環境汚染〟の想像よりも一回り以上でかかった。並みの大男ではない。身長二メートルを超す大巨漢だ。肉体の逞しさも尋常でなく、纏《まと》った黒いスニーキングスーツの上からでもその下の鋼のごとき筋肉の漲《みなぎ》りが窺えた。

——イヤサカ隊員、武古熊である。

とはいえ、無事とは言えなさそうだった。全身からブスブスと煙が上がっていて、スニーキングスーツがところどころ焦げて破けているし、皮膚の露わな部分が熱傷によって斑になっていた。

だが、その程度で済んでいる。

スニーキングスーツに呪術や超能力などの怪異的力に対する耐久性があった点を差し引いても、先ほど爆炎を至近距離で受けて無事なわけがない。普通、瞬時に肉体が炭化し、爆風で粉砕されてしまうはずだ。爆炎は瞬間的にだがフロア全体に及んでいた。数メートル飛び退いたところで、さして違いはない。ぶっとい腕をばってんに組んで防御の姿勢を取っているが、まさかそれで超高熱の爆風を受けきったとでもいうのか？

「なるほどな……発火能力者《パイロキネシスト》の〝環境汚染〟か……。ワカヒコの居場所を聞きだそうと思ったが、そんな余裕はなさそうだな……」

「ああん？　ワカヒコ？　誰だぁ、そいつは？」

そもそも知らないことを容易に明かしてしまう〝環境汚染〟。彼に交渉だの、心理戦だのという概念はない。あるのは、むかつく、だからぶっ殺す、これだけだ。

「…………」

無言で古態が、すうっ、と右足を引き、腰を落とした。両手を前に突きだす。拳は握らず、軽く開いていた。目の前に華奢な女の子でもいて、その身にそっと触れようとしているかのような構えだった。

その構えを取った途端、古態の巌《いわお》のごとき巨体が、ふんわりと羽のごとく軽く変じたように感じられた。にも拘《かか》わらず、威圧感は先ほどに倍するものとなっている。

練度の高い武術家ならば、圧倒的な実力を感じ、矛《ほこ》を収めるだろう。

武術の素人ほど、相手の強さを見誤り、無謀にかかっていき痛い目を見る。〝環境汚染〟がまさにそういう武術のド素人だった。ゆえに古態に対する恐れなどない。ただ、むかつきだけがある。

しかし、無謀で凶暴な素人の勢い任せな攻撃が、武術家の精妙な技を圧倒してしまうということは往々にしてある。むしろセオリー通りに動かない素人は、武術家にとって最も厄介な相手でもある。

そもそも〝環境汚染〟はただの素人ではない。地球環境を脅かすほどの発火能力《パイロキネシス》という規格外の異能を持つ化け物である。その短気で気まぐれな性格から現代の破壊神と言っても過言ではない少年なのだ。

「テンメェ……さっきはよくもやってくれやがったな……。むかつく……むかつく……むかつく……むかつくぜぇ……」

凶悪な〝環境汚染〟の形相がさらに凶悪なものに変わり、その身よりムンムンと熱気が立ち上る。赤い頭髪が焔《ほむら》のごとく揺れていた。

古熊の両の手がユルユルと動く。無骨な大男とは思えぬ、脱力しきった流麗な動きだった。まるでごつい古熊の両肩から蛇が生えてうねっているようだ。

古熊の両腕がしなやかに舞った。

――パシーンッ！

鮮烈な音を鳴り響かせて、古熊の手の甲と甲とが打ち鳴らされた。

「出雲神代流《いずもじんだいりゅう》【天逆手《アマノサカテ》】……」

こう古熊が呟いた途端、その巨躯が、足元から頭頂まで刷毛《はけ》で刷《は》いたように、スーッと不思議に白く染まりだした。

直後――真っ白に染まった古熊の巨体が〝環境汚染〟へ疾駆した。

「てめっ！」

〝環境汚染〟の咽喉から灼熱の炎が迸った。真正面から突っ込んでくる古熊に直撃！　その身が炎上――と、思いきや、信じられぬことが起こった。古熊が、数千度を超す火炎を突っ切ったのである。その身はまるで燃えていない!?

「シュッ!」と一息、〝環境汚染〟に肉薄した古熊の右腕がしなった。拳ではない。手の甲から前腕部にかけてを鞭のごとく用いた独特の当て身であった。

本能が〝環境汚染〟に再度の火炎を噴出させた。古熊に当てるためではない。噴射の威力を利用して逃れるためだ。後方へ飛んだ〝環境汚染〟の鼻先を、古熊の鞭打《べんだ》が擦過する。

(冷てぇ……っ!?)

古熊の拳より強烈な凍気が発散されていた。古熊の全身を覆った白いものは霜だった。この高温下で、霜が生じるほど古熊の肉体は凍てついていたのである。

古熊が爆炎を耐えきった理由、火炎放射を突っ切れた理由がこれだ。古熊は自身の肉体から超低温の冷気を放出することによって灼熱の炎を防いでいたのだ。

「シュッ!」

踏み込み、追撃した古熊の第二の鞭打が〝環境汚染〟の横っ腹に飛んできた。バシンッ! と、破裂するような浸透勁《しんとうけい》の当て身に〝環境汚染〟は自身のあばら骨が砕けるのを実感する。

「げえっ!」

勢いのまま、床に叩きつけられた。

「……浅いか」

と、呟きつつ、ススス……と、滑るように古熊が近づいてくる。〝環境汚染〟は、即座に身を起こしガッパと口を開ける。

「うおらぁっ！」

向かいくる古熊に、全力の爆炎を叩きつけ、その爆風で数間《すうけん》の距離を後方へ飛ぶ。着地したところで、ズキリとあばら骨の骨折が激痛を放ち、床に両膝をついた。

爆炎の霧散した中に、やはり古熊は佇立していた。また肉体に凍気を纏って耐え忍んだのだろう。だが、決して無傷ではない。肉体を覆っていた霜は当然消え、皮膚の熱傷の範囲が増えていた。

──パシーンッ！

また、古熊が自らの手の甲と甲とを打ち合わせた。炎を浴びて融けていた霜が再び古熊の身を覆い、彼の周囲の空気が冷却されて過冷却が発生する。

手の甲と甲とを打ち合わせるのは、尋常な神への参拝時に打つ〝柏手《かしわで》〟のあえて逆をおこなう行為で〝逆手《さかて》〟と呼ばれる。

古くより逆手は、呪的な行為として知られており、幸いを祈願する柏手の反対、すなわち災いを祈願する呪詛の際に用いるものとされ、忌まれてきた。

だが、それは半分が正しく半分が誤りである。

本来の逆手とは、古代出雲王朝にておこなわれていた呪的格闘術の名なのだ。

古代における格闘術は、呪術と一体である。たとえば、日本国における最初の格闘技の記述として知られる『古事記』国譲り神話における建御雷《タケミカズチ》と建御名方《タケミナカタ》の力比べの件《くだり》を見ると、建御雷が自らの腕を氷柱や刃に変化させて、建御名方に勝利した、とある。明らかに呪術と武術を融合させた闘法が描写されているのだ。

古熊の用いる【天逆手】は、この神代の原形を残した格闘術なのである。

――パシーンッ！

また古熊が、逆手を打った。〝環境汚染〟から放出される熱気が押し戻され、むしろ肌寒いほどの冷気が空間に充満する。

古熊は、逆手を打つことによって呪力を発動し、その呪力を用いて自らの腕を氷柱に変えたという『古事記』国譲りの記述のごとく強烈な凍気を身に帯びさせていたのである。

「Ⅱ度熱傷面積が全身の皮膚の三十％を超えると人間は生命の危機に瀕する……」

古熊が、ぼそりと言った。

「Ⅱ度の熱傷といえば、水ぶくれができる程度。その程度でも三十％も受ければ皮膚の生理的な働きが失われて人は死んでしまう。今の俺は二十五……いいや、二十七％といったところ……。あと、三％ほど食らえば危うい……」

「……？」

「余裕があるわけではないと言いたい。次でおまえを始末する」

冷ややかな決意のこもった言葉だった。

「なめやがって……」

ベッと〝環境汚染〟は血の混じった唾を吐きだした。

「なめやがって……あぁぁー、むかつくぜぇ～……」

身をブルッと震わせて〝環境汚染〟が言った。震えたのは怯えたからでもなければ、武者震いでもない。単純に古熊から発散される冷気に寒気を覚えたからだ。

怯えだとか、武者震いだとか、そんな感情をそもそも持っていない。むかつく。それだけ。心に占めるむかつきの量が多すぎて、他の感情を入れておける場所が存在しない。

「ああ、クソッ、むかつく寒さだぜぇ……。オイ、おっさん、そのすまし顔はなんだよ、むかつくなぁ。なんでオレの炎で死なねえんだよ、むかつくなぁ。上の階に行こうとしてたのに邪魔しやがって、むかつく。まさか、オメェ、オレを倒すつもりじゃねえだろうな、むかつく。むかつく、むかつく、むかつく」

メラメラとまた〝環境汚染〟の中でむかつきが燃え上がり始めた。ふつふつと滾るむかつきが脳内よりアドレナリンを分泌させ、骨折の痛みを忘れさせる。

「何をそんなに苛立っている……？」

古熊が尋ねた。

「知るか、むかつく。オレが知りてぇよ、むかつく。気がついたら、とっくにむかついてたんだよ、むかつく。A子先生もなんでオレがイライラしてっか尋ねてきたけど、わかるわけねーだろが、むかつく。ああ、だけどあれだ、むかつく。箱の中身がなんだかわかんねーからだよ、むかつく！　オメェは、箱の中身がなんだかわかるっつーのかよ、コラ、むかつく！」

「……支離滅裂だな」

「ああん？　シリ？　尻がどうしたっつうんだよ、むかつく！」

「……ひとつおまえに忠告したい」

「あん？」

「いや、無用なことだ……。おまえは俺に倒されるのだ」

「テメェ！　途中まで言っといてやめんじゃねーよ、むかつくぜ！　オレを倒すだとぉ？　むかつくっ！　言いやがれ、コラ！　勝つのはオレなんだからよぉ！」

「では一応言うが、むかついている限り、むかつきの原因はわからぬぞ。原因がわからねば、むかつきは収まらん。一度、無理やりにでもむかつくのをやめてみろ」

「はあ？」

〝環境汚染〟の目が丸くなった。

「なんでむかついてるかわかんねえと、むかつきが直らねえ？　むかつきを直さねえと、なんでむかついてるかわかんねえ……？」

頭がぐるぐるした。ぐるぐるした頭に、カーッと血がのぼる。

「わっけわかんねえこと言ってんじゃねえよっ！　テメェ、オレをバカにしてやがるだろっ！　あああああっ！　むぅかぁつぅくぅうううっっ!!」

乱杭歯をむきだしにして開けた大口の中から、怒声とともに大火炎が迸りでた。

古熊が火炎へぶつかるように突っ込んできた。冷気で炎から肉体を守りつつ、一気に距離を詰めてけりをつけるつもりだ。

が、このときの〝環境汚染〟は見た目や行動に反し冷静だったのか、本能的な何かが働いたのか、激情の発露と思われた火炎放射は、古熊を燃やしつくさんとして放ったものではなかった。

――誘い。そして目晦《めくら》まし。

火炎放射をおこなえば、古熊がそれを隙と見て突進してくるであろうことは予想がついていた。〝環境汚染〟は狙ってあえて火炎を噴いていたのだ。

「シュッ！」と、古熊の氷結した鞭打が業火の内より躍りでた。が、空を切る。「ぬっ⁉」と、古熊の顔を僅かな動揺が過る。古熊の予想した位置に〝環境汚染〟はいなかった。次の瞬間、古熊の厚い腰に、横手から〝環境汚染〟が、ガバッと抱き着いた。炎を目晦ましに使い、さらに高熱によって生じた陽炎による空気の歪みで古熊の狙いを不正確なものに変えていた。そして、隙をついたのだ。

「うらあああああああっ！　ダイっバクっハツしやがれぇぇぇぇぇっ！」

抱き潰してやらんとするかのごとき腕力で、古熊の腰を圧迫。その両腕より直接、熱を古熊の巨体に注入する。莫大な熱エネルギーによって古熊を内側から爆破しようとしていたのだ。当然のごとく、古熊は体表面を氷結させることによって凍気の装甲を纏い、体内への熱の侵入を阻んできた。が――。

「融かしつくしてやるっっ！」

〝環境汚染〟の全身が眩《まばゆ》いばかりに赤熱する。

古熊が氷の鎧を纏うというのならば、それを融かしつくしてなお、肉体を焼くほどの高熱を際限なく送り込んでやればいい。

実際〝環境汚染〟の内部に渦巻くむかつきの炎は、際限がなかった。後から後からむかつきは生じ、放出しても放出しても尽きることがないだけでなく、常時破裂せんばかりにむかつきが溜まっていた。炎というよりか、溶岩。どろっどろのぐっちゃぐちゃの超高温のむかつきが大噴火寸前の状態で、九歳児〝環境汚染〟の中に煮え滾っていたのである。それをすべて古熊へぶち込んでやるのだ！

蒸気が放出され、古熊を覆った凍気の装甲が気化していく。

だが、無抵抗なままの古熊ではなかった。己に抱き着く〝環境汚染〟の額を大きな手のひらでガッシと掴むと、その指の一本一本が頭部の経穴へ食い込んだ。本来、それだけでも地獄の激痛を与えられるが、濃厚なアドレナリン分泌によって痛覚の麻痺した〝環境汚染〟には効かない。なので、古熊は駄目押しのごとく指先より強烈な凍気を放出させた。

高温から自らを守るためではなく、相手を凍てつかせるための凍気放出。経穴から侵入した凍気は経絡を通って〝環境汚染〟の全身を巡らんとする。それは生きたまま血管に液体窒素を流し込むに等しい暴挙だった。

「ぐぎゃあああああっ！　こんのやろぉぉぉぉっ！」

〝環境汚染〟は抵抗した。さらに燃え上がることで、さらにむかつくことで凍気の侵入を阻んだ。相手の肉体に超高熱を流し込もうとする者、超低温を流し込もうとする者――接触する二名の間で熱気と冷気とがぶつかり合う。

（むかつくむかつくむかつくぜぇぇぇっ！　だが、こんなもんじゃねーぞ！　こんなもんじゃ、おさまらねーぞ！　まだまだむかつく！　むかつくむかつくむかつくむかつくむかつくむかつくむかつくむかつくむかつくぜぇぇぇぇぇぇっっっ！）

　むかつく先からむかつきを炎に変えて、ありったけのむかつきをぶち込んでいく。むかついては燃やし、むかついては燃やし、むかついては燃やし、むかついては燃やしていく。古態に対するむかつきが尽きたら、自分の現状に対するむかつきを燃やし、それが尽きたら壁の色だとか、溶けて歪んだ床の形だとか、消火装置から発散されるミストの音だとかへのむかつきを燃やし、それが尽きたら〝人体実験〟を始めとするZメンバーへのむかつきを燃やし、それが尽きたら、Zに入る前、路上を彷徨っていた頃のむかつきを燃やし、児童養護施設での、小学校での、保育園での、家庭での、なんなら胎内でのむかつきすら記憶の奥底から引っ張りだして燃やし、もう自分という存在、その肉体と思考に至るまで、むかつきの火に焼《く》べていく。だが、それでも――。

「ぐがっ……ぐぎぎぎっ……がががっ……！」

　徐々に凍気が〝環境汚染〟の肉体と思考へ浸透してきた。ひとつひとつのむかつきが凍結し、内なる焔が徐々に徐々に鎮火されていく。〝環境汚染〟の赤熱していた肉体が、焼けた鉄が冷えて固まるようにくすんで黒くなる。完全に消えきったとき〝環境汚染〟は頭部から白く染まり始めた。

　あんなにも燃え滾っていた〝環境汚染〟の精神が、すうっ、と冷えていく。

生まれて初めて〝環境汚染〟はむかついていなかった。異様なまでに頭が冴えわたり、ここに至ってようやく自分が何にむかついていたのか考えることができていた。

己の人生の膨大なむかついた瞬間瞬間が、刹那の内に走馬灯のごとく流れ過《よぎ》る。

ひとつひとつを考えると、どれもむかつくほどでもないことだったと気がつく。自分はいったい何にそんなにむかついていたのだろう。むかつく理由など初めからなかったことに気がついた。

が、たったひとつだけ、むかつくというよりか、気になって仕方なく、そこだけスカッとしきれないものが残った。

(A子先生の箱の中身はなんだったんだ……?)

ふと、氷結した眼球に、ファンシーな熊のキャラクターのエプロンをつけた女性のシルエットがぼんやりと浮かび上がる。A子先生だった。A子先生の手には綺麗にラッピングされたプレゼントの箱がある。

A子先生が微笑しながらこう言った。

(――サバク君、ようやく自分のイライラについて考えてくれたね。ご褒美にこのプレゼントをあげます)

〝環境汚染〟の凍りつき氷柱《つらら》の下がった指が、箱を取ろうと伸びる。が、幻のA子先生は、サッとプレゼントを引っ込めた。

(その前に言うことがあるでしょ。今のサバク君なら言えるよね?)

〝環境汚染〟は戸惑った。言わなきゃいけないことってなんだろう？　だが、その答えは、胸の内からぐうぅーっとこみあげてくる〝むかつく〟とは異なる初めての感情──〝むかつく〟が消えたことによって、ようやく〝環境汚染〟の内に生じる余裕ができた感情とともに、自然と思いだされた。

「ごめん……なさい……」

霜の浮いた口から微かに声が漏れる。

「だいすきな……A子せんせい……。もやしちゃって……ごめんなさい……。ごめんなさい……ごめんなさい……ごめん……オレ……オ、オレ……」

ビシッと凍りついた〝環境汚染〟の額に亀裂が入った。見る間に、亀裂は全身に広がっていく。

（──はい。よくできました。さあ、私からのクリスマスプレゼント開けてごらん！）

ここで、〝環境汚染〟は気がついた。自分のむかつきの原因は、箱の中身がわからないからではなく、A子先生を燃やしてしまったことへの後悔だったのだと……。

だからもう箱の中身なんてどうでもよかった。

（ああ……ようやく、スカッとした……）

こう思った途端、〝環境汚染〟の肉体が、氷の破片となって砕け散った。

──〝環境汚染〟、本名・煙上サバク、九歳、死去。残りZメンバー七人。

「起きて。ねえ。起きなさい。起きて」

澄んだ女の子の声。そして肩を揺すられ、僕は意識を取り戻した。冷たい床の感触がして、自分が床にうつ伏せになっているのだと気がつく。

「起きて。ねえ、起きなさい」

また、揺さぶられ、僕は、呻きながら身を起こした。自分を揺さぶっていた女の子へと顔を向ける。

パッチリとした琥珀色の瞳がまず見えた。

年の頃は小学校の三年生ぐらいだろうか。おそろしく整った顔立ちをしている。日本人のようだけど、心なしか東欧とかの目鼻立ちのはっきりした人種の血を感じさせるところがあった。見事なストロベリーブロンドの毛髪も特徴的である。

(誰だ……この子……?)

まだ頭に靄《もや》がかかったようになったままの僕は、じっと見つめてくる女の子に気恥ずかしさを感じ、やや目線を逸らす。そこで、ギョッとした。

「ええっ!」

思わず声をあげて後ずさってしまった。女の子の顔は、先ほど描写した通りの美少女だけれど、それ以外の部分が、あまりにも常軌を逸していたのだ。

まずストロベリーブロンドの頭髪からふたつ大きく突きでたものがある。妙なリボンをしているものだと思ったが、よくよく見れば、それは動物の耳——それも蝙蝠《こうもり》の耳だった。しかも、ヒクヒクと動いている。

さらに背中から大きな鷲の翼が生えていた。それも飾りに見えたのだが、動いている。彼女の首回りのマフラー状のものは豊かな羽毛だし、全身をうっすらと覆っているのもタイツスーツなどではなく、獣毛だった。

両脚がネコ科動物のそれだし、両脇から甲殻類を思わせる第三、第四の腕が生えていた。また、尻からは硬質な棘《とげ》状の鱗に覆われた尻尾まで生えている。

色々な生物種を組み合わせた異形の女の子——だけどそれが（これは僕の個人的な感想かもしれないけれど）ひとつに調和していて、一種異様な〝異形美〟とでもいうべきものがあった。

（キマイラ……スフィンクス……マンティコア……鵺《ぬえ》……）

僕の頭を過ったのは、そんな伝説上の合成獣たちの名前だった。

「怯えないのね……」

女の子が恬然と言った。

「え……？　ああ……そうだね」

僕は、女の子の言葉を受け、「ああそうか、彼女のような異形の存在に出会ったときは怯えるのが作法なんだ」などと惚けたことを思う。だけど、さっきも言ったように、僕は彼女のその姿に美を感じた。つまり美しいと思っていたのだ。

「わたし、さっきあなたの仲間を襲撃したのよ」

「へっ？」

ここでようやく僕は怯えを感じる。

「き、君は……！」

――〝獣〟！

猛烈な速度で一階からここまで駆けつけてきたZメンバーのひとり。オキナガさんと日置さん、古熊さんの三人がかりでも仕留められず、逆にオキナガさんと古熊さんに手傷を負わせていた――あの獣……！

間抜けなことに、やっと僕は、目の前の〝獣〟に当て身を食らわされ、拉致されたことを思いだしたのだった。

「ぼ、僕をどうするつもりなんだ！」

歯の根が合わなくなったのが情けなかった。

心中では【誰ソ彼】を用いて、必死でイヤサカ隊に念話を送っていた。だが繋がらない。当て身を受けた位置はちょうど【誰ソ彼】を入れていた位置だった。あのときに破損してしまったらしい。どうする……？　どう切り抜ける……？

「いくつか、尋ねたいことがあるの」

ずいっ、と表情に乏しい女の子の顔が、僕に近づいた。

「まず、あなたたち――誰？」

「き、君、僕たちが誰だかわからずに襲撃してきたの？」

こくん、と女の子が頷いた。

「〝呼び鈴〟が聞こえたから」

「呼び鈴？」

「わたしの仲間の〝人体実験〟がここの職員の脳を改造して作ったトラップ。侵入者を見つけると、大声で知らせてくれる」

僕が誤って刺激してしまった白衣の男か。やはり警報だったんだな……。

「でもね」と女の子が言った。「質問しているのは、わたし。わたしの質問に答えて。あなたたちは誰？　あなたたちが噂のイヤサカ？」

隠しても仕方がないので正直に告げることにした。

「ああ、僕はイヤサカの隊員だ」

「目的はこの施設の奪還と、わたしたちの抹殺で当たっているわよね？」

年齢に見合わず賢い子供だ。

「ご想像通りだよ」

「なぜ、こんなに早く来たの？」

「早い？」

早いのだろうか？　確かに迅速に駆けつけはしたが……。

「わたしたちが、この施設を制圧して、まだ一時間も経っていないわ」

「え？」

「施設の職員の誰かが救難信号を送っていたとしても、早すぎるように思う。まるで、わたしたちの襲撃を予測していたかのようだわ」

「ちょ……ちょっと待ってくれ！」

僕が女の子の言葉を遮ると――。

「質問するのはわたし」

ズイッ、とまた女の子の顔が近寄った。顔だけならば可憐な少女だが、その全身の異形ゆえか、言い知れぬ威圧感がある。

「いやいや、待ってくれよ。僕にも質問させてくれないと、君の質問に正しく答えられそうにない！」

「…………」

女の子はちょっと考えて――。

「いいわ。質問して」

「ありがとう。君の言ったことは本当かい？　君たちが八八式研究所を占拠して、まだ一時間も経っていないっていうのは……？」

「本当よ。一時間……そろそろ一時間を過ぎるかしら。わたしたちは、この施設を制圧して、それぞれ核兵器を探していたの」

「核兵器……？」

またも意外な言葉が出てきた。

「でも見つかっていない。そもそも核兵器を製造していた痕跡も、それを収納する設備も見当たらない。おかしいと思い始めていたところで〝呼び鈴〟が鳴った。このタイミングで侵入者が来るのも不可解。だから侵入者を捕まえれば何か知ることができると思ったの」

それで強襲を仕掛け、僕を拉致したというわけか……。彼女は警報を聞いて真っ先に動いていた。行動が早い。迅速な判断力がある。

「私は答えたわ。次は、あなたが答えて」

また、女の子が、ズイッと顔を寄せてきた。もう鼻と鼻がぶつかりそうだ。

「ご、ごめん。まだ僕から質問したいことは残っている。だから、君から僕への尋問――という形ではなく、情報交換という形を取らせてもらってもいいかい？」

「情報交換？」

女の子の耳がピクピクッと動き、僅かに目が大きくなった。

「ああ。そうだ。そのほうが君の知りたいことをより知れると思う。まず、名前を教えて欲しい。ああ、僕から名乗るべきかな。僕はワカヒコ」

「わたしは、みんなから〝遺伝子改造〟と呼ばれているわ」

やはり、と思った。国際的テロ組織Zの情報は、イヤサカに随時入ってきているし、情報分析を専門とする僕は当然それらを把握している。自らの肉体への遺伝子操作を繰り返し異形化を続ける少女〝遺伝子改造〟のことももちろん知っていた。

「本名は？」

「教えられないわ」

だろうな。〝遺伝子改造〟じゃ呼びにくいから本名を聞いておきたかったけど。

「わかった、〝遺伝子改造〟だね。まず、僕が、君の初めの質問に答えるよ。僕らイヤサカの到着が早すぎると君は言ったけど、僕らが今回の任務に招集されたのは二時間前だ」

「え……？」

「君たちがこの施設を占拠する前、すでに僕らは『八八式研究所が何者かによって占拠された』という理由で招集されているんだよ」

「それは……おかしい」

「そう。おかしい。だから、僕は驚いたんだ。それと、確認したいんだけど、君たちZは政府に声明文を送りつけたりしたかい？」

「ううん、送ってない。核兵器を見つけてもいないのに、敵に自分たちの行動を知らせるような真似はしないわ。……送られてきたというの？」

「ああ、コトリバコの呪力を国民に向けて放たれたくなかったら、二十四時間以内に日本国の主権を譲渡せよ、ってね」

「なんですって？」

〝遺伝子改造〟が眉根を寄せた。

「そんな内容の声明文をわたしたちが？　そもそもコトリバコってなんなの？」

「知らないの？」

「知らない」

彼女の瞳は澄んでいた。嘘はついていなさそうだ。

「君はさっき核兵器を探していたと言っていたよね？　もしかして、この八八式研究所を核兵器の製造や保管施設だと思っていたのかい？」

「違うの……？」

「違うよ」

コトリバコの存在まで伝えてしまっていいか少し迷ったが、Ｚたちの不可解な勘違いの理由を探るため正直に話すことにした。

「八八式研究所は、史上最凶最悪の呪具コトリバコの保管および除染施設なんだ。核兵器とはなんの関係もない」

表情に乏しい〝遺伝子改造〟の顔に微かな驚きの色が見えた。

「本当？」

今度は〝遺伝子改造〟が僕の瞳の奥にある真偽を探ろうとする番だった。案外、彼女はすぐに僕の言葉を信じてくれる。

「……そうよね。いくら探しても核兵器なんて見つからなかったもの。〝あの子〟も施設のネットワークを隅々まで探っても見つからなかったと言っていたし……」

「あの子……？」

「なんでもないわ」

そうだろうな。情報交換といっても敵同士ですべてを話してくれるわけがない。

「コトリバコという呪具のことも信じる。わたしの仲間が同じ言葉を口にしていたもの。それはどんな呪具なの？」

僕は、床に胡坐《あぐら》をかき、改めて〝遺伝子改造〟と向き合った。

「さっきも言ったけど、史上最強最悪の呪具だよ……」

僕は、〝遺伝子改造〟にコトリバコのことを語った。


コトリバコの製造法は、幕末の頃、隠岐島での反乱事件から逃げてきたひとりの男によって伝えられたのだという。

コトリバコの吐き気を催すような製造法はこうだ。

まず、複雑で綺麗な寄木細工の箱を用意する。その箱の中を雌の動物の生き血で満たし、そこに間引きした十歳以下の子供の体の一部を入れて厳重に封をする。

犠牲にした子供の人数が多いほどコトリバコの呪力は増し、ひとりでイッポウ、ふたりでニホウ、三人でサンポウ、四人でシッポウ、五人でゴホウ、六人でロッポウ、七人でチッポウと呼ばれる。八人以上を犠牲にするとハッカイと呼ばれる最強の呪具となるが、これは禁忌であり決して作ってはならないとされている。

実際には、箱の作り方であったり、封の仕方であったり、もう少し複雑な手順があるのだが、そのあたりは失伝している。と、いうよりも二度とコトリバコが製造されぬよう、当時の神祇省が記録を抹消したというのが正しそうだ。

　完成したコトリバコは、周囲にいる人間を無差別で呪殺していく。その威力は凄まじく、呪力に当てられた者は、内臓が千切れ、全身から血を噴いて、激痛にのたうち回りながら絶命するという。

　コトリバコの呪いは特に女性や子供に強く効果を及ぼすと言われ、子の命を殺《と》る箱ゆえに〝子《コ》殺り箱《トリバコ》〟と名付けられているのだ。

　コトリバコは幕末から明治にかけて十六個作製されたそうだ。

　幾人もの子供を犠牲にした箱が十六個——はたして何人の子供が殺されたのか？　その数を考えると寒気を覚える。

　それら十六個は神祇省によってすべて回収され、ここ八八式研究所に保管され、厳重な管理のもと除染作業が進められている……。

「ハッカイ……」

〝遺伝子改造〟が何か思い当たることがあったかのように呟いた。

「ねえ」と、僕は〝遺伝子改造〟に話しかける。「君たちは、ここで核兵器を製造しているなんて情報、どこから得たんだい？　いや、そもそも、どうやって結界で守られた研究所へ侵入できたんだい？」

「…………」

しばし、〝遺伝子改造〟は僕の質問を無視するように黙り続け、そして、やっぱり無視したらしく、

「……不可解なことが多いわ」

こう言って歩きだした。獣みたいに両手を地面につけて四本足で歩いている。僕にすっかり背を向けている。僕が攻撃を仕掛けてこないと信じている、というより、僕ごときは脅威ではないと思われているようだ。

一度立ち止まり、彼女は振り返った。

「どうしたの？　早くついてきなさい」当然のようにこう言う。「あなたに直接見てもらって尋ねたいことがあるの」

「あの……一応僕は君の敵なんだけどな。大人しくついていくと思ってるの？」

「大人しくしたくないなら、それでもいい。でも、あなた、気づいていないみたいだけれど人質なのよ。場合によっては、交渉材料にしたり、盾にしたり、見せしめにしたりするわ。抵抗するなら八つ裂きにするわ。それでもついてこないの？」

腕っぷしに自信のない僕にとって、淡々と語られた彼女の言葉は、手錠に等しい拘束力を持っていた。彼女を倒すことも逃げることも僕には無理だろう。

「わかった。ついていくよ……」

と、このとき、ピコンッと僕の懐から電子的な音がした。

「あ。ごめん。託宣通知だ」

【電子亀甲板】の一言主が何らかの託宣を通知したのである。取りだすと、案の定【電子亀甲板】が点滅していた。ポンッとタップすると、あの這子人形みたいな一言主が浮き上がり、こう告げる。

『呪力指数・弐拾伍《ニジュウゴ》%ヲ検知、施設全体ノ穢レガ増シテイル』

「え……？」

また不可解な出来事がひとつ増えた。

「呪力指数が……増しているいい、いい？」

CHAPTER 04

ふた箱目【シイクケース】

パソコンのディスプレイに監視カメラの映像が映っている。

消火装置のミストで曇ってよく見えないが、廊下のようだ。ようだ、というのは、床が溶けて歪み、壁が焦げて、場所の判別がつきにくくなっていたからだ。そこに黒いスニーキングスーツを纏った大男が立っていた。

この男、驚異的な力で〝環境汚染〟を凍結させ粉砕してしまった。

その一部始終――仲間の倒される光景を画面ごしに眺めながらも〝人体実験〟の涼しげな顔には微笑があった。

「へえ……イヤサカがもうやってきたのですか」

『な、なんでだよ。いくらなんでも来るのが早すぎるよ。おかしいよ』

パソコンのスピーカーから聞こえてくる引き攣《つ》った声は〝過剰な富〟のものだ。〝過剰な富〟は、現在通信室におり、そこのコンピューターから実験室3にいる〝人体実験〟と監視カメラの映像を共有しながら通話をおこなっていたのだ。

「みんなとは連絡がついていますか？」

『〝人権侵害〟、それに〝あの子〟にはついているよ。〝人権侵害〟は敵の排除に向かった。〝貧困〟は、僕と一緒に今ここにいる』

「他は？」

『〝遺伝子改造〟は、呼び鈴が聞こえて真っ先に向かっちゃって連絡がつかない。〝麻薬中毒〟は、たぶんまだ憑依状態から覚めてないよ』

「〝あの子〟は？　施設のシステムと一体になっているのに〝あの子〟は侵入者に気がつかなかったのですか？」

『そうみたい。カメラに映っている大柄なイヤサカ隊員は、〝環境汚染〟と交戦したから捕捉することができたけど、それまでは見つけられなかったんだ。敵は巧みにカメラの死角を進んでいるよ。全部で何人入り込んでいるのかもわからない』

「まあ、〝人権侵害〟と〝遺伝子改造〟が排除に向かったなら、すぐに始末をつけてくれるでしょう。ボクらは調査を進めましょうか」

『すぐに始末って……ほ、ほんまに……？』

〝過剰な富〟とは異なる不安げな女の子の声がした。〝過剰な富〟とともに通信室にいる〝貧困〟である。

『そ、そんな、のんびりかまえとって、ほんまに大丈夫なん？　だ、だって〝環境汚染〟くんをたおしちゃったんやろ？』

フッと、〝人体実験〟は〝貧困〟の不安を鼻で笑った。

「確かに〝環境汚染〟は火力においては並ぶ者はありませんでしたが、いささか思慮に欠けていました。イヤサカのように戦闘訓練を積んだ者の手にかかれば容易に制圧されてしまいますよ」

『…………』

暫時スピーカーが沈黙した。次に聞こえたのは〝貧困〟ではなく〝過剰な富〟の非難がましい声だった。

『……どうしてそんなに冷静なんだよ？　仲間が殺されたんだよ』

「取り乱したほうがいいですか？」

『違う。冷たいって言ってるんだよ』

「もう死んだ者に対して、冷たいも温かいもないでしょう？」

『…………』

しばし〝過剰な富〟は黙った。その後、おずおずと――。

『ねえ、〝人体実験〟……』

「なんです？」

『この施設はボクらの箱船なんだよね？　本当にボクらをボクらだけの新世界へ連れていってくれるんだよね？』

〝人体実験〟は恬然と答えた。

「ええ。もちろんですよ」

『……信じるよ』

「ああ。信じてもらって構いませんよ。では、そろそろ通信を切って調査に専念します。何かわかったら連絡をください」

『わかった』

　通信が切れた。

「さて」

〝人体実験〟は椅子から立って研究室内を見回す。複数の机が置かれ、パソコンが整然と並んでいた。壁際には大量の資料ファイルを収納した棚がある。

　ファイルを取りだし、ペラペラとめくってみる。備品の発注書や日誌の類……膨大なファイルの量に反し、挟まれてある資料は少なかった。机の上のパソコンもハードディスクが取り外されているし、何台か開き（〝あの子〟のハッキング能力を借りればＰＩＮコードやパスワードなど容易に割りだせた）、記録されているファイルも確認したが、ろくな情報は得られなかった。

　どの研究室も似たような状況だった。研究データが意図的に削除され、資料や記録媒体が、どこかに移動……あるいは処分されているらしかった。

（ボクらの襲撃を予測して事前に資料を隠しておいたかのようですね……）

　施設のシステムと一体になった〝あの子〟が精査しても核兵器どころか、それを製造するための設備――その痕跡すらなかった。では、いったい、この研究所はなんの施設なのか？　それを調べても一切の資料が見当たらない……。

（呪術的な何かであるのは間違いなさそうですが……）

　核兵器製造の設備はなかったが、呪術的な実験をおこなっていたと思われる設備はいくつか見つけることができた。

〝人体実験〟も呪術には多少、馴染みがある。ただし、馴染みがあるだけだ。詳しいわけではない。その馴染みにしたって、彼が彼自身の好奇心を満たすためにおこなってきた事柄の副産物に過ぎないのだ。

謎が多い。そして、この施設の謎は、イヤサカのあまりにも迅速な侵入にも通じている気がする。

（――〝環境汚染〟が、やられた……か）

短気な赤毛の少年の顔が思いだされる。この施設の謎を解かねば自分もまたやられてしまうかもしれない。そんな予感がした。

「面白いじゃないですか……」

にいっ、と〝人体実験〟の端整な顔がよこしまな笑みに歪んだ。

「ボクの持ち駒は、あと六つ。〝貧困〟や〝過剰な富〟、それに〝あの子〟は戦闘員としては使えない。やはり頼るべきは〝遺伝子改造〟と〝人権侵害〟ですね……。イヤサカは何人潜伏しているのでしょうか。まず、それを知るべきでしょう。できれば捕らえて話を聞きたいものですが……」

こう独語する〝人体実験〟はひどくワクワクしていた。

「ボクらを排除するのが大人のルールですか？　だとすれば、そのルールをぶち壊してやるのがボクらのゲームですよ……」

そう。このゲームを楽しむために〝人体実験〟は、手駒として七人のメンバーを集めたのだ。

〝人体実験〟はパソコンを操作し、ディスプレイ上に八八式研究所の立体マップを浮き上がらせる。その四角い建築物の中に、彼の集めた七人の仲間（ひとり減って六人）のＺメンバーたちの位置が光点で示されていた。

いつしか八八式研究所の立体マップは、彼の空想内で、プラスチックの昆虫飼育ケースへと移り変わっていった……。


〝人体実験〟、本名、伍代《ゴダイ》ツナヨシが小学二年生の頃のことである。

七歳の彼は、プラスチックの飼育ケースを一心に眺めていた。

幅三十七センチ×奥行二十二センチ×高さ二十四センチのその飼育ケースには、七匹の昆虫が収められている。

オオカマキリ、オオスズメバチ、アシダカグモ、シオヤアブ、オニヤンマ、ミイデラゴミムシ、ヨコヅナサシガメ……。すべて〝人体実験〟が捕まえた。

まったく種類の違う七匹の昆虫だが、ひとつだけ共通するものがある。それぞれが独自の〝能力〟を持っていることだ。

プロボクサーを凌駕する鎌のスピードを持つオオカマキリ。日本を代表する危険生物オオスズメバチ。脚を広げた姿が異常に大きな徘徊性の蜘蛛アシダカグモ。音もなく獲物へ奇襲をかけ体液を啜《すす》るシオヤアブ。巧みな飛翔性を持ち、オオスズメバチすら捕食するオニヤンマ。尻から百度の高熱ガスを噴射するミイデラゴミムシ。棘のごとき口吻《こうふん》を持つ昆虫界の吸血鬼ヨコヅナサシガメ……。

これらの凶暴で危険な虫たちを狭いひとつの飼育ケースに一緒に入れている理由が、飼育でないのは言うまでもない。

——どう殺し合うのでしょうか？

それが知りたいという強い好奇心。

昆虫たちは、まず自分たちが狭い飼育ケースに閉じ込められていることに困惑しているように見える。オニヤンマやオオスズメバチ、シオヤアブなどの飛翔性の高い昆虫は、取り乱してバタバタと飛び回り、プラスチックの壁面に体をぶつけている。それ以外の昆虫は、飼育ケースの隅っこでじっとして動かない。なかなか捕食し合う様子は見られない。

最後の一匹になるまで捕食し合うなんて期待していない。ストレスが原因で捕食行動を取らなくなり、餓死するだけの個体もいるだろう。もしかすると七匹すべてがそうかもしれない。

それはたいへんつまらない結末だが、それでも構わなかった。そこまで含めて、飼育ケース内の虫たちがどんな行動を取るかが彼の興味の対象なのである。

最初に捕食行動を開始したのはオオカマキリだった。大きな翅《はね》をバタつかせ飼育ケースの蓋に何度もぶつかっていたオニヤンマを、鎌で引っ掴まえて貪り食った。

広大な空間を自在に飛び回るからこそのオニヤンマの強さだ。狭い飼育ケースの中ではいささか分が悪かった。

同様の理由でシオヤアブも時を置かずオオカマキリの餌食となる。奇襲を用いて硬い甲虫の神経節すら口吻で切断するシオヤアブだったが、閉鎖空間では実力を発揮できなかった。

次に動いたのは、アシダカグモだ。異様なほど素早い動きでヨコヅナサシガメに飛びかかった。カメムシの仲間であるヨコヅナサシガメは悪臭を分泌させて身を守ろうとしたようだったが、アシダカグモは僅かな怯《ひる》みを見せる程度で、すぐにヨコヅナサシガメを糸でぐるぐる巻きにし、体液を啜ってしまった。

狩りを非常に好むアシダカグモは、すぐさま次の獲物であるミイデラゴミムシに飛びかかろうとしたが、ミイデラゴミムシは得意の高熱ガスを噴射して逃れた。

ミイデラゴミムシの高熱ガスの直撃を受けて弱ってしまったのか、アシダカグモの動きが鈍くなった。そんな弱ったアシダカグモを攻撃性の高いオオスズメバチが強襲する。アシダカグモも抵抗したが、毒針を突き刺されると見る間に弱っていき、最後には強力なオオスズメバチの顎で引き裂かれて絶命した。

オオスズメバチは、自身が飼育ケースから出られぬにも拘わらず、本能に従って獲物の肉を巣に持ち帰り幼虫の餌にするため肉団子にし始める。そんなオオスズメバチを背後からそっと近づいたオオカマキリが捕らえた。素早い鎌にホールドされたオオスズメバチだが、激しく抵抗する。顎で噛みつき返して鎌から逃れると、オオカマキリへ反撃を開始した。二匹が絡み合い、噛みつき合い、戦いは凄惨なものへと変わっていった。最終的に勝利したのはオオカマキリで、がっちりとオオスズメバチを捕らえ、頭から貪り食っていた。

残ったのはミイデラゴミムシとオオカマキリ。

自分より大きなオオカマキリをミイデラゴミムシが襲うことはないので、オオカマキリによって捕食されるばかりかと思われたが、意外にもカマキリはじっとして動かなかった。おそらく腹がいっぱいになったのだろう。

しばし動きが見られなくなったので〝人体実験〟は、カメラを設置して飼育ケースの前を離れた。夕方になり戻ってくると予想外の状況になっていた。

オオカマキリが飼育ケースの底に倒れて死んでいたのである。見れば、飼育ケースの網状になった蓋部分にスポンジのような卵が産みつけられていた。どうやらこのカマキリはメスだったらしく、産卵して体力を使い果たし、亡くなったようだ。

そんなオオカマキリの死体を、ちっぽけなミイデラゴミムシが齧《かじ》っていた。

「へえ……意外なやつが生き残りましたね……。これは大番狂わせです……」

七歳の〝人体実験〟はニタッと笑った。

〝人体実験〟にとって小学校の教室は、この飼育ケースと同じだった。

スポーツ万能のお調子者A太くん。真面目でしっかり者のB也くん。愛らしく甘えん坊のC子ちゃん。気が弱く泣き虫のD郎くん。噂好きのE美ちゃん。問題児でいつも怒られているF平くん。これといって特筆するところのない平凡なG介くん……。色々な個性や能力を備えた人間の集められた飼育ケース……。

ある日、担任の先生が、緊急でホームルームを開催した。どうやら、気の弱いD郎くんが、F平くんを中心としたクラスの男子数人からいじめを受けており、それが噂好きのE美ちゃんによって先生へと密告されたらしい。

いじめ自体は、当事者、保護者、教師による話し合いがおこなわれ、すでに解決したらしいのだが、担任はこれを学級全体の問題と捉え、D郎くんとF平くん合意の上で、皆で話し合おうということになったのだ。

担任は、クラスのひとりひとりに「この件に対してどう思ったか？　どうすればよいと思うか？」などを話させた。

「いじめに気づいていたのに、止めなかったボクは卑怯だったと思います」とか「一緒に遊んでいるつもりで、いじめているとは自分では気がつけなかった」「たいしたことはしていないと思っても、やられている人はとても傷ついていることがあるから気をつけたい」などといった発表がなされる中〝人体実験〟の順番となった。

担任に名を呼ばれ、〝人体実験〟は「はい」と涼やかに返事をして起立する。

「人は皆、生まれながらにして平等である——この前提を忘れてはなりません」

まず〝人体実験〟はこう言った。

「上下、優劣、強弱などはないのです。ただ、個性がそれぞれに備わり、違いがあるに過ぎません。ちっぽけなゴミムシでも自身の個性を有効に用いれば、カマキリやスズメバチの犇《ひし》めく飼育ケースの中でも生き残ることができる……」

教室中が首を傾げたのに気がつき、〝人体実験〟は「失礼」と言って話を続ける。

「いじめ、などという問題は、平等であることを忘れたときに生じるのだと思います。自分よりも相手が劣っている、弱い、などと考えるのが過ちなのです。たとえばD郎くんは、図書室や学級文庫の本をいちばんたくさん借りていますし、思いやりもあります。そういう個性を持っているのです」

D郎くんが照れ臭そうにうつむいた。

「自身と相手とが等分の存在であるということを忘れてはならない。それを忘れねば、いじめなど起きぬのではないでしょうか？」

これだけ言うと、〝人体実験〟はペコリと頭を下げて着席した。

すらすらと大人みたいにしゃべる同級生に、みんなびっくりしていた。愛らしいC子ちゃんが、大人びた〝人体実験〟をポッと顔を赤らめさせて見つめている。

次に真面目でしっかり者のB也くんが、発表する番になった。

秀才で〝人体実験〟とは幼馴染だったB也くんは、さすがに〝人体実験〟の言葉をちゃんと理解していた。

「ツナヨシくんの言ったことはとても大切だと思います。みんな同じで、みんなそれぞれにいいところがある。それを認め合っていくのが大事だと思います」

こう発表しB也くんは〝人体実験〟に目配せを送った。〝人体実験〟もまたB也くんに微笑を返したのだった。

　さて――。

　A太くん。B也くん。C子ちゃん。D郎くん。E美ちゃん。F平くん。

　この六人を〝人体実験〟は誘拐した。

　なぜこの六人だったかといえば、下校ルートや習い事など、人気のない場所でひとりになる時間のあるのがクラスでこの六人だったからといった程度の理由である。

　〝人体実験〟はその子たちの帰宅ルートの途中に忍んで、背後からスタンガンで襲って気絶させ、あらかじめ盗んでおいた車へ引きずり込んだ。そうやってひとりひとりを攫って、近所の廃ビルの地下へ連れて行ったのであった。

　目を覚ましたとき、彼や彼女らは蛍光灯がひとつ灯っただけの暗く鍵の掛かった地下室に閉じ込められていることに気がついた。

　わけがわからず泣き叫ぶ彼や彼女らの耳に〝人体実験〟の涼やかな声が聞こえてくる。声は、本人ではなく部屋に設置されたスピーカーから流れでていた。

「キミたちには、ボクの実験を手伝ってもらいます」

　デスゲームの開催者さながらに、淡々とクラスのお友達に説明する。

「これからその部屋に、とある昆虫の群れを放ちます。その昆虫は、皆さんを襲うでしょう。部屋のロッカーには昆虫に対抗できる道具がいくつか入っています。どうぞ、ご自由に使って抵抗なさってください。虫を放ってから二時間後にその部屋の戸は開錠されます。それまで皆さんが生き延びられるよう健闘を祈ります」

　パニックを起こしたクラスメイトたちが喚きだしたが、別室のモニターからその様子を窺う〝人体実験〟の表情は穏やかで、微笑すらそよがせている。

　先日、飼育ケースで殺し合いをさせた昆虫の中のあっさりと負けてしまった一種を人為的に操ることができないか〝人体実験〟はかねてより研究していた。

　その昆虫は群れで狩りをすることによって自分よりも大きな個体を仕留めることが知られている。

　――どこまで大きな獲物を狩れるか？　哺乳類でも可能か？

　猫や犬で、すでに試している。結果、その昆虫は犬も猫も群れであれば仕留められることが明らかになった。それがわかったならば、次の興味はもちろん――。

　――人間でも狩れるか？

　大きさだけが問題ではない。人間には知恵がある。道具を使える。

　知恵や道具を使って抵抗する人間を、昆虫は捕食することができるのだろうか？

　クラスメイトを閉じ込めたロッカーには、箒、殺虫剤、蚊取り線香、虫よけスプレー、トーチバーナー、厚手の合羽、長靴……などが入っている。

　それらの道具をうまく使うでもいい、協力し合うでもいい。地下室に閉じ込められたクラスメイトたちは、無事に虫から逃れられるだろうか？　どのような精神状態に陥り、どのような行動を取るのだろうか？　その過程を観察するのも――。

――楽しみだ……。

にいっ、と〝人体実験〟の顔に酷薄な笑みが生まれた。

〝人体実験〟は、躊躇なく手元のボタンを押す。

クラスメイトたちの部屋に独特の甘やかな――だが耐えがたい悪臭が放出され、モニターの中の子供たちが手で口と鼻とを押さえた。それは〝人体実験〟の研究対象とする虫を群集させ、攻撃的に変える匂いであった。

子供たちのいる部屋の小さな隙間から、夥《おびただ》しい数の黒く異様な姿の虫どもがゆっくりゆっくりと這いでてくる……。子供たちが悲鳴をあげて壁際に逃げた。

真面目でしっかり者のB也くんが、キッとカメラ――すなわち、その向こうで自身を観察しているであろう〝人体実験〟を睨んだ。

「やめろ、ツナヨシ！　どうして友達にこんなことをするんだ！　おまえ、言ってたじゃないか！　みんな平等だって！　お互いの価値を認めることを知っているおまえが、なんでこんなことをするんだよ！」

フッ、と〝人体実験〟は鼻で笑った。

「ええ、平等です」

と、呟いた声は、マイクを切ってあるのでB也くんたちには届かない。

「だから皆平等に扱うのです。虫も犬も猫も、いじめられっ子もいじめっ子も、幼馴染も……。ボクは決して分け隔てしません。皆、分け隔てなく、等価の命として実験動物にするのです……」

絶叫が沸き起こった。虫どもが捕食を開始したのだ。モニターの中でクラスメイトたちは地団太を踏むように足元の虫を踏みつけたり、ロッカーの中の道具を積極的に使おうとしたりしているが、痛みと恐怖と悍《おぞ》ましさに錯乱状態になって、有効活用できていない。

「ああ、これは助かりませんね……」

退屈げに呟き〝人体実験〟はタブレット端末に、断末魔のクラスメイトたちの様子を詳細に打ち込んでいく。モニターを見つめるその表情は、飼育ケースの昆虫を覗き込んでいたときとまるで同じであった……。

〝人体実験〟には、たとえ罰せられるリスクを冒してでも自身の好奇心を満たさずにはいられないという、どうしようもない衝動があった。

殺虫剤の実験をするように、人間に毒ガス実験をしてみたい。人間の脳の一部の機能を破壊したら、どんな結果をもたらすだろう？　生死にかかわる極限状態まで人間を追い詰めたら、どういう行動を取る？　すべて実験で確かめてみたい……！

〝人体実験〟がいわゆる天才児であることは今更言うまでもない。同年代の子供とは比べ物にならぬほどの頭脳の持ち主だ。ただし、強い好奇心を抑えきれぬ点は、恐ろしく未熟であった。

異常に高い知能指数。好奇心を抑えきれぬ幼稚性。そして、人と虫の命をともに取るに足らぬものと感じる歪《いびつ》な感性。

——〝人体実験〟は化け物であった。

そして自分が化け物であることを〝人体実験〟はちゃんと理解していた。

（ボクは、この世界のルールには、うまく嵌《は》まることができないようですね）

八歳になる頃には、そう確信していた。

（ボクはルールを破り続けねば生きていけません。ですが、そんなルール破りのボクを大人はいつまでも罰することができずにいる……）

実を言えば、B也くんたち以前にも、〝人体実験〟は幾人もの人間を誘拐し、実験体にして殺していたが、未だに明るみになっていない。〝人体実験〟が巧みに遺体を処理し、証拠を隠滅したからだ。

だが、さすがにひとつのクラスから六人もの児童が行方不明になった一件は大きく報道された。テレビやネットで連日報道された謎の集団児童失踪事件は、大きな話題を呼び、有識者が推理を語り、ＳＮＳ上で無責任な憶測が飛び交った。

自分の行為が世間へ反応を起こしている様子を目にした〝人体実験〟の脳裏に、あるヴィジョンが浮かび上がった。

——世界という巨大な飼育ケース……。

（大人のルールに支配された世界そのものが、ボクの飼育ケース。そこに入っている一切が実験体なんです。ボクはこの世界を相手に好奇心を満たす実験をしてみたい。大人のルールを壊す実験を存分に楽しみたい……！）

むくむくと沸き起こる好奇心。好奇心への欲求を抑えきれぬのが〝人体実験〟だ。

国の要人を暗殺したらどうなる？　世界的な美術品を破壊したら？　世界自然遺産を燃やしつくしたら？　米国の機密情報を白日の下に晒したら？

大人たちのルールを大きく破壊してやったら、世界はどんな化学変化を見せる？

仲間が必要だ。自分の空想を実現させ得るだけの異能を有した仲間だ。大人のルールを壊すための仲間なのだから、子供であるのが望ましい。

〝人体実験〟は、異能を持つ児童の情報を集めた。情報収集も収集した情報の精査も〝人体実験〟にはお手のものだった。これは間違いなく異能を有する児童だと確信の得られる情報を見つけると、直接出向き、仲間にならぬかと勧誘した。

昆虫を採集するように〝人体実験〟は仲間を集めていったのだ。

〝遺伝子改造〟〝人権侵害〟〝過剰な富〟〝貧困〟〝麻薬中毒〟〝環境汚染〟。この六匹の毒虫を〝人体実験〟は採集し、世界という飼育ケースに解き放った。

そう。これがZの始まりなのである。


「おや？」

八八式研究所の立体マップを映したディスプレイに変化が現れ〝人体実験〟は目を見張った。

自分のいるフロアの廊下で電磁的な力の働きが検知された。それが一瞬マップ上に視覚化されサーモグラフィーのごとく浮き上がったのだ。

「誰か、かかりましたね」

〝人体実験〟は手早くキーボードを叩いて、電磁反応のあった場所の監視カメラを遠隔で操作する。カメラが動き、今まで死角となっていた壁際を映す。

そこにスニーキングスーツを纏ったふたりの人物が壁に背をつけて立っていた。ひとりは腰に日本刀を差した黒髪の女性。もうひとりは榊の絡まったマークスマン・ライフルを抱えた男だった。神功オキナガと日置カツラである。

「イヤサカ……」

戦闘員である〝遺伝子改造〟や〝人権侵害〟と出くわすことなく、自分のいるフロアにイヤサカがやってきたことに僅かな驚きがあった。

〝人体実験〟は、焦ることなくマウスを操作し〝過剰な富〟へ通信を繋いだ。

『どうしたの?』

「ボクのいるフロアにイヤサカ隊員が二名来ています」

『えっ!?』驚きの声のあと、僅かな間があり『本当だ……』

〝過剰な富〟も監視カメラの映像を確認したらしい。

「フロアの部屋をひとつひとつ探っているようですね。いずれここにもやってくるでしょう。〝遺伝子改造〟と〝人権侵害〟をよこすことはできませんか?」

『難しいな。〝遺伝子改造〟は通信機を携帯せずに出ていっちゃってるし〝人権侵害〟は……』

しばし考えて『そのフロアに鏡はある？』

「手洗いぐらいにしかないですね。なるほど、鏡がなければ〝人権侵害〟が来ても戦力にはならないわけですか」

『連絡だけはしておくけど……』

「いや、それには及びませんよ」

〝人体実験〟の声は悠長ですらあった。

『だけど……！』

敵の迫っている〝人体実験〟よりも〝過剰な富〟のほうが焦っていた。

「ボクは投入できる戦力を確認しただけです。フフ……ふたり程度ならボクひとりで対処できます」

『侮っちゃダメだ。相手はイヤサカだよ』

「イヤサカだからこそ――」ニタッと〝人体実験〟は笑った。「――実験体として興味深い……」

ディスプレイに映る監視カメラ映像を眺める〝人体実験〟の顔には、飼育ケースの昆虫を観察していたときの残忍な好奇心があった。

「では、ボクは実験に集中しますので」

『油断しないでよ』

〝人体実験〟は通信を切った。

改めて監視カメラに映る二名のイヤサカ隊員を見る。ふたりは先ほどの位置から動いていない。いや、動けずにいることを〝人体実験〟は知っている。

「電気ショックの原因がわからぬので、不用意には動けぬのでしょうね」

フッフッフッ……と〝人体実験〟はほくそ笑む。

先ほど、立体マップに電磁的な力の発生が表示された。その力が何によって生じたものか〝人体実験〟は知っている。それは〝人体実験〟自身があらかじめ仕掛けておいたトラップだったからだ。

〝人体実験〟はパソコンの横に置いたタブレット端末の画面をタップする。

異様な映像が浮き上がった。無機質で殺風景な部屋に男がふたり。ひとりは複数のスイッチの設置された机についていて、もうひとりは椅子に拘束されている。拘束された男が何かを喋る。すると、机の男がスイッチを押す。途端、椅子に拘束されていた男が悶え苦しむ。

「ミルグラム実験……」

〝人体実験〟が呟いた。

アメリカの心理学者スタンレー・ミルグラムが六〇年代におこなった実験の名である。実験の目的は、ある条件下において権威者の支配のもと、人間がどれだけ冷酷になれるかを確かめること。

被験者を〝教師〟と〝生徒〟に分け、生徒役に問題が出される。生徒役が誤答を出した場合、教師役は手元のボタンを押す。ボタンを押すと生徒役に電気ショックが流される。誤答を繰り返すごとに電圧が上がっていく。教師役がボタンを押すのを躊躇うと、白衣を着た権威のある博士風の人物が出てきて、実験を続行するよう通告してくる。教師役はどこまで生徒役に電流を流し続けられるのか？

――と、いうのが、ミルグラム実験である。

もっともミルグラムのおこなった実験では、教師役と生徒役は別々の部屋におり、実際には生徒役に電流は流されず、事前に録音した苦痛を訴える演技の声だけが聞こえるようになっている。

〝人体実験〟もこの実験をおこなった。ただし、彼の場合は、教師役と生徒役を対面させた状態で、さらに本当に電流を流しておこなったのである。結果、生徒役の被験者十名中八名が感電死し、二名が正気を失った……。

タブレットに映しだされたのは、まさにその様子を撮影した映像だった。

ボウッと、タブレットが赤く妖しい光を帯びた。ディスプレイの光ではない。陰光――すなわち人魂が放つのと同質の光に他ならなかった。

画面に映るイヤサカ隊員二名が、そっと廊下を歩み始めた。途端、その身がビクンッと跳ねる。さながら強烈な電気ショックを受けたかのような反応だった。

いいや、実際に床に膝をついたふたりのイヤサカ隊員は、肉体に激しい電気ショックを感じている。ふたりは、自分がどこから何者によって電撃を食らわされたのかわからぬ様子で周囲を警戒していた。

女性の隊員——神功オキナガが鞘ごと刀を腰から抜き、鐺《こじり》で床を探る。廊下に足を踏みだした途端に電気ショックを受けた。つまり床に電流の流れるトラップが張られていると思ったのだろう。

「残念。トラップが張られているのは、空間そのものです。そして、トラップは機械的なものではありません」

クックックッと〝人体実験〟がまた笑った。

「——呪的なトラップです」

〝人体実験〟の手にあるタブレットが赫々《かくかく》と不気味に輝いていた。

彼が数々の非人道的な人体実験を繰り返してきたことは、すでに述べた。彼はそれらの悍ましい実験の記録をテキストで、画像で、映像で記録し、このタブレットへ保存していった。いつしか、あまりにも膨大な忌々しい記録を収めたタブレットは、呪いを帯びるようになり、一個の怪異と化した。

——名付けて【生類憐みＰａｄ】。過去におこなった人体実験をプログラム化して自動再現する能力を持ったある種の現代型付喪神《つくもがみ》である。

〝人体実験〟は、【生類憐みＰａｄ】を用い、あらかじめ廊下に〝ミルグラム実験〟による呪詛を再現させておいた。

廊下に踏み入った者は、強制的に呪詛にかかり実験体にされる。実験体となってしまった者は「廊下を前に進む」という誤答ごとに肉体に電撃を受けるのだ。

二名のイヤサカ隊員は、互いに表情を窺い、動けなくなっていた。

「やれやれ、つまらないですね……」

〝人体実験〟は、鼻を鳴らす。

「まあ、〝ミルグラム実験〟は、あくまで守りとして配置したトラップです。イヤサカの皆さんに、もっと実験体としての姿を見せてもらうためには……」

〝人体実験〟は【生類憐みＰａｄ】のファイルをひとつひとつスワイプしていく。

「この実験にしましょう」

楽しげにひとつを選び、タップする。

ボウッ、とタッチパネル上に何かが浮き上がった。

もぞもぞと蠢くそれは、異形の昆虫である。

初め一匹だったその昆虫が、二匹、三匹、四匹……十四、百匹、千匹と、あとからあとから湧くように生じ、次々と床に零《こぼ》れて実験室の外へと這っていく。

葉状に反り返った胴体、針のように細い頭部と六本の脚は、見る者にどこか危険な、触れれば刺してくるのではないかという恐怖心を与える姿をしていた。一見蜘蛛に見えるが、蜘蛛ではなくれっきとした昆虫だ。

〝人体実験〟が飼育ケースに入れて争わせた七匹の虫のうち、これといって目立たずあっさりと負けた一匹である。

――ヨコヅナサシガメ。

サシガメ科に属するカメムシの仲間だ。サシガメの〝サシ〟は〝刺し〟であり、〝刺すカメムシ〟というほどの意味である。実際、このカメムシは刺す。カメムシの仲間に共通する針状の口吻を獲物に突き刺し、消化酵素を注入して体組織を溶かして吸引する。このカメムシの恐ろしいところは高密度の集団を形成し、群れで大型の獲物すら襲って体液を啜ることだ。

かつて〝人体実験〟は、密室に閉じ込めたクラスメイトたちを実験台に、この昆虫を操って、人間を集団で襲って命を奪うことが可能か否かを確かめたことがあった。〝人体実験〟はその実験を【生類憐みPad】を用いて再現したのだ。

際限なく湧き出るヨコヅナサシガメは、扉の隙間から廊下に出て、床や壁を覆いつくし、蠢く絨毯のごとくなってふたりのイヤサカ隊員へと向かった。

ターンッと銃声が鳴る。日置が迫りくるサシガメどもに発砲したのだ。ターンッ、ターンッ、と続けざまに日置のライフルが火を噴く。

群れる昆虫に対して一発二発の弾丸が効くはずもない。そもそもこのヨコヅナサシガメは実体を持った昆虫ではなく、呪詛が虫の形を成して可視化された存在であり、物理的な攻撃の効く相手ではないのだ。

発砲にもまるで怯むことなく迫りくる虫の群れに、オキナガと日置は後ずさる。

「痛《つ》ッ！」

オキナガが苦痛を訴える声をあげた。見れば、後ずさった右足のブーツの踵に数匹のヨコヅナサシガメが付着して、針のごとき口吻を突き立てていた。

振り返ったオキナガと日置は見た。背後の廊下にも、ヨコヅナサシガメが足の踏み場もないほどに群れてうぞうぞと蠢いているのを……！

「なんで……後ろに……？」

ポトポトとオキナガの頭上からひとつふたつ何かが落ちてきた。反射的に避けたオキナガは天井を見上げる。そして、ゾッとなった。天井にもヨコヅナサシガメの悍ましい姿が無数に付着し、水滴のごとくぽろぽろと落ちてきていたのだ。

背後に回られた理由もこれで合点がいった。ヨコヅナサシガメどもは、オキナガたちの逃げ場を奪うため、先に天井を伝って回り込んでいたのである。

「うっ！　痛ッ！」

肩口に痛みを感じてオキナガが声をあげた。落ちてきたヨコヅナサシガメがオキナガの肩を刺していた。振り払おうとするが、振り払えない。可視化された呪詛であるヨコヅナサシガメは手で触れることができぬのだ。

次に足首を刺す痛み。続いて足の甲。太腿。サシガメどもがわさわさとオキナガと日置の体を這い上り、思い思いの場所で口吻を突き立てた。さらにサシガメは口吻より消化酵素を注入する。刺された箇所の体組織を溶かされ、ちゅうちゅうと啜られるのだ。

「ううっ！　くそっ！　ぬあっ！」

オキナガと日置は体を振り回したり、壁に激しくなすりつけたりするが、当然実体のないサシガメにはなんの効果もない。見る間にふたりの体は悍ましい虫どもに覆いつくされていく。

　この地獄のごとき光景を、〝人体実験〟はモニターごしにニヤニヤ眺めていた。

「喚き散らしてのたうち回るかと思ったのですが……そこはやはりイヤサカ隊ですね。反応としては面白みに欠けますが、たいしいたものです。ですが……」

〝人体実験〟は画面から目を逸らした。

「結果が見えてしまいましたね」

　もう興味が尽きたという風に〝人体実験〟は、結末を最後まで見届けることなく調べものに戻ろうとする。

　と――。

　――チャリン、チャリン。

　鈴の転がるような音がして〝人体実験〟はパソコンへ目を戻す。

「……なんです？」

　ディスプレイで金属音の正体を確認すると、床を蠢くサシガメどもの間に、銃弾が数個転がっているのが見えた。どうやら日置がライフルに装填していた弾を排出したらしい。

　当の日置は、床に膝をつき体中サシガメに群がられ、人の形をした虫の山のごとくなっていた。全身を苛《さいな》む激痛に耐えながら、タクティカルポーチを探って何かを取りだしている。新しい銃弾だ。それをライフルへ装填し始めた。

「何をやっているのですか……？」

〝人体実験〟が首を傾げたとき、日置がこう言った。

『オキナガ隊長……う、動けますぅ……？』

『あ、ああ……』

日置と同じく虫の塊と化していたオキナガが苦しげに答える。

『……こ、これはなんらかの呪詛を仕掛けられていますよねぇ？』

『わ、わかっている……。あそこ……だな……』

オキナガは廊下の先を顎で示した。そこには〝人体実験〟のいる実験室3がある。呪詛の流れを辿って、その発生源を推理したのだろう。

『【蟇目《ヒキメ》】を装填しました』

日置が言った。

『ご、五発しかありませんけど、いけます……？』

『いける』

『なら……お願いします……』

こう囁《ささや》き交す声を〝人体実験〟は微かに聞き取った。

「ヒキメ……？　なんのことです……？」

日置がライフルを構えた。銃口の向いている先は、這い回る昆虫ではなく、誰もいない廊下の先だった。オキナガへ軽く目配せすると――。

『いきますよ。三……二……一……』

引き金を引いた。

――ポォォォォォォォォン……！

射出とともに意外な音が鳴り渡った。高く高く廊下に反響する涼しげな音色。神韻として、音であるにも拘わらず静寂を呼び込むような、そんな音。

が、その音色のもたらした効果にこそ〝人体実験〞は驚くことになる。

「何……!?」

音が鳴るとともに、あんなにも廊下に溢れ蠢いていたサシガメどもが、フッ、と瞬時に掻き消えたのである。

オキナガが床を蹴って駆けだした。その手が刀の鞘にかかっている。見る間に〝人体実験〞のいる実験室3へと接近してきた。

と、ここで音の反響が薄れ消える。途端、消えていたサシガメが、またフッと出現し、オキナガの身を覆いつくした。

『二発目！』

日置がライフルを撃った。

――ポォォォォォォン……！

またも鳴り渡る神聖な音響とともに、サシガメが消える。

〝人体実験〞は理解した。

「音が、呪詛を消している……!?」

──鏑矢《かぶらや》、というものがある。

鏃《やじり》の部分に、円筒形や紡錘形の鏑を取り付けた矢のことで、放つことによって中空構造の鏑が笛のごとき音を鳴らす。武器というより合戦の合図として利用されてきた。また独特の音色を用いて邪を祓《はら》う破魔の儀式にも鏑矢は利用された。

日置カツラは、もともと呪的古流弓術の使い手である。装備こそ弓矢からライフルに変えているが、その技と呪の原理原則に変わりはない。

──浄化音響弾【蟇目】もまたそのひとつ。

非殺傷のこの弾丸は、邪を祓い場を清める鏑矢の音響を再現するものであり、この音色が反響している十から二十秒の間、その空間を清め、呪詛や祟りの力を消し去る効力を持っているのだ。

呪術的知識を持たぬ〝人体実験〟だが、賢しい彼の頭脳は瞬時に「音色が呪詛を封じている」というところまで看破し、即座に己の取るべき次の行為に移っていた。

(──ボクの手駒はひとつではありませんよ)

【生類憐みPａｄ】を手早くスワイプし、新たな〝実験〟を選択──即座にその呪詛を解き放つ。

「──銃殺実験」

ポン、とパネルをタップする。

駆けるオキナガの目の前に、ライフルを構えた半透明の男が、ボウッ、と数人浮かび上がる。

男たちは躊躇いなくオキナガに向け、引き金を引き、ライフルをぶっ放す。が、それよりも早く日置が三発目の【蟇目】を放っていた。

――ポォォォォォォン……！

ライフルの弾丸がオキナガに着弾する直前に掻き消える。

が、その結果を〝人体実験〟は、予想していた。すでに【生類憐みＰａｄ】を繰り、次なる〝実験〟を選択していた。

「――低温実験」

オキナガの周囲の空気が一瞬にして氷点下まで冷え込む。気温のみならず、オキナガの体温もぐっと下がった。見る間に体の感覚が失われ、呼吸ができなくなる。体内では心臓が異様な動悸を打ち始めた。が、この症状もすぐに――。

――ポォォォォォォン……！

四発目の【蟇目】によって霧散する。すぐさま次の呪詛を放つ〝人体実験〟。

「――超高度実験」

オキナガの周囲の気圧が急激に下がる。血液中の酸素濃度が急激に下がり、顔がむくみ凄まじい嘔吐感と眩暈、頭痛がオキナガを襲う。意識が混濁せんとしたところで、五発目の【蟇目】が射出された。

――ポォォォォォォォン……！

呪詛の影響下から解放されたオキナガの肉体が、すうっと健常に戻る。オキナガは実験室の戸の前に到達していた。

『オキナガ隊長！　これで全部ですからね！』

日置の声が、実験室のドアノブを握ったオキナガの背に飛んでくる。開け放ち、中にいる〝人体実験〟を斬り捨てればオキナガの勝ちだった。だが――。

「残念。当然、施錠してますよ」

〝人体実験〟が冷ややかに笑った。オキナガが戸を引き開けようとするが、開かない。くっ、と喉を鳴らすオキナガ。

「持ち駒の数が多いボクの勝ちでしたね」

オキナガが戸に肩から体当たりする。合金の扉はびくともしない。

「戸を破壊しますか？　イヤサカ隊員ならばそれもできるかもしれませんね。ですが、そんな余裕は与えません」

〝人体実験〟が【生類憐みPad】をタップする。瞬時にしてオキナガの肉体上にヨコヅナサシガメが浮き上がり、包み込んだ。

「ボクが一手早かったですね。サシガメに全身の血を吸いつくされて干からびてしまいなさい！　ハハハッ」

必勝を確信し、〝人体実験〟が高笑いをあげたときである。

『秘剣電書【師霊】――〝瓶割《カメワリ》〟』

ぼそりと呟くオキナガ。握った霊刀【玉響】がボオッと青く光を放った。

――シュッ。

戸に斜め一線の青い閃光が走った。

「え……？」

両断された戸が、重い音を立てて内側に倒れた。戸の向こう側には、全身を妖虫に覆われつつも、青々と輝く一剣を握り構えるオキナガが立っていた。

安土桃山後期の剣豪一刀流開祖伊藤一刀斎景久《いとういっとうさいかげひさ》は、大甕《おおがめ》に隠れた賊を甕ごと一刀両断したと伝わる。オキナガは、その驚異的秘技を【篩霊】を用い実現させたのだ。

「そんな……！」

〝人体実験〟の顔が一瞬で青ざめた。

慌てて〝人体実験〟が【生類憐みＰａｄ】をスワイプする。

出す手駒を誤った！　まさかこうもあっさり戸を破壊されるとは予想できておらず、対象がゆっくりと悶絶死する様を観察できるサシガメ実験を選んでしまった！　本当ならば瞬時に命を奪える実験を選択すべきだったのに……！

オキナガが跳んだ。部屋の入口から〝人体実験〟までの距離を瞬時に縮めてくる。彼女の握る日本刀が妖しく煌めきながら唸りをあげた。

（そんな!?　ここでボクは殺されるのですか？　〝遺伝子改造〟〝人権侵害〟〝麻薬中毒〟……まだ手駒は残っているのですよ。失われた手駒はひとつだけだっていうのにどうしてボクが手駒より先に!?　そんな、嘘だ！）

ふと、〝人体実験〟の脳裏に、飼育ケースが浮かんだ。

ケースの中には、七匹の昆虫がいる。それを眺める〝人体実験〟。彼にとってこの世界そのものが飼育ケースであり、世界の内に存在するあらゆるものが実験体だ。

視線を感じて、空想の中の〝人体実験〟は上を見る。

――巨大な何かが、飼育ケースを眺める〝人体実験〟を眺めていた。

（そうか……ボクも飼育ケースの中の虫の一匹か……）

〝人体実験〟にとってクラスメイトの命も昆虫の命も等価。虫を殺すように人間を殺してもおかしいと思ったことはない。無論、Zの仲間たちの命だってそう。この世のすべては等価なのだ。

ただし、ひとつだけ等価ではないものがある。自分の命だ。自分だけは飼育ケースの虫とは違う特別な命だと思っていた。だが、そうではない。自分もまた等価な命に過ぎなかった。生まれて初めて〝人体実験〟はそのことに気がついた。

以上の思考が刹那の内に過る。と――。

オキナガの日本刀が〝人体実験〟の首――その寸前で停止していた。

（なぜ……？）

恐々とオキナガへ顔を向ける。〝人体実験〟が見たのは実に意外な光景だった。

気丈そうな女性隊員の身がガタガタと震えていた。刃を突き付けているにも拘わらず、その瞳の奥には強烈な恐怖が宿っていた。

オキナガは自身の内側から滲みでる何かと必死に闘っているようだった。ほんの少し腕に力を込めるだけで〝人体実験〟の首を切り落とすことができるのに、それができぬようだった。

「ハハ……」

〝人体実験〟の顔に薄ら笑いが蘇る。

「やっぱりボクは特別だった！　こんなところで死ぬわけがないのですよ！」

素早く【生類憐みＰａｄ】をスワイプする。もはや遊びはない！　対象を即死せしめる〝実験〟を選択し、それを発動せんとタップす……。

――タンッ！

〝人体実験〟の手の内で【生類憐みＰａｄ】が粉砕し、弾け飛んだ。

「え？」

何が起こったのか理解できず、〝人体実験〟は【生類憐みＰａｄ】を握っていた自身の手を見る。左の手首から先が失われていた。

「え？　え？」

両断された部屋の戸の向こう、廊下のずっと先で、日置カツラがマークスマン・ライフルを構えていた。ライフルの銃口からは硝煙があわあわと立ち上っている。

「なっ……!?　う、撃ち抜かれた……？　ぎゃ、ぎゃあああああっ！」

理解するとともに、左手を失った激痛が襲ってくる。血の溢れる手首を押さえ、蹲《うずくま》ろうとしたところで――。

――タンッ！

〝人体実験〟の顳顬《こめかみ》を日置のライフルが撃ち抜いた。

世界という飼育ケースの底に〝人体実験〟の亡骸が一匹の虫のごとく転がった。

――〝人体実験〟、本名・伍代ツナヨシ、十歳、死去。残りZメンバー六人。


〝人体実験〟が倒れても、未だにオキナガの刀は変わらぬ位置にあった。

オキナガの体が、ガタガタと異常なまでの震えを帯びている。

震える肩に、優しく手のひらが置かれた。日置だった。

「落ち着いて。ゆっくりと深呼吸してくださいねぇ」

硬直していたオキナガが、ようやく日置を振り返る。その顔には強い動揺と恐怖とがある。

「子供を……殺してしまった……」

オキナガが、苦しげに声を絞りだす。日置がオキナガの両肩を強く掴んだ。

「殺したのは僕です。それに子供ではなく、テロリストですよ」

オキナガは首を振る。

「テロリストだが、子供だ」

「かもしれません。ですが――」

日置は真っ直ぐに、オキナガの目を見つめた。

「――少なくともオキナガ隊長の子供ではありませんよ」

「…………」

しばらくオキナガは深呼吸を繰り返した。次第に身の震えが収まっていく。

「すまん」

「大丈夫です？　作戦から離れたほうがいいんじゃないですか？」

「いや。大丈夫だ」

オキナガの表情が引き締まった。

「やれる。いいや、やらねばならぬのだ。心配するな、次はやる」

己に言い聞かせるように口にしたオキナガの顔には、どこか正常ではない精神状態の者だけが持ち得る、ある種の熱のようなものが感じられた……。

また、呪力指数が上がっている……。

僕は〝遺伝子改造〟に連れられて歩きつつ、【電子亀甲板】で施設内の呪力指数を占っていた。いつの間にか四十%に達している。

一般的に呪力指数は、六十%を超すと、動植物へ身体的・精神的な影響を及ぼし始めると言われている。危険な数値に近づいているのだ。

問題は、要因が何か――ということ……。

僕の頭の中で最悪の推理が生まれていた。八八式研究所で呪力といってすぐに思いつくものと言えば――コトリバコだ。

(もしかして、除染中のコトリバコの封印が解けかかっているんじゃ……? コトリバコが発動されたならこの程度では済まないはずだけど……)

Zが八八式研究所を占拠する際、コトリバコの封印を知らぬ間に解いてしまった……というのは、あり得そうなことだ。

「あのさ……」

僕は、前を進む〝遺伝子改造〟に尋ねてみた。

「何?」

「君たちが、ここを制圧するとき、あるいは核兵器の保管場所を探しているとき、誤ってコトリバコの封印を解いてしまったりはしていないよね……？」

「さあ」

無感情に〝遺伝子改造〟は答える。

「他のメンバーのことは知らないけれど、少なくともわたしに思い当たることはないわ。コトリバコはこの施設のどこに保管されているの？」

僕は一瞬答えるべきか迷った。だが、もしコトリバコの封印が解けているのだとすれば〝遺伝子改造〟と協力してでも、再び封印しなければならないと思い、正直に話すことにする。

「除染室にあるはずだよ」

「除染室？　ああ、確かに、そういう雰囲気の部屋があったわね。あの部屋をいじったり、荒らしたりはしていないはずだけど。あなたがさっきから気にしている呪力指数上昇の原因は、コトリバコの封印が解けたことにあるの？」

「いや、そういうわけじゃないんだけど……」

と、僕がはっきりと言えないのは、一言主に占わせても、呪詛の発生源が特定できなかったからだ。除染室のコトリバコの封印が解けつつあるなら、除染室を中心に呪力指数の高まりが見られるはず。なのに八八式研究所内の呪力指数は、施設全体であまり偏りはなく、だいたい均一なのだ。

一応、定期的に質の異なる突発的な呪力の増減が各所に見られたが、おそらくそれはイヤサカ隊とZとの交戦によって一時的に発生したものと思われた。

イヤサカ隊とZが交戦……。戦況はどのようになっているんだろう……。戦況を分析するのが僕の役割だというのに、まるでそれを果たせていないことに忸怩《じくじ》たるものがある。せめて【誰ソ彼】が壊れていなければ、僕の託宣データをみんなに送信することができるのに……。

オキナガさんは無事だろうか……？　僕が拉致される前、〝遺伝子改造〟に振り下ろした刀をなぜかオキナガさんは止めた。オキナガさんらしからぬ躊躇に、僕は不安を覚えずにはいられなかった。

「わたしたちは、その除染室を荒らしてはいない」

ふいに〝遺伝子改造〟が言った。

「だけど、わたしたち以外の人間がその除染室からコトリバコを持ちだしているということはあるかもしれないわね」

「え？　どういうこと？」

僕の問いに答える前に、〝遺伝子改造〟が歩みを止めた。

「着いたわ」

『所長室』というプレートのある部屋の前だった。何の説明もないまま、〝遺伝子改造〟はその部屋の戸を開ける。

「入って」

と、促されたので、僕はその部屋へ入った。

マホガニーの机に白衣の男性がひとり——おそらく所長が突っ伏している。

「死んで……」

と、言いかけた僕の反応を予想していたかのように、〝遺伝子改造〟が言葉をかぶせてきた。

「それは人形」

「へ？　人形……？」

「ええ。人によく似せた人形よ」

僕は恐る恐る机に突っ伏す男性に近寄り、その身に触れてみる。

体温はないが皮膚の感触は生きた人間とまるで同じだった。同じ――つまり死後に人間の肉体に現れるであろう尋常な変化――死後硬直も死斑の浮き上がりも起こっていないということである。

「本当だ。人形だ」

「〝人体実験〟が会ったとき、その人形は人のように動き、話していたそうよ」

「人のように……？」

思い当たることがあり、人形の衣服の背中をまくってみた。

予想していた通り、背中には複雑な呪符記号が入れ墨のように刻まれている。

「〝擬人式神〟だ……」

「何、それは？」

「人の形をしたものに念を込めてロボットみたいに使役する陰陽の術だよ。普通、木や紙、藁の人形《ひとがた》が用いられるんだけど……これは、かなり精巧な人形を使っているようだね」

「本物の所長は、どこかべつの場所にいてこれを操っていた——と、いうこと？」

「うん。でも普通に受け答えしていたというなら、遠隔で操っていたというより、この擬人式神そのものに思考——ロボットでいうならＡＩのようなものが与えられていた可能性もあるよ。どっちにしたって、これを作った人間は相当な術者だ」

冷静に話していた僕だけど、内心ではかなり驚いていた。

神祇省の最高機密施設である八八式研究所の所長が、式神人形であり、誰かに使役されていた存在だったなんて……。

「この部屋でもうひとつ見てもらいたいものがあるの」

〝遺伝子改造〟が机の端に転がっていた箱を掴んで差しだしてきた。

「これよ」

それは、寄木細工の綺麗な——だけどかなり古びた箱だった。机に突っ伏す精巧な人形に目を奪われていたとはいえ、その箱の存在に気がつかないでいたのは、我ながら迂闊だった。なぜならば、それは——。

「コトリバコ……!?」

伝え聞くその形状にそっくりだった。僕は、つい後ずさって箱から距離を置いてしまう。〝遺伝子改造〟は最凶の呪物を無造作に手に載せたまま平然としていた。

「やはりこれがそうなのね」

僕は恐々それを受け取った。呪詛の気配はある。だけど微弱だ。多少、気分は悪くなるが、その程度の呪力しか放出していない。

「〝人体実験〟が言っていたわ。これを開く直前、所長は『ハッカイのコトリバコ』と口にしていた、と」

「ハッカイ⁉」僕は目を丸くした。「コトリバコの中でも禁忌とされる、ハッカイ？　これがそうだって？」

「さあ。ただ、そう言っていただけかもしれない。だけど、この人形が動くのをやめたのも、この施設に妙な気配が漂いだしたのも、この箱が開かれた直後よ」

「…………」

〝遺伝子改造〟は「わたしたち以外の人間がその除染室からコトリバコを持ちだしているということはあるかもしれない」と先ほど言っていた。つまり、この所長人形がコトリバコらしき箱を持ってこの部屋にいたことを指しているのだろう。

だけど、所長は、なんのために除染中のコトリバコを持ちだしたんだ？　いや、そもそも本当にこの箱はコトリバコなのか？　呪物であるのは間違いないが、コトリバコというには呪力が弱すぎる。

「…………」

考えても何もわからなかった。

「除染室に行ってみる？」

〝遺伝子改造〟がこう僕に囁きかけた。僕は頷きを返す。

「わかったわ。連れていってあげる。その前にもうひとつあなたに見て欲しい部屋があるの。構わない？」

「嫌だと言っても寄ることになるんだろ？」

「ええ。拒否したら殺すわ」

なら、頷くしかないじゃないか……。

CHAPTER 06

三箱目【メイクボックス】

武古熊は、七階の廊下を歩いていた。

七階は、機能性重視で無機質な印象のある他の階とは趣が違った。廊下にはグレーのマットが敷かれており、壁紙も明るく暖かい色味だ。廊下には絵画が掛けられており、隅には観葉植物の鉢も置かれている。

（来客用のエリアか……）

全身に火傷を負った筋骨隆々の古熊は、どこかこの空間に不似合いな印象がある。

『古熊さん、聞こえていますぅ〜？』

ふいに脳裏に日置のおっとりした声が響いた。【誰ソ彼】による念話だ。

『……聞こえている』

『〝人体実験〟を討伐しましたのでご報告まで〜』

『そうか……』

仲間が白星をひとつあげたと聞いても、古熊の声はこれといって変化しない。

『古熊さん、〝環境汚染〟との戦いでの負傷はどうですか？』

『【八百比丘《ヤオビク》】によってほとんど再生している』

【八百比丘】とは、神祇省が独自で開発し、ごく最近イヤサカ隊に実戦投入された治療薬である。液状で、飲むことによって生命エネルギーそのものを著しく増強し、負傷箇所を急速再生させる万能の薬だった。

初めて【八百比丘】を使用した古熊だが、見る間に全身の熱傷を癒やした異常なまでの効能に、あとでひどい副作用があるのではないかと怖さすら覚えたものだ。

『そちらは今どこに？』

日置が続けて尋ねてきた。

『……七階だ』

『ワカヒコ君は見つかりましたか？』

『すまん。すっかり見失ってしまっている……』

『無事ならいいのですがね……』

『…………』

ワカヒコとの念話が通じなくなっている。安否が気になるのはもちろんだが、彼の占術がないと戦況把握がままならないのが厄介だった。

『……そっちは今どこにいる？』

古熊が尋ねた。

『四階ですけど、一度、合流します？』

『……それがいいかもしれん。そこで待機していてくれ。今すぐ向かう』

『はい。ではでは、お待ちしてます』

通信が切れた。

日置と行動を共にしているはずのオキナガが一言も話さなかったのが、気がかりだった。なんの報告もないということは無事なのだろうが……。

古熊は階段室を目指して廊下を進んだ。途中、エレベーター前の広間――ソファとテーブルが設置されたラウンジを通過する。エレベーターの正面の壁には横幅が数間もある大きな姿見があった。

日置とオキナガのいる四階へ下りるのに、エレベーターを使えばあっという間だろう。だが、エレベーターを動かせば、居場所を知られかねぬし、扉が開くと同時に敵と出くわす可能性もある。なので、使えない。

(……む?)

古熊の歩みが止まった。

エレベーター扉の上部にあるフロアを示すランプが灯っている。③に灯っていたランプが④に、④に灯っていていたランプが⑤に……。

エレベーターが動き、上ってきていた。

(何者かがエレベーターを使用している……?)

イヤサカ隊員ならば不用意に使うはずがない。と、なるとZの誰か……?

古熊はエレベーターの正面から退き、廊下の角に隠れた。もしこの階でエレベーターが停まったなら、敵と鉢合わせすることになるからだ。

ポーンと電子音が鳴る。

（この階に停まった……？）

古熊の筋肉質な肉体に緊迫が生まれる。

正面の壁の姿見で、古熊のいる場所からエレベーターを窺える。逆に、エレベーターから出てくる人間からも、古熊の姿は確認できるということだ。ただし、鏡に映っているからといって物陰にいる古熊を即座に見つけることはできないだろう。

有利なのは古熊だ。敵は自分の下りた階で敵が待ち構えているなんて知らないはずだ。対して古熊は十分に狙いすまして敵に奇襲をかけられる。

じれったいほどゆっくりとドアが開いた。

姿見ごしにエレベーターに乗っていた人物の姿を確認できた。

女の子である。ひらひらのエプロンドレスを着て黄色いリュックを背負っている。ピンク色に染めた髪にはウサギの耳を思わせる大きなリボンをつけていた。美少女には違いないが、顔立ちが整っているというより、小動物的な愛くるしさがあった。

そんな女の子がひょこひょこと弾むような足取りでエレベーターから歩みでてくるのが、姿見ごしに窺えた。古熊には気がついていない。

少女の姿をしていても、相手は異能を備えたテロリストだ。古熊に油断はない。

鏡を使わずとも視認できる位置まで女の子が出てきたなら、背後から飛びつき頸の骨をへし折る。そう算段を立てて、古熊はじっと気配を殺した。だが――。

（出てこない……？）

古熊は強烈な違和感を覚えた。

女の子は確かにエレベーターを下りて、ラウンジへ歩みでている。それは姿見で確認できている。だが、直接視認できていない。鏡では、すでに視認できる位置まで移動しているはずの少女が、なぜか実際には見えないのだ。

(ど、どういうことだ……?)

古熊は目を見開き、姿見と実際の光景とを見比べる。いくら目線を動かしても、姿見に映る少女を実在の位置に見つけられない。

鏡の中の少女が、古熊に気がついた。口と目を三日月形に歪ませて笑った。まるで妖狐《ようこ》の笑いだった。

やおら少女はエプロンドレスのポケットに両手を突っ込む。ゆっくりと手を引き上げたとき、両手に鉤爪《かぎづめ》を思わせるカランビットナイフが握られていた。

次の瞬間、少女の身が躍り上がった。鏡の中の少女のナイフが、鏡の中の古熊へ浴びせかかる。咄嗟に飛び退いた古熊は賢明だった。

「ぬ……ッ!?」

古熊のスニーキングスーツの膝部分が裂けて、鮮血が散る。まるで鎌鼬《かまいたち》にでも遭ったかのように何もないのに裂けたのである。ハッ、と姿見へ目を移すと、鏡の中の少女のナイフが古熊の膝を擦過していた。鏡の中で少女のおこなった攻撃が、鏡の外の古熊を傷つけたのだ。

——うふふふふふふ……。

鏡の中の少女が可憐な声で笑った。ひらりひらりと舞うように旋回しながら、鏡の中の古熊を追撃してくる。タタッと下がりつつ躱す古熊だが、目の前に女の子の姿はない。敵がいるのは鏡の中のみ。鏡を見なければ敵の動きを確認できない。そのような状況で、複雑に動く少女のナイフを躱し続けるのは困難だった。鼻先や胸板をナイフが掠《かす》り、血が噴きでる。

（いかんっ！）

古熊は大きく後方へ飛び退いた。無理な体勢からの強引な跳躍だったため、着地がうまくいかず、ごろごろと廊下を転がることになる。無様な姿だった。だが――。

（これで鏡に映る範囲から逃れられた……）

エレベーター前のラウンジから五メートルほど遠のいていた。鏡の死角に出たため、その内にいるであろう少女の姿はもう見えない。しかし、攻撃も受けていない。

――鏡の中の少女は、鏡に映ったものだけを攻撃できる。

そういう古熊の予想が当たった。

（……敵はおそらく〝人権侵害〟……）

Zメンバーの中に凄腕の諜報員がいるという話は聞いたことがある。それが〝人権侵害〟……。どれほどセキュリティの高い場所にも侵入し、情報を盗みだすだけでなく、不可能と思われる場所での暗殺までやってのける。

〝人権侵害〟がどういう方法でセキュリティを突破しているか不明だったが、鏡の世界に入れるのならば、どんな場所にでも潜入できるだろう。

（どうする……？）

　大きな姿見のあるラウンジを通過しようとすれば、また鏡の内からの攻撃を受けるだろう。遠回りになるが、ラウンジを避け、べつのルートから階段室へ向かうこともできる。

（いいや、任務はZメンバーの殲滅。いずれにせよ戦わねばならぬ相手か……）

　――パシーンッ！

　古熊は両手の甲と甲とを打ち鳴らした。逆手を打って呪力を高めたのである。両の手から、ボウッ、と青白い神気のオーラが立ち上りだした。

〝環境汚染〟を倒したときは超低温の凍気を纏わせたが、今は異なる術を用いる。『古事記』国譲り神話における闘争の記録に「御手を……剱《つるぎ》刃《は》に取りなして」とあるがごとく、手刀を触れるものを断ち切る刃へと変える術であった。

　問題は、鏡の中にいる〝人権侵害〟をいかにして攻撃するか、である。

（おそらく――）と、古熊には考えがあった。（――鏡に映る自分自身を用いれば、鏡の中の〝人権侵害〟を傷つけることも可能なはず……）

　つまるところ、鏡でしか姿を確認できぬ透明人間と戦うようなものである。

　厄介な相手だが、決して倒せぬ相手ではない。危うくなったならば、また鏡の死角へ逃れればいいのである。

　古熊は、するすると滑るような歩法を用い、回り込むように、鏡に映るぎりぎりのところまで近づいていく。姿見の鏡面が見えた。

〝人権侵害〟の姿も確認できる。彼女は、なぜかエレベーターの前に立ち、ボタンに指をかけていた。古熊を逃したと見て、階下へ戻るつもりだろうか？　ドアに背を向けて立っているのは、背後を狙われぬよう警戒してか？

（一撃だ……！）

複雑な動きをするナイフ使いを相手に、鏡ごしで攻防をおこなうのは危険の一語に尽きる。短期決戦。飛び込んで、一発で仕留めるつもりだ。

こう心に決めると、もはや迷いなく古熊は床を蹴って飛びだした。直進するのはエレベーター前だが、目線を向けるのは姿見のほうだった。姿見に映る古熊は霊力に青く輝く腕を振り上げ、鏡像の〝人権侵害〟へ疾駆していた。

（捉えた！）

古熊が必勝を確信したその刹那——。

——ポーン。

エレベーターの開く電子音とともに、フッ、と姿見から〝人権侵害〟の姿が掻き消えた。

（——何っ……？）

振り下ろそうとしていた古熊の腕が止まる。この一瞬の停止が命取りとなった。

——ぷしゅっ。

古熊の頸が裂けた。切断された頸動脈から血液が噴水のごとく奔騰する。呼吸ができず、ごぼごぼと咽喉の裂け目より血の泡が溢れた。

（な……な……何が起こって……）

古熊の目が、ドアが開かれて、露わになったエレベーター内部の鏡を見る。その鏡の中には、くずおれんとする自分自身と、カランビットナイフを振りきった〝人権侵害〟の姿が映っていた。

（そうか……ラウンジの姿見から……エレベーターの鏡へ移動したのか……。躊躇わず……手刀を振りきってさえいれば……）

ドッ、と古熊の巨体がうつ伏せに倒れた。

じわじわと広がっていく血だまりの中で、古熊は動かなくなっていた。

「SHINE♪　SHINE♪　ミラクル☆コスメで、キラキラチェンジ〜♪」

口ずさみながらメイクボックスを取りだす。

宝石みたいな色とりどりのプラスチック玉が嵌め込まれたこのピンク色のメイクボックスは、日曜の朝の魔法少女アニメの変身アイテムを模した玩具である。

蓋を開けるとドレッサーみたいに鏡が内側からせりあがって、少女の顔を映す。少女は箱の中に収められているキラキラした子供用コスメを用いて、お化粧を始めた。変身するのだ、アニメの魔法少女のように。

——平凡な女の子、邪馬《ヤマ》キョウコから〝カガミ愛理珠《アリス》〟へ！

そう。一年前、九歳の頃の〝人権侵害〟は、あの人気美少女動画配信者カガミ愛理珠だったのだ。

〝人権侵害〟は入念にメイクをすると、鏡に映る自分の顔を確認する。

「うん。カワイイ。変身かんりょ〜。問題なく愛理珠ちゃんだね☆」

〝人権侵害〟にとってメイクボックスの鏡は、本当に変身アイテムだった。この鏡に自分の顔を映すと、魔法少女のように可愛くなれる。

とはいっても、普段の〝人権侵害〟が、ブサイクだというわけではない。

ブサイクではないが地味なのだ。内向的で大人しく、表情に乏しく、影が薄い。雰囲気というものは、印象に大きく影響を与えるもので、さして不器量というわけでもないのに〝人権侵害〟はクラスの男子からブスのカテゴリーに入れられがちだった。

そんな彼女を変えてくれたのが、八歳の誕生日に買ってもらった、この魔法少女のメイクボックスだったのだ。

初めてお化粧したとき〝人権侵害〟は、地味な自分の顔が大きく変わったことに驚いた。いや、実際はさして大きな変化ではなかったかもしれない。憧れの魔法少女のようにお化粧をしたという高揚感が、彼女の表情を明るく華やかに変えたのだ。

初めは、お化粧した姿を両親や祖父母に見せて褒められるだけで大満足していた〝人権侵害〟だったが、次第に可愛く変身した自分の姿を身内ではない誰かに見てもらいたいという欲求が生まれてきた。

とはいえ、クラスメイトに知られるのは恥ずかしいし、自分をブスだと罵る男子や、陰口の好きな女子たちに、変身について知られるのも嫌だった。

なので〝人権侵害〟は、お化粧をし、魔法少女のコスプレをした画像をＳＮＳに載せる形で不特定多数の人に見てもらうことにしたのだ。

アカウント名は〝カガミ愛理珠〟。

ものすごい反響があった。

弱冠八歳の幼女が、人気魔法少女アニメのクオリティの高いコスプレをしている姿は「可愛い！」「リアル魔法少女！」と、評判を呼び、瞬く間に拡散された。

一気に注目の的となった〝人権侵害〟は、望まれるままに次々とコスプレ画像を投稿していき、その尽くが好評を得、人気が高まった。

注目され、褒められるほどに〝人権侵害〟の自己承認欲求は膨らんだ。

画像だけではなく、ショート動画――魔法少女アニメのエンディング曲に合わせたダンスなどを投稿するようになり、そのダンスが思いのほか達者であったため、さらに違った層の人気も集めるようになった。

メイクボックスの鏡で変身した〝人権侵害〟はなんでもできた。

自信が能力まで変えるという好例だ。学校では、どんくさい〝人権侵害〟だったが、カガミ愛理珠を演じている間は、ダンスも巧みにできたし、歌だって上手に歌えた。魅力的な表情やポージングを極《き》めることもできれば、面白おかしくトークすることもできた。

それらの能力をいかんなく発揮する舞台として、彼女が動画配信サイトへ活動の場を移したのはごく自然な流れだったろう。

美少女動画配信者〝カガミ愛理珠〟のチャンネル登録者はすぐに百万人を超え、動画再生回数も百万を下回ることはなかった。カガミ愛理珠は界隈で知らぬ人のいない大人気ストリーマーとなったのである。

彼女の動画による収益は、父親の収入すら上回った。だけど収入なんて〝人権侵害〟にとっては些末なものだった。

「もっと、カワイイあたしを見て！　もっと褒めて！」

貪欲に膨らみ続ける承認欲求を、ただ満たすことのみが快感だったのである。

カガミ愛理珠としての〝人権侵害〟の日々が充実したものになっていくのと反比例して、学校での〝人権侵害〟邪馬キョウコはますます目立たなくなっていった。

それもそのはず、〝人権侵害〟は邪馬キョウコとしての日常を〝仮の作業〟と捉え、無気力に過ごしており、メイクボックスの鏡に映る自分――カガミ愛理珠こそが真実であると考えていたのである。

しかし、そんな実像と鏡像とが、ついに交わってしまう日がやってきた。

ある日、学校の教室に入った〝人権侵害〟は、クラスメイトが自分を見ていることに気がついた。自分を指さしつつ、こそこそと何か話しているようにも感じられた。〝人権侵害〟は即座に悟った。

（カガミ愛理珠としてのあたしがバレてしまったんだ……！）

カガミ愛理珠の絶大な人気を考えると、むしろ今の今までバレなかったことのほうが不思議と言っていい。それほどまでに実像・キョウコと鏡像・愛理珠との間には大きなギャップがあったのだ。

放課後〝人権侵害〟のもとにクラスの女子数人がそっと集まってきた。

「ねえ、キョウコちゃん、キョウコちゃんって、カガミ愛理珠なの？」

こう尋ねられたとき〝人権侵害〟は真っ青になった。体がガタガタ震えだし、呼吸すら覚束なくなって、終いには何も答えぬまま走って逃げだした。

女子たちは、決して悪意を持って尋ねたのではなかったろう。それどころか、クラスメイトに有名人がいたことを嬉しく思っていたに違いない。

だが〝人権侵害〟には耐え難かった。華やかなカガミ愛理珠の正体が、地味で野暮ったい邪馬キョウコだと知られてしまうのが……。鏡像と実像とが交わってしまうことが……。

翌日から〝人権侵害〟は学校へ行かなくなった。

幸い彼女の両親は、彼女の不登校に寛容だった。「動画配信という打ち込めるものがあるのならば、無理に学校に行かなくてもいい」と言ってくれたのである。

が、両親が許しても世間は許してくれなかった。

平日の昼間にライブ配信を幾度もおこなったことから、カガミ愛理珠が不登校児であることに感づく者が現れたのだ。そうでなくとも、彼女のクラスメイトたちや、その兄弟、親などから〝人権侵害〟の正体は少しずつ漏れていた。

ついには、ネットニュースに取り上げられ、周知のこととなってしまう。

彼女の不登校は、今までの人気の裏返しのように、大炎上した。

「小学生なのに学業を放棄して動画配信とは何事か!?」と、いうわけである。さらにその矛先は「義務教育を受けさせず、子供に動画配信をさせて金儲けをしている」と、彼女の両親にまで向けられた。

この状況にカガミ愛理珠は真っ向から反論した。

「パパやママは関係ないわ。愛理珠が自分の意志で学校に行かずに配信をしているの！　愛理珠は不登校であることを恥じてはいないわ！　愛理珠がキラキラと配信することで、自分と同じ不登校の子供たちに勇気を与えたいと思っているの！」

邪馬キョウコならば決して言わないであろう堂々とした言葉だった。

しかし、この言葉は火に油を注ぐ結果にしかならなかった。

今まであまり見かけられなかったアンチが一気に湧きだし、あらぬ憶測や偏見で誹謗中傷をぶちまけだした。さらにはネットニュースのライターがあることないこと好き勝手に記事を書く。それによれば、カガミ愛理珠は両親によって虐待や洗脳を受けているらしい。それを真に受けた行政職員が〝人権侵害〟の家まで調査にやってきたりもした。

テレビメディアも、この話題をワイドショーで取り上げた。自称有識者やご意見番タレントがネット情報を鵜呑みにしてコメントをし、不登校小学生動画配信者カガミ愛理珠のことはお茶の間にまで認知され、非難の的となったのである。

世間からの非難は〝人権侵害〟よりむしろ両親に向けられていた。

母親はママ友やご近所の輪から排除され、語ろうとしなかったが父親も仕事に支障をきたすようになっていた。

両親の精神が疲弊していったのは言うまでもない。特に母親が病んでいた。目に見えてやつれ、ふいに家事を放棄して丸一日黙り込んだり、急にヒステリックに怒鳴ったりするようになった。

〝人権侵害〟の家庭は崩壊していった。

だが〝人権侵害〟が何よりもショックを受けたのは、彼女の素の顔——邪馬キョウコの写真がネットに晒されたことだ。同じクラスの誰か、あるいはその親が、担任の作成している『学級だより』に載った写真をアップしたようなのである。

さっそくアンチたちが「すっぴんのカガミ愛理珠、ブサイク」「いかにも陰キャって感じ」などの口汚い言葉とともに拡散させた。

「違うの……」

真夜中、スマホを開き、それらのコメントを目にした〝人権侵害〟は我知らず呟いた。

「それは違うの……。それは愛理珠じゃないの……。邪馬キョウコと愛理珠は違う人なの……。メイクボックスの鏡で変身して、キョウコとはまったく違う愛理珠になったの……。違うの……偽者はキョウコなの……」

と、このときである。

「うわあああああっ！」

夜の静寂を裂くように父親の悲鳴が聞こえた。何事かと思い、父と母の寝室に駆けつけると、寝室の中央の照明器具から母親が首を吊ってぶら下がっていた。

父親は狼狽し、ぶらぶら揺れる母を下ろそうとしたり、スマホで救急車を呼ぼうとしたりしたが、取り乱して結局何もできずにいた。

この絶望的な光景を〝人権侵害〟が見たのはほんの一瞬だ。次の瞬間、もう彼女は目の前の現実から逃げるように絶叫をあげて部屋へ駆け戻ったからだ。

自室に鍵を掛けて閉じこもった〝人権侵害〟は、メイクボックスの鏡に青ざめ震える顔を映しながら、ブツブツブツブツあらぬことを口走り続けていた。

「これは偽者……これは偽者……本物は鏡に映るカガミ愛理珠……ねえねえ……鏡よ鏡よ鏡さん……お願いお願いお願いよ……偽者を消し去ってちょうだい……偽者キョウコを消しちゃって……本物愛理珠だけにしてちょうだい……！」

この後に起こった不思議な出来事を〝奇跡〟と呼ぶべきか〝怪奇現象〟と呼ぶべきかは読者に委ねよう。なぜならば、このときに起こった現象は科学的にも呪術的にも未だにきちんとした説明がついていないからだ。

ただし、このとき〝人権侵害〟は、部屋に立てかけてあった細長い姿見の前でメイクボックスの鏡を覗き込んでおり、奇しくも〝合わせ鏡〟の状態になっていた点、日時が四月四日四時四十四分四十四秒だった点は留意すべきかもしれない。

〝合わせ鏡〟も〝四月四日四時四十四分四十四秒〟も、他愛ない怪談話の中でよく鏡面と異界とを繋げる条件として語られるものなのだ……。

ボウ……と、メイクボックスの鏡が紫色の光を放ち、〝人権侵害〟の顔を照らした。

この不可思議な現象に〝人権侵害〟は恐怖を覚えることなく、魅入られたように紫色に発光する鏡面を見つめ続けた。やがて光は徐々に徐々に強くなり、ついには眩《まばゆ》さが〝人権侵害〟の肉体を呑み込んだ。

光が消えたとき、薄暗さを取り戻した部屋の中から忽然と〝人権侵害〟の姿は消えていた。

いいや、違う。消えたのは、実像の〝人権侵害〟だけだった。メイクボックスの鏡の中には、変わらず〝人権侵害〟が映っていた。

――すなわち〝人権侵害〟の実像のみが消滅し、鏡像だけが残ったのである。

彼女が鏡の国の住人となったのは、このときからだった。

世間を騒がせていた不登校小学生ストリーマーカガミ愛理珠の失踪とその母の自死の報道はさらに世間を騒然とさせた。無責任な憶測が飛び交ったが、飽きっぽい世間は一か月もすると薄情なまでに忘れ去り、話題に上ることもなくなった。

ちょうどこの頃、朝のワイドショーの人気コメンテーターで社会学者のK氏が自身のライブ配信中に、突如不可視のナイフに喉をかき切られたかのごとく頸から血を噴出させて変死を遂げた。

映像が映像だけにアーカイブは残っていない。だが、配信中のK氏の背後の壁に鏡が掛けてあったのだが、それにカガミ愛理珠らしき少女が映っていたのを多くの視聴者が目撃している。

鏡の世界の住人となった〝人権侵害〟が、K氏の自宅に忍び込み殺害したのは言うまでもない。動機は復讐である。K氏は、ワイドショーにおいて最も激しくカガミ愛理珠の不登校事件を非難していた人物であり、カガミ愛理珠への世間の非難はこの男によって焚きつけられたと言っても過言ではなかったからだ。

〝人権侵害〟の復讐は、K氏ひとりでは終わらなかった。K氏ほどではないにしろ、カガミ愛理珠炎上に加担したコメンテーター、ライター、インフルエンサーなどが、次から次へと標的にされていった。

とはいっても、K氏のように殺害されたわけではない。鏡のある場所ならば、どんな場所にでも潜入可能な〝人権侵害〟は、標的のプライベートな空間に侵入し、彼や彼女らの秘密を探りだし、ネット上に晒し、社会的に抹殺していったのだ。

カガミ愛理珠のハンドルネームは使用しなかったし、顔も出しはしなかったが、それでもネットユーザーたちは、そこにカガミ愛理珠の存在を感じ取らずにはいられなかった。「行方不明になった美少女動画配信者が復讐を繰り返している」という噂が都市伝説的に広まりだす。とともに、著名人の闇を暴き立てる活動を、ダークヒーロー的に称賛する風潮が生まれ始めた。

——正体を隠し、人の闇を暴く……。正体を隠してはいるけれども、皆、薄々カガミ愛理珠だと知っている……。

そういう自身の状況に〝人権侵害〟は強い恍惚感を覚えた。長らく忘れていた自己承認欲求が再び、ふつふつと再燃してくる。〝人権侵害〟の行動原理は復讐ではなく、承認欲求へと変わった。

(——誰でもいいわ。秘密を暴いちゃうわよ☆)

〝人権侵害〟は、ちょっとメディアで目についた人間、近頃話題の人物——タレント、スポーツ選手、政治家、実業家、研究者、インフルエンサーなどなど……誰彼構わずプライベートに侵入し、秘密を暴き始めた。

彼女に目をつけられた人間は、仕事を、家庭を、交友関係を、社会的地位を破壊され、破滅の一途を辿る。

著名人の秘密は、一般人からすれば下世話な好奇心の対象であり、没落は痛快であった。多くの人間が〝人権侵害〟の活動を称賛し、〝人権侵害〟は称賛されるほどに標的を増やしていく。もはや彼女は〝魔性〟であった。現代メディアと承認欲求の生みだした化け物であった。

そんな彼女を白衣の怜悧な少年——〝人体実験〟が見つけだしたのだ。

「ボクらの仲間になり、もっと大きな秘密を暴いて、大人の作ったルールをぶち壊してみませんか？　あなたは、今以上のヒロインになれますよ」

〝人権侵害〟に断る理由はなかった。

鏡の中の〝人権侵害〟は、足元に倒れる巨漢のイヤサカ隊員をカランビットナイフでつんつんとつついた。

「うん☆　死んでるね♪　まずは、ひとり目〜」

元気よくピョコンと立ち上がる。

「さぁ〜って、あと何人いるのかなぁ〜？　みんな愛理珠が成敗しちゃうよ〜♪」

〝環境汚染〟と〝人体実験〟がイヤサカの手によって亡き者にされたのは、すでに知っていた。大男のイヤサカ隊員をまず標的にしたのは、〝環境汚染〟の敵《かたき》を討つ意味もあった。

とはいっても〝環境汚染〟に強い仲間意識を持っていたかと言えばそうではない。

「仲間の敵討ちとかってチョー熱いよね☆　サア、サア、次は〝人体実験〟くんの敵討ちだぁー！オーッ」

拳を振り上げた〝人権侵害〟だったが、〝人体実験〟の死に関しては僅かばかりの感慨を抱かずにはいられない。何せ、彼女をZに勧誘した本人だからだ。

異能力を持った子供が集まって大人の作ったルールを壊すという〝人体実験〟の理念は、ヒーローものの設定みたいで魅力的だったし、彼の指示のもと某大国が世界各地で意図的に紛争を起こし、武器を売って儲けているという超極秘機密を盗みだし、公表してやったのは痛快だった。もっともすぐにもみ消されたが。

(八八式研究所をZの独立国にして、もっと大活躍するって〝人体実験〟くんは言ってたよね。チョット、それ、楽しみだったんだけどな〜……)

——自分たちだけの不可侵の独立国……。

現在、他者のプライベート空間を散々〝可侵〟している〝人権侵害〟だが、かつて彼女が動画配信者だった頃、何よりも望んでいたのは、自分と自分の愛する人だけの〝不可侵の独立国〟だったように思う。

侵されることのない場所に、自分の実像をしまっておいて、見て欲しい自分、受け取って欲しい鏡像の自分だけを発信し続ける。そんな望み……。

「ああん?」

ふいに男の声がした。

「おい。古熊?　そこに倒れてんのは、古熊の旦那かい?」

反射的に〝人権侵害〟は、ラウンジのソファの陰に身を隠す。

「なんだぁ〜?　念話が通じねえと思ったら、古熊の旦那、ぶっ殺されてやがんのかよ。ヒャッハッハッ!」

下卑た声の主を確認することはできない。まだラウンジの姿見の死角にいるのだ。

〝人権侵害〟の活動領域である鏡の世界は、鏡に映るすべてのものが左右逆転して存在している。逆に鏡に映っていない場所は真っ黒く何もない空間だ。つまり闇の虚空に鏡に映った風景だけが星のごとく点在しているというのが鏡の世界なのだ。

〝人権侵害〟は、点在する風景から風景へと自由に移動でき、現実世界にも干渉することができるのだが、鏡に映っていないものに関しては、髪の毛一本動かすことができない。

〝人権侵害〟は、ソファの陰に隠れつつも、カランビットナイフを構え直す。

先ほど始末した巨漢の隊員は、いい餌になってくれているようだ。間もなく巨漢の隊員の遺体を窺いに、べつのイヤサカ隊員が姿見の映す範囲へ踏み込んでくるだろう。そうしたならば――。

(――頸を斬るね☆)

〝人権侵害〟は息を潜め、じっと待つ。

間もなく、姿を現したのは、子供のように背の低い鷲鼻の男だった。擬人化した鴉のような
その男は一切足音を立てずに、古熊の遺体へと歩み寄る。

仲間が殺されているというのに、怒りや悲しみどころか、驚きも動揺もない。この小男にとって仲間の死など任務中の一風景に過ぎないのだ。

「こりゃあ、喉か？　喉をやられてんのか……？」

小男――イヤサカ隊員・穢土ソバカリは血だまりに沈む古熊の遺体を子細に観察していた。

死因から敵の戦闘方法を探ろうとしているらしい。

(そんなことしなくたって、今、見せてあげるよ☆)

鏡の中で〝人権侵害〟が立ち上がった。忍び足でそっと近づき、姿見に背を向けてしゃがみ

込むソバカリの頸椎《けいつい》目掛け、カランビットナイフを振り下ろす。

　が、驚くべき鋭敏さでソバカリはこれを察知した。反射的に振り返ったソバカリは、すでに太腿のホルダーからダガーナイフを抜いている。振り返りざまの斬光が弧を描いた。咄嗟に飛び退かねば、〝人権侵害〟は胸を裂かれていただろう。

「ああん!?」

　ソバカリは、確かに感じた殺気の主がそこにいないことに一瞬驚きを見せた。タッ、と飛び退き、視線を周囲に巡らせる。即座にその目が鏡の中の〝人権侵害〟を発見した。

「オイオイ、なんだぁ、こりゃ?」

　眉根を寄せたソバカリへ、すでに鏡中の〝人権侵害〟が疾駆していた。三日月を描いたカランビットナイフをソバカリは、身を返して回避する。〝人権侵害〟の追撃は止まない。猫が獲物を引っ掻き回すような斬線を空間へ刻み付けていく。

　それらの休みない連撃を小男は姿見に映る像を見ながら巧みに躱していた。感嘆すべき敏捷力だが、躱すだけで精いっぱいだ。

「ちっくしょう。やりづれえ」

　正直〝人権侵害〟のナイフ術は素人同然である。ナイフディザームの訓練を積んだソバカリならば、本来容易に制圧できるはずなのだ。それが防戦を余儀なくされているのは、やはり鏡ごしにしか敵の動きを把握できぬからだろう。

「チッ!」

ひとつ舌打ちすると、ソバカリはダガーナイフを突きだした。その刺突は身を仰《の》け反らせた〝人権侵害〟の肩口を擦過して傷つけるにとどまったが、ソバカリにとってはそれで十分だった。〝人権侵害〟の一瞬の怯みを利用して、後方に大きく跳躍する。姿見の死角へ逃れでた。

互いに互いの姿を確認できなくなる。

「へ、へへへ……」

なぜかソバカリが笑った。

「追撃がねえなぁ……。鏡に映ってねえもんは攻撃できねえらしい。ってことは、そっちに行かなきゃ安心ってわけだ」

この短時間に、ソバカリは〝人権侵害〟の能力を看破していた。ソバカリは、笑い交じりの声で続ける。

「なるほどねぇ。どこにでも忍び込み、どんな情報でも盗みだし、誰でも暗殺してのける……。Zの凄腕諜報員にして暗殺者〝人権侵害〟……。ガキのくせに、俺ら忍術を学んだプロ顔負けの技術をどうやって身に付けたのかと興味はあったが」

「忍術〜？　オジサンは、ニンジャなのかな？」

〝人権侵害〟が初めてソバカリへ声をかけた。

「ヒャハッ。お嬢ちゃん、そんな声してやがんのかい」

「カワユイでしょ？」

「そそられる声だねぇ。まあ忍者っつうか、忍術ベースってだけよ」

ヘッヘッヘッ……と、ソバカリはまた笑う。

ソバカリがどんな顔をして語っているのかは想像することしかできない。

「しかし、驚いたね。『影の形に随《したが》うがごとし』ってぇ、言葉があるな。影ってやつは、形——つまるところ物があって初めてそこにあるもんで、形が動けば、影もそれに従って動かなきゃならねえ——ヒャッハハ。俺ときたら忍道の師匠の言葉を借りてやがらぁ」

「…………」

「お嬢ちゃんは〝形〟を消しちまって自由になった〝影〟ってわけだ。俺ら忍術修行をしたもんは『形を消せ、形を消せ』って、口を酸っぱくして言われるわけだが——お嬢ちゃんは文字通り消しちまったわけだな。その時点でそのへんの三流忍者なんぞよりもよっぽど極意に近づいている」

褒めるような言葉のわりに、軽薄な声には侮りの色があった。

「だがなぁ、お嬢ちゃん。形を消しただけじゃぁ、まだまだ二流。影まで消さなきゃプロじゃねえ。本物の忍びってなぁ、音もなく、臭いもなく、智名もなく、勇名もなし。〝天地造化〟のごとしよ。己の存在そのものを滅し得るのよ……」

ここまで語ってソバカリは「また師匠の言葉、借りちまった」と笑う。〝人権侵害〟は、この小男に生理的な不快感を覚え始めた。

「愛理珠、忍びとかどーでもいーんだけど～♪　正直、だから～？　って感じ？　そんなことよりさ、オジサン、鏡に映らなければ安全とか思ってナーイ？」

〝人権侵害〟はラウンジの隅にある観葉植物の鉢を持ち上げる。ソバカリからは、鉢だけがふわりと浮き上がったように見えただろう。

「だとしたら、オーマチガーイ、だよ〜!!☆☆☆」

〝人権侵害〟は鉢を姿見へ叩きつけた。

派手な音が鳴り、姿見がぶち割れる。無数の破片が、キラキラと星のように飛び散った。それらの破片のいくつかが床に落ちるとともに、ふわっと浮き上がる。〝人権侵害〟が拾い上げたのだ。

「くっらえーっ☆」

拾い上げた破片を〝人権侵害〟はソバカリの頭上へと投げ散らした。落下してくる鋭利な鏡片を避けるなど、ソバカリにとってはあまりにも容易なこと。だが、ソバカリは、〝人権侵害〟の鏡片のまき散らしの真の意味をちゃんと理解している。

「どこだ?」

ソバカリは、周囲に散らばる大小さまざまな鏡片に、素早く目を走らせた。その、どれにも〝人権侵害〟のエプロンドレス姿を見つけられない。

鏡の世界に住む〝人権侵害〟だが、複数の鏡に同時に存在したりはしない。つまり彼女の姿が映る鏡は常にひとつだ。現在〝人権侵害〟は、まき散らした鏡片から鏡片へと自在に移動を繰り返している。どこかの鏡片には必ず彼女が映っているはず——だが、数が多すぎて見つけだすのが非常に困難だし、見つけだせてもすぐにべつの鏡へ移ってしまう。ソバカリが鏡で〝人権侵害〟の姿を確認し、戦うのはほとんど不可能だった。

ソバカリは散らばる鏡片の死角へ逃れようとする。が、すかさず〝人権侵害〟は、鏡片を拾い上げ、まき散らし、死角を消してしまう。

舌打ちしたソバカリの背中を〝人権侵害〟のカランビットナイフが嘗める。

「ぬっ！」

ソバカリの背が裂けて血が噴きだした。即座に振り返り、ナイフを突き込んだが、虚しく空を切る。すでに〝人権侵害〟は移動していた。

「キャハハッ！　ここだよぉ〜♪」

忍びの達者は僅かな光もない闇の中でも自在に活動するものだ。忍道を究めたソバカリならば、目に見えずとも音や気配から〝人権侵害〟の位置を察知して攻撃することができるのではないか？

それができない。なぜならば〝人権侵害〟は透明なわけではなく、鏡の中にいるからだ。彼女の鏡の中での行為が現実に反映されるだけ。すなわち音や気配は〝人権侵害〟の映っている鏡からするのであり、ソバカリの避けるべき・攻撃すべき位置からするわけではないのだ。

「ここだよ♪　ここだよ♪　ここだよ♪　ここだよ♪」

周囲の鏡片という鏡片から声がする。さながら声のもぐら叩きだ。ただし、叩いてくるのは声のほうで、「ここだよ♪」の声がするごとにソバカリの身に切り傷が増えていく。

だが、〝人権侵害〟は気がついていない。ソバカリの手が常に小さく手印を結んでいたことに。

口中でもまた小さく呪を唱えている。

「青龍《せいりゅう》……白虎《びゃっこ》……朱雀《すざく》……玄武《げんぶ》……勾陳《こうちん》……南儒《なんじゅ》……北斗《ほくと》……三態《さんたい》……」

タッ、と鏡の中の〝人権侵害〟が躍り上がった。

「遊びはオシマイ☆　トドメだよ～♪」

カランビットナイフの刃が黒光りしながら、ソバカリの頸へと流れていく。喉仏を掻っ切った、と思ったそのときである。

――ソバカリが消えた。

「え……？」

カランビットナイフが空を切る。

〝人権侵害〟は、立ちつくして周囲を見回した。

――いない。

たくさんあるどの鏡片にも映っていない。さっきまで確かにこの場所にいたはずのソバカリが、鏡の中にも外にもいなかった。忽然と消滅したのだ。

「どこに……？」

呆然と〝人権侵害〟が声を漏らしたときである。

「ここだ」

ふいに声がした。直後――。

「うっ！」

〝人権侵害〟の手首から水芸でも見るかのごとく血が噴きだした。背後から伸びたダガーナイフが〝人権侵害〟の手首の動脈を掻っ切ったのだ。

振り返ろうとした〝人権侵害〟の首に、背後から腕が回される。

「げっ！」

気管を圧迫されるとともに身動きも封じられた。〝人権侵害〟の手からカランビットナイフが零れ、金属音とともに床で跳ねた。

無数の鏡片ごしに〝人権侵害〟は、さっきまでそこにいなかったはずのソバカリが、また出現しているのが見えた。鏡の外のソバカリは誰もおらぬ虚空に腕を回しているが、鏡の中ではしっかりと〝人権侵害〟を押さえ込んでいた。

「お嬢ちゃん、あんたが、ボーッと突っ立ってるうちに、ゆっくりあんたの映ってる鏡を探させてもらったぜ。へへへ……」

ギシギシとソバカリの腕が〝人権侵害〟の首に食い込んでいく。逃げられない。完全に捕らえられていた。

「ヘッヘッヘッ……言ったろう？　本物の忍びの達者ってのは、己の存在そのものを消しちまえるってよぉ……。俺はな、存在しないことができるんだぜ……。天地造化のごとくな……」

「そ、存在……しない……？」

存在するのに存在しないという矛盾。こういった矛盾した存在が数学にもある。二乗した値がゼロを超えない実数になる複素数——いわゆる虚数だ。

長く数学上のみの数であり自然界には存在しないと言われていた虚数だが、イギリスの理論物理学者スティーヴン・ホーキングが宇宙の始まりには虚数時間が流れていたという説を近年提唱したことは有名であろう。

先ほどソバカリの口にした天地造化は、忍術伝書『万川集海』にも載っている言葉だ。〝天地造化〟とは、四季のうつろいというほどの意味だが、天地万物を創造した造物主そのものをさして使われる場合もある。これはどこか〝宇宙の始まり〟に通ずるところがある。忍術の極意が現代物理学に通じているとは実に興味深い。

それはともかく、存在そのものを滅したと嘯《うそぶ》くソバカリの言葉が真実だとすれば、彼は己を虚数的存在と化さしめる驚倒すべき能力を有しているということになる。

「さてと……お嬢ちゃん……」

囁いたソバカリの声は熱っぽかった。

「手首の動脈は切ってあるぜ。止血しなけりゃ、お嬢ちゃんは失血性ショックってやつで死んじまう。止血の仕方なんてわからんだろ？　つまり、もうお嬢ちゃんは終わってるのよ。ヘッヘッヘッ……」

〝人体実験〟なら止血できるんだろうな……と〝人権侵害〟はぼうっと考える。すでに意識が混濁していた。

「だけど、それじゃあ、つまらねえよなぁ。お嬢ちゃんにゃぁ、けっこうやられたからなぁ。これから、お嬢ちゃんが息絶えるまでの間、俺は、お嬢ちゃんの体を好きなだけいたぶってやろうと思うのよ。ヒャハハッ！」

〝人権侵害〟の鎖骨のあたりに突き刺すような痛みが走った。ソバカリの指が経穴を圧迫したのである。

「キャアッ！」

激痛を受け、薄れかけていた〝人権侵害〟の意識がはっきりする。

「まだまだ気絶なんてさせねえよ！　死んじまうギリギリまで玩具には壊れて欲しくねえからよ。お嬢ちゃん、俺はな、人の悲鳴が大好きなんだよ。それもな、死ぬほどの苦痛から出てくる悲鳴がな！」

ここで、またソバカリは経穴を突く。

「いやあああああっ！」

ソバカリの息が荒くなってきた。〝人権侵害〟の悲鳴に興奮しているのだ。

「いいか、俺がイヤサカなんつう仕事をやってんのは、この仕事をしてりゃあ、国の許しを得て人が殺せるからよ。殺す相手をどれだけいたぶろうが、そいつは俺の自由にさせてもらえる。本当にいい仕事だなぁ。今回なんてサイコーだぜ……」

〝人権侵害〟の顔が青ざめたのは、失血ばかりが理由ではなかった。自分を拘束する小男の異常性に寒気を覚えずにはいられなかったのだ。

「だって今回は子供だぜ？　子供を殺していいなんて、オイオイ、神祇省さんよぉ、こりゃあなんのご褒美だよ！　ああ、どうしてやろうかなぁ！　指だとか腕だとかを落としてやろうかなぁ！　歯を全部折ってやるのはマストだろ？　カワイイ顔してるし、目抉《えぐ》って、鼻を削いでよぉ～」

〝人権侵害〟の意識が遠のいた。すかさずソバカリは経穴を圧迫する。

「キャアアアアッ！」

「だから寝るなっつってんだろ！　お楽しみはこれからなんだからよぉ！」

ソバカリは〝人権侵害〟を床に叩きつける。血を失いすぎた〝人権侵害〟は立ち上がり動くことができない。ソバカリが舌なめずりをする。

「それじゃあ、まずは……」

鏡片でチラチラと〝人権侵害〟の位置を確認しながらソバカリが迫ってくる。

ここで――。

「何をやっている」

凛とした女の声がした。

「あん？」

振り返ったソバカリが見たのは、廊下に立つオキナガと日置だった。

「おやおや、こりゃあ隊長さんかい」

「古熊の念話が途絶えたから来てみたら……これは……」

ラウンジの姿見が割れて散乱し、古熊は血だまりに沈んでいた。

「やられたのですか……？」

「見ての通りさ」

日置の問いに、ソバカリはこともなげに答える。

「敵は……？」

「ああ、そいつなら俺が始末した」

「始末？　遺体は？」

「遺体っつうか……」

ソバカリは〝人権侵害〟の映っている鏡片を見た。

「んあ？」

鏡片から〝人権侵害〟の姿が消えており、ただそこには彼女の手首から流れた鮮血だけがあった。

「チッ。逃げやがったか。隊長、あんたらが邪魔したせいだぜ」

「逃げた？　どういう……」

「まあ、気にすることはねえ。どうせ、すぐ死ぬ」

これだけ言うと、ソバカリは歩きだした。

「どこへ行く？」

「ああん？　決まってんだろ。次の獲物んとこだよ」

振り返りもせずにソバカリは廊下の先へと歩み去っていった。

〝人権侵害〟はラウンジの隅の壁に背を預けていた。

彼女が映っているのは、小さな小さな鏡片である。ソバカリがオキナガに気を取られている隙に、その鏡片に移動して、ラウンジの隅まで這って逃げたのだ。

出血が多い。もう鏡を移動することも、鏡の中で動くこともできそうになかった。

もう自分が長くないことを〝人権侵害〟は悟っていた。

無数に散らばる鏡片の中から、彼女の映っているひとつを見つけられる者などいないだろう。

かつて世間を騒がせた人気美少女動画配信者カガミ愛理珠――承認欲求の化け物であった〝人権侵害〟は、誰にも知られず、現実世界になんの痕跡も残さず、鏡の中で朽ちていくのだ……。

(なら……せめて……)

〝人権侵害〟は、最後の力を振り絞り、背負っていた黄色のリュックを下ろして、中に大事にしまっておいたものを取りだす。

プラスチックの宝石が嵌められた魔法の変身メイクボックス。

開けると鏡がせりあがってくる。その鏡に顔を映し――。

「SHINE……SH……E……ミラ……コスメで……キラキラ……チェ……ジ」

鏡から紫色の光が溢れ、〝人権侵害〟を包み込む。光が消えたとき〝人権侵害〟の姿は、メイクボックスの小さな鏡の内に移っていた。
パタン……――とメイクボックスの蓋が永遠に閉まった。

――〝人権侵害〟、本名・邪馬キョウコ、十歳、死去。残りZメンバー五人。

「なんだ、この部屋は……？」

〝遺伝子改造〟によって連れてこられたのは、実に異様な部屋だった。

いや、部屋というには広すぎる。学校の集会室とかそのぐらいの広さはあり、ちょっとした広間といったところだ。天井も体育館みたいに高い。

まず何よりも異様なのは、屋内だというのに中央に杉の木が生えていることだ。大人が数人手を繋がねば幹を囲めないほどの巨木。樹齢数百年は下らないだろう、そんな大杉が高い天井に雄大に枝葉を広げている。

幹にはぶっとい注連縄《しめなわ》が巻かれてあった。つまりこれは御神木だ。杉の木の前に赤い鳥居が設置してあることからも確かだろう。どこかの神社から移植したものかもしれない。

ゾッとさせられるのは、神木の幹に夥しい数の藁人形が五寸釘で、びっしりと打ちつけられていることである。つまり〝丑《うし》の刻参り〟だ……。

ここまでならば、いかにも因習溢れる日本的な空間を想像してしまうが、もう一段階この部屋を異様にさせているのは、この藁人形まみれの神木を十数という数のパラボラアンテナが取り囲んでいることだ。

さらに壁面はSF映画のコックピットみたいに、びっしりと電子機材で覆われており、床を這い回る凄い数のコードによってパラボラアンテナと接続されている。

「ここ、なんの部屋なの?」

恬然とした声で〝遺伝子改造〟が僕に尋ねてくる。

「事前に渡されていた八八式研究所内部のマップには、ただ『実験室B』とだけ表記されていたけど……」

「そうね。そんなことはこの部屋のドアにも書かれてあったわ。わたしが知りたいのは、なんの実験をしていたのか」

「うーん……」

僕は、御神木へ歩み寄る。明らかな丑の刻参りの様相……それを取り囲むパラボラアンテナ……電子機材……。素直に考えれば答えは明らかなのだけれど……。

「これ、丑の刻参りによって発生した呪詛をパラボラアンテナで受信しようとしてるってことだよね。で、受信した呪詛がこのコードを通って電子機材に運ばれる……。つまり、呪詛のデータ化だよ」

「呪詛のデータ化……? 画像や動画、音楽をデータにして再生するように、呪いも記録しておけるというの?」

「民間人からすれば驚きかもしれないけど、イヤサカからすれば珍しいことではないよ」

霊力、神力、呪詛——そういった超常的なエネルギーをデータ化して記憶し、随意に再生する技術は、すでに十年ほど前に神祇省が開発していた。オキナガさんの【師霊】や僕の【電子亀甲板】もその技術を応用して作られている。

「なるほどね、〝人体実験〟の【生類憐みPad】みたいな感じかしら。もしかして、その技術はこの場所で作られたものなんじゃないの？」

意外な指摘だった。

「そうかもしれないね。これだけ大掛かりな設備だし……。霊力データ化技術がどこで開発されたものなのか、そういえば知らなかった。だけど……」

「だけど、なぜこの八八式研究所でそんな技術を開発していたか、よね？」

僕の言おうとしていたことを、〝遺伝子改造〟にあっさりと先読みされた。

「う、うん……」

「あなたは、この八八式研究所はコトリバコを封印・除染するための施設だと言っていたわね。だけど、それだけではなさそう」

「そう……だね。僕らにも知らされていないけれど、呪術テクノロジー全般を対象とした研究施設なのかもしれない。そういう施設だからコトリバコの除染を請け負ったのか、コトリバコの除染を請け負っているうちに、呪術全般を研究するようになったのか……そのへんはわからないけど……」

「…………」

〝遺伝子改造〟は何か考え込んでいる様子だった。

ここまで一緒に行動してわかった。幼い――顔だけ見たならば小学生ほどの〝遺伝子改造〟だけど、非常に理知的で思慮深い子供だ。

たぶん、僕の気づいていない何かに気づいているし、なんらかの推理をすでに組み立てている。僕を連れ回して質問をしてくるのは、彼女自身の推理の答え合わせをするためだろう。

——この子は何を感づいているんだ……？

僕は表情に乏しい〝遺伝子改造〟の顔を改めて眺める。と、彼女のストロベリーブロンドから飛びでている蝙蝠の耳が、ぴくぴくっと動いた。

「……いけないわ。〝麻薬中毒〟が来る」

「え？」

「足音が近づいている。この実験室は突き当たりにあったわよね。〝麻薬中毒〟はここに向かっているわ」

彼女の鋭敏な聴覚が何かを察知したらしい。

「〝麻薬中毒〟ってZメンバーの……」

「あなた、どれだけ息を止めていられる？」

「え？　一分とちょっとかな」

何となく答えたけれど、これは平均より長いほうだと思う。中学高校と吹奏楽部に所属していたから肺活量には自信があるのだ。

「わたしはアザラシの遺伝子を体に取り込んでるから一時間は止められる」

「一時間……!?」

「あなたもせめて三分は頑張って。死にたくなければ」

「死……って……え？　三分!?　どういう？」

「あなたにはまだ聞きたいことがあるの。死ぬのはもう少しあとにして欲しい。だから頑張ってね」

淡々として多くを語らない——だけれど極めて不穏な〝遺伝子改造〟の言葉に、僕は強烈な不安を抱かずにはいられない。

「〝麻薬中毒〟っていうのは君の仲間じゃないのか？」

「仲間よ。でも、彼は今、憑霊状態になってもとに戻れないでいるのよ。そういうときの彼は非常に危険なの」

「危険って……」

「毒ガスを吐くのよ」

「え!?」

——カチャ、カチャ……カチャ……。

ガラスの打ち合う音が聞こえた。それとともに微かに酒のような薬品のような甘ったるい臭いが漂ってくる。

「来たわ。大きく息を吸ってから止めて。五分は頑張って」

「三分じゃ……」

「止めて！」

僕は、手で鼻と口を押さえ、慌てて息を止める。

　カチャカチャの音が近づいてきた。間もなく廊下のほうから小さな人影が僕らのいる実験室に入ってくる。

　死体みたいに色白で、骨の形がわかるほど痩せた少年が姿を現す。虚ろな目でふらふらと歩く様は、生ける屍とでもいった風情だ。ショルダーバッグに詰め込まれたたくさんのガラスの薬瓶がカチャカチャと鳴っている。

（――この子が〝麻薬中毒〟……）

　薬物製造や毒物の扱いのプロフェッショナルだと聞いていた。Zメンバーの能力をドーピングで底上げしているとか……。ただ、前線に出てくることがほとんどないため、そのぐらいの情報しかない。

　〝麻薬中毒〟の周囲には靄のような薄青い気体が常に漂っていた。有毒のガスであるのは、その色を見れば一目瞭然だ。そして、それは〝麻薬中毒〟の鼻腔や口腔から放出されているらしい。

　確かに息を止めず、あれをまともに吸引すれば命にかかわるだろう。

　ただ、青いガスは〝麻薬中毒〟の体から放出されると、さして時を置かずに空気中に拡散されて消えていた。換気の行き届いた場所や屋外では、直接息を吹きかけるなどしなければ殺傷能力は低そうだ。

　〝麻薬中毒〟は猛毒のガスを放出しながら、呼吸を止める僕と〝遺伝子改造〟の前を通り過ぎ、御神木へと進んでいく。僕らには目もくれない。虚ろな眼差しは僕らどころか現実世界の何物も見てはいなさそうだ。

（――たしかに憑霊状態になっている……）

　占術の家柄である僕も祭りの日に精進潔斎して、一言主の御霊を肉体に降ろしたことがあるからわかるのだ。

（――だけどこれは……）

　あまり健全な憑霊状態とは言えなさそうだった。

　たぶん幻覚剤による強制的な神憑りだ。しかも、それを繰り返しおこなったことによって、憑霊状態がほぼ常態化してしまっているように見える。自分自身で憑霊をコントロールすることができず、神霊による肉体への侵入を――それが低級な動物霊でも――拒むことができなくなっている……。

　十歳にも満たない少年がこんなにまでなってしまっている背景に何があったのかを想像すると暗然とならざるを得ない。

「コトリバコ……から……離れろ……」

〝麻薬中毒〟が呟いた。いや、ずっと何かブツブツと呟き続けている。

「騙……されている……。早く……コトリバコから……離れろ……。みんな……死ぬ……。秘密は……すべて……三号資料保管庫に……ある……」

　現在、彼に憑いている何らかの神霊からの託宣なのだろう。だが、憑霊中に毒ガスを吐く彼の託宣をしっかりと聞ける審神者《さにわ》がいるのだろうか？

〝麻薬中毒〟は鳥居を潜《くぐ》り、御神木の前に来るとそこで床に両膝をついて、御神木に向かって両手を上げて何やら祈りを捧げ始めた。

その意味があるのかないのかわからぬ緩慢な動きの間も、僕は息を止め続けている。そろそろ一分が過ぎようとしていた。さすがに苦しい。

と、ここで〝遺伝子改造〟が僕の袖を引いた。振り返ると、涼しい顔の彼女が、顎で実験室の出口を示す。「もう出よう」とそう言っていた。それもそうだ。〝麻薬中毒〟に付き合って毒ガスの中で息を止め続ける必要もない。

助かった、という気持ちで僕は〝遺伝子改造〟とともに部屋の出口に向かう。息が続きそうになくて、途中から駆け足になった。

廊下をしばらく進むと〝遺伝子改造〟が口を開いた。

「もう大丈夫よ」

僕は鼻と口を塞いでいた手を外し、思いっきり呼吸した。たぶん三分は息を止めていたと思う。僕の呼吸が落ち着くのを待って、〝遺伝子改造〟が口を開く。

「じゃ、行きましょう」

もう歩きだしていた。一時間呼吸を止めていられると嘯いた彼女は、実際、三分かそこら止めていたところで何の影響もないらしく、平然としていた。

僕は彼女について歩く。本当の目的地は除染室なのだ。先ほどの実験室は「除染室に行く前に見て欲しい」と〝遺伝子改造〟に言われたから立ち寄っただけだ。

「おや？」

ふと、僕は足を止める。廊下に何か転がっていた。

試験管風の薬瓶がふたつ。中には液状の薬品が入っている。さっき実験室に向かうときにはこんなもの落ちていなかった。

「これは……？」

僕がそれを拾い上げると〝遺伝子改造〟が答えた。

「【ヤオビク８００】ね」

「やおびく……？」

「〝麻薬中毒〟が調合した薬品よ。彼ったら、バッグから落としたのに気がつかなかったのね」

確かに〝麻薬中毒〟はショルダーバッグに零れ落ちそうなほどの薬瓶を詰め込んでいた。憑霊状態で意識が朦朧としている彼ならば落としかねないだろう。

だけど、僕が気になったのはそこではなかった。

「この【ヤオビク８００】って、どんな薬なの？」

「万能の治療薬よ。体組織というより生命エネルギーそのものを急激に増加させ、結果的に負傷箇所の超再生や、免疫力の増強によって疾患を完治させる」

「それって……」

――治癒活性剤【八百比丘】と同じだ。

神祇省が開発し、つい最近イヤサカ隊に実戦投入されたばかりの薬品だ。まだ治験が不十分だとかで、一般には公表されていないはずだけど……。

「それって、どうやって調合法を知ったの？」

「〝麻薬中毒〟が自分で編みだしたのよ。ああ、正確には違うわね。〝麻薬中毒〟が神を体に降ろしたときに調合法の託宣を受けたと言っていたわ」

「調合法をＺの外の人間に伝えたことは……」

「ないはずだけど——何か気になることがあるのね？」

抜け目ない〝遺伝子改造〟は、さっそく僕の疑念を察知した。

「ああ、いや、たいしたことじゃ……」

「言いなさい。言わないと、殺すわ」

「わ、わかった。言うよ」

隠すことでもない。僕は〝麻薬中毒〟の作った【ヤオビク８００】と、イヤサカの装備【八百比丘】が同じだということを包まず話した。

「………」

聞き終えた〝遺伝子改造〟は神妙な表情で黙っている。

「神祇省が偶然同じ薬品の調合法を発見しただけかもしれない。だけど名称まで似すぎているのが気になって……」

「その【八百比丘】が開発されたのはいつなの？」

「それはわからないけど、イヤサカ隊に実戦投入されたのは本当にごく最近、前の任務のときからだよ」

「…………」

〝遺伝子改造〟は深く考え込んでいる。何か思うところがあるらしいが、彼女はそれを一切僕には教えてくれない。

〝遺伝子改造〟と僕は何も話さぬまま、廊下を進み、階段を下った。

やがて僕らの辿り着いたのは、厚い扉によって厳重に閉ざされた部屋の前である。扉の上のプレートには『除染室』とあった。

(――ここにコトリバコが……)

江戸から明治にかけて製造された十六個のコトリバコ――史上最悪の呪具が、この部屋に封印され、除染され続けている……。そう思うと緊張せずにはいられない。

「ロックは……?」

「されてないわ。この施設の錠はほとんど全部〝あの子〟が解除しているの」

「〝あの子〟って……?」

「八番目の〝あの子〟よ」

それ以上の説明を〝遺伝子改造〟はしようとしなかった。きっと新たにZに加入したという名も知れないハッキング能力者のことだろう。

しかし、〝あの子〟……か。小学校中学年ほどの〝遺伝子改造〟が〝あの子〟なんて言い方をしてるってことは、新メンバーは、ずいぶんと幼いらしい……。

除染室に入ると、まず感じたのは、しっとりとした清涼な冷気である。ちゃぽちゃぽと小川の流れるような音がした。

部屋の中央に注連縄で囲まれた人工の池がある。その水面から十六個の台座が突きでていた。その台座に大小さまざまな大きさの寄木細工の箱が載っている。

――コトリバコだ。

そのコトリバコに天井の管からチョボチョボと水が落ちており、こぢんまりとした滝行でもさせられているような様子だ。さらに池を取り囲むように古めかしい銅鏡が十六個配置されていて、ひとつひとつが淡く光を放ちながら十六のコトリバコを映していた。

「すごい……」

ちょっとした和風庭園のような空間だが、これがかなり高度な呪詛除染装置であるのは、入ってすぐに察せられた。

まず結界を張ることによって空間の清浄さが保たれ、この部屋自体が簡易的な神域となっている。天井の管から滴る水は、おそらくどこぞの霊山から取り寄せた霊水だろう。銅鏡もひとつひとつが魔を祓う照魔鏡だ。十六個のコトリバコは霊水によって常に〝禊《みそぎ》〟をし、照魔鏡に照らされ続けている。そんじょそこらの呪い人形程度なら、この部屋に連れてくるだけで浄化されてしまうだろう。

僕が感心して眺めていると、〝遺伝子改造〟がぽつりと呟いた。

「十六個あるわね」

〝遺伝子改造〟が、なぜ、そんなわかりきったことを口にしたのか僕にはよくわからなかった。だが、次の彼女の言葉にハッとさせられる。

「じゃあ、所長室にあった箱はコトリバコではなかったのかしら？」

そうだ。僕らは八八式研究所の所長が持っていた箱の正体――それがコトリバコなのだとしたら、どうしてそんな危険なものを除染室から所長が持ちだしたのかを確かめるためにここへ来たのだった。

神祇省が回収したコトリバコは十六個、この部屋にも十六個コトリバコがある。つまり、所長はコトリバコをここから持ちだしたわけではなかったのだ。

〝遺伝子改造〟の澄んだ目が僕を見つめる。

「本当にコトリバコは全部で十六個？　もっと作られていたとしたら？」

「そういうこともあるかもしれないけど……。でも所長室にあったコトリバコはずいぶんと呪詛が弱かった。あれがコトリバコとは到底……」

「なら、この部屋のコトリバコの呪詛は強いの？」

「え？」

意外なことを聞かれた。

「わたしは、この部屋に並べられた十六個の箱のどれにも、これといって妖しい気配を感じることができないわ」

「いや、それは、この部屋には、清浄さを保つ結界が張られているから……」

と、言ったものの、僕自身疑問を感じ始めていた。

確かにこの部屋に安置されているコトリバコからは呪物特有の妖しい気配が一切感じられない。強い禊の霊力でかき消されているという可能性は大いにあるが、コトリバコほど強力な呪物ならば――しかもそれが十六個もあるのならば、漏れでる気配ぐらいは感じてもおかしくないはずなのに……。

「占ってみる」

僕は【電子亀甲板】を取りだし、起動する。一言主の御霊に命じ、十六のコトリバコひとつひとつの呪力指数を占ってみた。

「あれ……？」

亀甲板上に現れた意外な結果に、僕は唖然となる。

「そんな、これ、おかしいよ……。十六個のコトリバコ、どれも呪力指数が二％未満なんだ。これじゃあ『不幸の手紙』程度の呪力もない」

「どういうこと？」

「ここにあるコトリバコは、すべて除染が終了している！」

僕の声はつい叫ぶようになっていた。対して〝遺伝子改造〟の声は冷静だった。

「つまり、この八八式研究所には核兵器もなければ最強の呪物も存在しなかった」

「う、うん」

「当然、この施設のコトリバコの除染が終了していることを、神祇省は知っているはずよね？

どうして、それをあなたたちイヤサカは知らされていないの？」

「それは……」

「あなたたちは、わたしたちＺがコトリバコの呪力を使って日本国の主権を奪おうとしている、だから極秘裏にわたしたちを抹殺しにきた。そうよね？」

「あ、ああ……」

答えながら僕は息苦しさを覚え始めていた。

「わたしたちはそんな声明文は出していないし、そもそもここにあるのは核兵器だと思っていた。そして、コトリバコすらここにはなかった。ないことを知っていて神祇省は、あなたたちをここに差し向けた」

「…………」

「嘘を吐《つ》いているのが誰か——明らかじゃない？」

僕は言葉が出てこなかった。

「…………」

「何者かがわたしたちＺをこの八八式研究所に誘い込んだ。誘い込んで、あなたたちイヤサカを使い、抹殺しようとしている」

「…………」

「わたしたちは国際的なテロ組織よ。世間が排除しようとするのはわかる。解せないのは、わたしたちを罠にはめるためだけに、この八八式研究所の職員を全員犠牲にしている点よ。それだけの損失を出してまで、わたしたちを抹殺する舞台に八八式研究所を選んだ理由は何？」

「君たちは未成年だ……」

僕はなんとか声を絞りだした。

「未成年である君たちをなんの大義名分もなく討伐したなら、日本は国際的な非難を免れない。だからコトリバコを理由にした。君たちを討伐せねば、日本国民の命にかかわったんだと言いわけできるように。そして他国に真実を掴まれぬように、高度な結界呪術で外部から観測することのできない八八式研究所を舞台に選んだ」

「なるほどね……。だけど、やっぱり、わたしたち八人を殺すために、八八式研究所の優秀な職員を犠牲にする理由がわからないわ。何か理由があるのよ」

〝遺伝子改造〟の幼い目の奥に、何か光るものが生まれた。

「わたしは、その理由を探るわ」

こう言って僕を見る。

「もう何人か死んでいるのよね？」

「…………」

Zメンバーのことだろう。僕は【電子亀甲板】で呪力指数を確認する際、生存者も同時に確認していた。そのことに〝遺伝子改造〟は気がついていたのだ。

とはいっても、彼女の目があるから詳細には占えていない。イヤサカとZ、どちらが何人死んでいるかまではわからない。ただ、八八式研究所に潜入してから、四つの生命反応が消えているのだけは確かなのだ。

「みんな、どうして殺されたのか、わからないなんて嫌よ。わたしは理由を探る。あなたにも協力してもらう」

僕は少し黙って、こう言った。

「わかった。僕も知りたい」

CHAPTER 08

四箱目【オミクジバコ】

ぐにゃぐにゃと世界が歪んでいる。

壁も床も天井も、べろべろと波打っているし、柱はくるくると螺旋《らせん》を描いている。

色なんてメチャクチャで、ピンクだったり緑だったり黄色だったりが、ぱっ、ぱっ、ぼやぼや、べちゃっ、と現れては消えている。

変な音や声が常に聞こえている。りーろーりーろー、とか、ぱしんぱしん、とか、ぽっぽっぽっぽっ、とか、電子音のようなものとか、夏の草叢《くさむら》にいる虫の声とか、得体の知れない野鳥の鳴き声だとか、他にも人間が「うあ、あうあ、おおあ、いあ」とか「こしょこしょこしょ」と意味不明なことを口走っている声もする。

そういう世界に〝麻薬中毒〟こと箸屍《ハシシ》ウバタマ、九歳は住んでいた。

――〝共感覚《シナスタジア》〟。

と、いう特殊な感覚を持っている人間がたまにいる。異なる感覚同士が結びついてしまっていて、普通とはちょっと違う風にものを感じるのだ。

たとえば、視覚と嗅覚が結びついている共感覚者は、臭いを色や形として視たり、味覚と聴覚が結びついた共感覚者は、音楽を甘いとか辛いとかいう風に味わったりする。

〝麻薬中毒〟もまた共感覚者だ。

ただし、彼の場合は、視覚、聴覚、嗅覚、味覚、触覚……あらゆる感覚がしっちゃかめっちゃかに結びついた共感覚であり、しかもそれらが毒々しく生々しく、悪夢的に感覚されるのだ。

想像できるだろうか？　物を見るごとに、音や味や匂いがし、音を聞くごとに色や形が見え、熱いだとか冷たいだとかザラザラしてるだとかいう感覚を抱くのだ。

もうこれは常人とは見ている世界がまるっきり違い、別世界に住んでいるとしか言いようがないだろう。

ただし、この共感覚には波があり、時期によってひどいときもあれば、普通の人の見ている景色とそう変わらないときもあった。

今は、その中でも、かなりひどいときである。

今、〝麻薬中毒〟は、巨大でぐにぐに動いていて、絶えずヒューヒューと音がする、ぶよぶよしたひどく苦い味のする存在の前にいた。そいつは、何百人という真っ白い肌の素っ裸の女の人の塊で、女の人の腹には、みんな大きな鉄の杭が突き刺さっているのだけれど、女の人たちは「うはあ、うはあ」とか呻き悶えつつも死んだりなどしていないのだ。そしてそいつはたくさんの女の人の塊だけれども、女の人全部でひとつの存在であり、細部を見ずに遠くから眺めれば、一匹の逆立ちした巨大蛸みたいに見えたろう。

〝麻薬中毒〟は共感覚によって歪みに歪んだ世界の中で、たびたびこのような巨大で意思を持った存在と出会う。こういうものを〝麻薬中毒〟は——。

——かみさま。

と、理解していた。

〝麻薬中毒〟以外の人間が、同じ場所に立っていたならば、杉の巨木に打ち付けられた夥《おびただ》しい数の藁人形をそこに見ただろう。蛸が逆立ちしたような形は枝葉を広げた杉であり、何百という女は藁人形だ。そう、今〝麻薬中毒〟は、ワカヒコと〝遺伝子改造〟が先ほどまで訪れていた呪詛のデータ化実験のおこなわれていた部屋にいるのである。

素っ裸の女の巨大な塊である神木がおどろおどろと触腕のごとく枝葉を揺らした。

(——ウバタマ……ウバタマ……ウバタマよ……)

藁人形の女たちの口が一斉に同じソプラノボイスを発した。

「……か、かみさまぁ〜……」〝麻薬中毒〟が呼びかけた。「ずっとオレを呼んでたのは、かみさまぁ〜……あなた様ですかぁ〜?」

八八式研究所に入ってから、ずっと〝麻薬中毒〟は、この声を聞いていた。極度の霊媒体質である〝麻薬中毒〟は、研究所に入るや否や、この存在に魅入られ、憑依されてしまっていたのである。以来、「ウバタマ……ウバタマ……ウバタマよ……」の声を聞き続け、声の主を探して研究所内を徘徊していたのだ。そして、ついに辿り着いた。

(——ウバタマ……ウバタマ……ウバタマよ……。おまえたちは騙されている……。コトリバコから離れよ……。みんな、死ぬ……)

「か、かみさまぁ〜……そればかりずっとおっしゃってるが……コトリバコってぇのは、なんのことなんです? オレたちをだましてるって、おっしゃってるが、いったいだれがオレたちをだまそうとしてらっしゃるんですよぉ?」

（――ウバタマ……ウバタマ……ウバタマよ……）

この巨大な存在は、結局同じ言葉しか繰り返さない。

神の言葉とは、そういうものなのだ。人と人とが言語を用いて対話するのとは違う。神は、言葉とは異なる超感覚的な手段で人間へ語りかけるのがほとんどだ。そういった神から発信された情報を、占術者は筮竹《ぜいちく》やカード、水晶玉、亀甲などを用いたり、天体や自然の動きを観測したりして読み解くのである。

〝麻薬中毒〟の場合、異常発達した共感覚を用いて言語の形に翻訳して理解するという方法を取っている。本来、波のごとく繰り返し発信されているものを、無理やり言葉にしているので、同じ情報を幾度も伝えられているように感じるのだ。

「かみさまぁ……せめてあなた様のお名前をおしえてくれよぉ……」

この問いに、巨大な存在は初めて違った答えを見せた。

（――タカオカミノカミ……丑の年、丑の月、丑の日、丑の刻に降臨せし呪詛神《まじないがみ》なり……）

「タカオカミノカミ……？」

初めて耳にする神名であった。

（――ウバタマ……ウバタマ……ウバタマよ……）

また、かみさまは、同じ言葉を繰り返し始めた。その繰り返しは寄せては返す波のごとく、大きくなり小さくなる……。何百という女たちの肉体が海流に揺れるウミユリ状生物の群れのごとく一定の法則で動いている。

（――ウバタマよ……ウバタマよ……ウバタマよ……）

波音のごとき呼びかけを聞いているうちに〝麻薬中毒〟の思考が混濁してくる。かみさまの声が、次第に、本当に波が打ち寄せる音のように聞こえてきた……。

波の音が聞こえる。

波の打ち寄せる礁。薄曇りで風が強い。礁には海水に浸りながら鳥居が聳《そび》えており、さながら海の向こうからやってくる何かを迎え入れんとするかのごとくである。

そのような風景を、薄暗い和室の、開け放たれた障子が四角く切り抜いていた。

和服を着た〝おねえさま〟が縦に細長い六角形の箱を抱きかかえ、正座している。

箱は、赤く漆が塗られ、かなり古いもののようだ。側面に漢字で何か書かれているが、かすれていて読めない。だが、それが何の箱かはわかる。

――おみくじ箱だ。

神社に置かれているあれだ。紙のおみくじが入っている箱ではない。ガラガラ振ると小さな穴から一本だけ籤棒《くじぼう》が出てくる、あの箱である。

おねえさまと対面して、ちょこんと座布団に正座しているのは、ふっくらしたほっぺの男の子だった。現在の骸骨のような姿からは想像もつかぬだろうが、このいかにも健康優良児といった少年は、五歳の頃の〝麻薬中毒〟である。

おねえさまが、厳かにおみくじ箱を構えた。

「本日の〝お試し〟を始めさせていただきます」

「はい」

生真面目な声で〝麻薬中毒〟が返事をした。

「参ります」

ガチャガチャとおねえさまがおみくじ箱を振り始める。激しく揺れるおみくじ箱を〝麻薬中毒〟のまなこが忙しなく追っている。

「ひとつ目……末吉……」

ぼそっ、と〝麻薬中毒〟が呟いた。

カチャン、と箱の中から籤棒が一本飛びでる。おねえさまがそれを読み上げる。

「『末吉』――当たりにございます」

おねえさまは籤棒を引っ込め、再度、箱を振り始めた。また〝麻薬中毒〟が呟く。

「ふたつ目……小凶後吉《しょうきょうのちきち》……」

カチャンと、籤棒が出る。

「『小凶後吉』――当たりにございます」

この要領で〝麻薬中毒〟は次々と籤棒に書かれた内容を言い当てていく。

「みっつ目……小吉……四つ目……末大吉《すえだいきち》……五つ目……半凶……六つ目……吉凶不分末吉《きちきょうわかたずすえきち》

……」

一度も外していない。驚異的な正答率だった。

特別なことをしているというわけではない。おねえさまがおみくじ箱を振る音が、人の囁き声のように聞こえるのだ。その声が「小吉」だの「中吉」だのと言っているので、それを〝麻薬中毒〟はそのまま言っているに過ぎないのである。

この、聞いた音が言葉に聞こえる感覚――つまるところ共感覚の一種は、生まれながらにして〝麻薬中毒〟に備わっていたものだ。

これは一族に遺伝されている感覚らしく、箸屍家では四人にひとりぐらいの割合で、共感覚を持った子供が生まれる。

共感覚を持った子供は、物心がつく前から特殊な訓練を受けさせられ、この感覚を磨く。その子供に才があると共感覚に透視的・予知的なものを帯びるに至り、箱を振る音を聞いただけでも、出る籤棒の内容を当てることが可能となるのである。

〝麻薬中毒〟の回答はすでに二十を超え、瞬く間に三十、四十まで全問正解し、ついには――。

「五十……吉凶《よしあし》末《いまだ》分《わからず》末大吉《すえだいきち》……」

――カチャン。

出てきた籤札をおねえさまが読み上げた。

「『吉凶末分末大吉』――五十まですべて当たりにございます」

おねえさまがおみくじ箱を置き、深々と頭を下げた。

「おめでとうございます。本日よりあなた様には〝オコトバ様〟のお役目についていただきます」

おねえさまの声は、深い悲しみを押し殺すように震えていた。血を分けた幼い弟がこれから辿ることになる不憫な運命を思い、感情を抑えることができかねたのだ。

「…………」

物心ついたときから毎日おみくじの内容を当てさせられていた〝麻薬中毒〟だが、この日からは彼自身がおみくじ箱となる。

まず〝麻薬中毒〟は、村の人たちからウバタマという本当の名で呼ばれることがなくなり、〝オコトバ様〟と呼ばれるようになった。

さらには村外れの礁にある海蝕洞の奥に設けられた社に入れられることとなった。

天井が不自然に高く、六角形をしたそれこそ巨大なおみくじ箱みたいな社である。

社のある海蝕洞は、満潮になると入口付近が海に水没し、出入りができなくなる。さらに、社には格子が嵌められていて〝麻薬中毒〟は幽閉状態となる。つまるところ座敷牢であった。

そんな〝麻薬中毒〟のもとには、毎日、おねえさまがやってきて、徳利に入った数種類の薬液を飲まされる。

海蛇、河豚《ふぐ》、蟹、蛸、船虫、具足虫、鮟鱇《あんこう》、海胆《うに》、海星《ひとで》、海月《くらげ》、磯目、海百合、磯巾着、藤壺、沙蚕《ごかい》、鮫、翻車魚《まんぼう》、夜光虫……。

……などなどの肝をすり潰し、調合して作った箸屍家秘伝の幻覚薬であり、これを服用すると意識が朦朧とする代わりに、共感覚だけが極度に鋭敏化する。

さらに繰り返し摂取することで、今まで持ち得なかった共感覚が開発され、音が言葉に聞こえていただけの〝麻薬中毒〟が、色が音に聞こえたり、味が形として認識されたり、暑さ寒さを匂いとして感じたりするようになってきた。

蝋燭の僅かな明かりだけの仄暗い洞窟の奥で〝麻薬中毒〟には四六時中、何かの言葉が聞こえ続けていた。

それは波や風の音であったり、磯臭さであったり、洞窟の暗さや湿気、蝋燭に揺られる影の動きであったりが、超鋭敏化された共感覚によって言葉として知覚されたものだ。

そういう言葉を箸屍一族は〝神の御言葉〟と見なしてきた。

それを、毎日早朝箸屍一族の長――すなわち、〝麻薬中毒〟の祖父が聞きにくる。

「オコトバ様、本日の吉凶、いかがにございまするか……？」

厳かなその言葉は、祖父が孫に向けるものではなかった。祖父はもう〝麻薬中毒〟を孫とは思っていない。神霊と一族を媒介する〝オコトバ様〟なる装置としてしか捉えていないのである。

この質問に対し、〝麻薬中毒〟は、聞こえている言葉をそのまま伝えるのだ。

「……小吉……」

声色も眼差しも虚ろだった。過剰な薬物摂取によって意識は朦朧としており、実を言えば祖父の声も姿も、幻覚と共感覚によって、正しく見えておらぬし、正しく聞こえてもいない。ただ、人のような、音のような、味のような、匂いのような、肌触りのようなものの来訪を感じているだけなのである。

それでも、そういうものが訪れたなら聞こえている言葉を伝えねばならないという義務感だけはあり、ほとんど夢うつつの状態で口走るのだ。

「……昼過ぎより……雨になり……海が荒れるが……すぐにおさまるであろ……海へ出る者は、その時期をずらすがよかろうぞ……」

祖父は深々と頭を下げる。

「ありがとうございまする、オコトバ様……」

箸屍一族は、一族のうちに生まれる共感覚者の子供を霊媒〝オコトバ様〟にし、神霊の言葉を聞くことによって、この海辺の寒村を治めてきた。

なんでも、オコトバ様が幽閉される洞窟は、昔々「海を照らしながら依りくる小さな神」が漂着した場所で、その小さな神は村人へ薬物の調合法をもたらしたのだと伝わっている。

その小さき神の言葉なのか否か、〝麻薬中毒〟もまた強烈な共感覚による幻覚と幻聴の中で、幾種類もの薬物の調合法を知り得た。それらの調合法は、託宣を下す際に、祖父へ伝えられ、箸屍一族のお家芸である薬物調合をアップデートさせた。

当然だが、その薬物は認可されたものではない。ゆえに副作用がひどい。〝麻薬中毒〟が毎日摂取している幻覚剤もそうである。

服用してしばらくは多幸感を覚え、夢心地なのだが、時間が経過し、体内の薬物量が下がると、極度の不安感や恐怖感、抑鬱症状に見舞われる。さらには共感覚で見る幻覚や幻聴がネガティブで悪夢的なものに変わることもある。歴代のオコトバ様の中には自殺者が多いのだが、このあたりに理由があるのだろう。

それゆえ、箸屍一族はオコトバ様の薬が切れないように、定期的に社を訪れ、薬物を追加で投与する。

このスパンは、日に日に短くなり、一度に投与する薬の量や濃度も増えていく。

食欲が衰えて痩せ細る。睡眠時間が著しく減る。狭い社に幽閉されることによって手足が萎える。陽に当たらぬため皮膚が深海生物のように白くなる。

当然のごとく、オコトバ様は短命である。短ければ就任して半年で、長くとも十三歳ほどまでしか生きられない。

〝麻薬中毒〟のこの運命に、ただひとりおねえさまだけが同情を寄せていた。

オコトバ様の身の回りの世話一切を担っているおねえさまは、誰も見ておらぬときに〝麻薬中毒〟へ優しい言葉をかけ、人間らしい扱いをしてくれた。

〝麻薬中毒〟もまたおねえさまと接しているときだけは、心が安らぎ、おみくじ箱から人間へと戻れたような気になれた。

とはいえ〝麻薬中毒〟が自分自身の境遇を理不尽と思ったことは一度もなかった。

自身の現状の異常さを知るよりも先に、この運命を当然のものとして受け入れさせられていたからである。

なので、歴代のオコトバ様同様に、〝麻薬中毒〟もまた、なんの疑いも抱かぬまま短い人生の大半を薬物漬けの幽閉状態で終える運命にあったのだが――あることをきっかけにそれが大きく変わった……。


嵐の夜のことだった。

十数年に一度ほどの激しい大嵐で、海は凶暴なまでに荒れくるい、波が〝麻薬中毒〟の幽閉されている海蝕洞の中にまで押し寄せてくるほどであった。

幸い〝麻薬中毒〟のいる社まで波は届かなかった。古くからあるこの社は海蝕洞内の岩壁の高みをくりぬいた場所に築かれているので、滅多なことでは波が届かないのだ。

ただし、洞窟の入口の水没によって、いつも薬物を届けてくれるおねえさまが来られず、〝麻薬中毒〟は激しい薬物禁断症状――地獄のような譫妄《せんもう》と抑鬱症状に見舞われることとなったのである。

薬物に飢え、社の畳の上で痩せた体をのたうち回らせていたとき――ふと、〝麻薬中毒〟は声を聞いた。

（――ウバタマ……ウバタマ……ウバタマよ……）

笛のように甲高い、女の声。〝麻薬中毒〟がオコトバ様でない本名で呼ばれるのは久しぶりで、一瞬、それが自分の名であることに気がつかなかったほどだ。

声は、社のすぐ外から聞こえる。〝麻薬中毒〟は格子に目いっぱい近づき、社の外を見た。

押し寄せていた波が引いており、社のすぐ下は濡れた砂浜になっている。

波に運ばれて、木片やペットボトル、浮標、海藻などの漂流物が散乱していた。もっとも、〝麻薬中毒〟の薬物に侵された感覚では、そういう漂流物が漂流物のまま見えてはいない。大きく歪み、色味が変わり、音や匂いを伴った前衛的なオブジェクトとして映っていた。

（――ウバタマ……ウバタマ……ウバタマよ……）

声の主は、そういった漂着物に紛れて砂浜に転がっていた。いいや、その声の主自体、嵐に流され、この海蝕洞に流れ着いた漂着物なのであろう。

それは、人魚だった。人魚と言ってもアンデルセン童話に出てくるような上半身が女性、下半身が魚、といった人魚ではない。

マリアナスネイルフィッシュという魚をご存じだろうか？　現在発見されている中で最も深い海に生息する魚で、ナメクジめいたブヨブヨとした粘膜を思わせる質感をしており、深海魚ならではの病的なまでの白さが目を引く。

ちょうど、そんな風だ。ただし大きさはサメほどもある。

そういう巨大なスネイルフィッシュの首だけが女なのだ。妖しいまでに艶めかしい女の大首が、大魚の頭部にくっついている。そいつがうっとりと微笑しながら、口を餌をねだる鯉みたいにパクパクさせ――。

（――ウバタマ……ウバタマ……ウバタマよ……）

と、声を発しているのだ。重ねて言うが〝麻薬中毒〟の目と耳に、そういう風に見え、聞こえているだけだ。実際にその人魚が、どういう形をした何なのか、本当に声を発しているのかすらもわからない……。

「あ、あんた……誰なんだぁ……？　あんたぁ、かみさまなのかぁ？」

〝麻薬中毒〟が尋ねると、人魚は一時言葉を切って――。

（――大大凶）

こう言った。

（――大大凶……この村は滅びる……大大凶……この村は滅びる……大大凶……）

人魚は夜通し、この言葉を繰り返した。

翌日の早朝、洞窟を沈めていた海水も完全に引き、おねえさまが〝麻薬中毒〟へ朝食と薬物を届けに社へやってきた。

社の前に漂着している人魚をひと目見て「まあ!?」と驚愕の声をあげる。

薬物に汚染されておらぬおねえさまの目に、この人魚がどのように映っているのか定かではない。だが、異常なほどの狼狽を見せ――。

「アワシマサマじゃ！　アワシマサマが御洞に流れ着いておる！　凶兆じゃ！　おじいさまにお知らせして〝お流し返し〟せねば……！」

慌てふためき、洞窟を飛びでていった。

〝麻薬中毒〟の目に人魚として見えていたものの正体がなんであったのかは不明だ。ともかくアワシマサマなる隠語で呼ばれるそれは、この村にとって〝漂着すると非常に不吉な何か〟であったのだけは確かである。

　すぐさま〝麻薬中毒〟の祖父が駆けつけてきて、一族の若者に命じ、人魚を運びださせた。その後、洞窟の外の浜辺で何やら儀式をおこない、人魚を海へ流し返したようだ。社のある海蝕洞も念入りなお祓いが連日執りおこなわれた。

　このため、日課であった早朝の託宣もまた数日の間おこなわれなかった。

　祖父が、託宣を受けに〝麻薬中毒〟の社へ赴くのを再開したのは、アワシマサマ騒動がすっかり落ち着いた一週間後のことであった。

「オコトバ様、本日の吉凶、いかがにございまするか？」

　と、いつものごとく尋ねてくる祖父。〝麻薬中毒〟は、今現在もずっと聞こえ続けている言葉を祖父へと返した。

「――大大凶」

「な？」

　祖父の顔が、サッと青ざめた。

「大大凶……この村は滅びる……大大凶……この村は滅びる……」

「な……なな……！」

　〝麻薬中毒〟の脳裏には変わらず、アワシマサマの声が聞こえ続けていたのである。アワシマサマの御魂に取り憑かれていたのだ。

　祖父はお祓いの儀式を改めておこない、憑き物落としの儀式もまた重ねておこなった。十分におこなったはずだが、翌日託宣を聞きに赴くと、変わらず――。

「大大凶……この村は滅びる……大大凶……この村は滅びる……」

わなわなと身を震わせた祖父は、怒ったような顔でクルリと向きを変え、社の前から歩み去った。祖父の背後に控えていたおねえさまが、青ざめていた。

幾度も、幾度も、祖父は念入りに〝麻薬中毒〟に憑いたアワシマサマを祓い落とす儀式をおこなった。だが、何度やっても同じだった。

「大大凶……この村は滅びる……大大凶……この村は滅びる……」

〝麻薬中毒〟の下す託宣は、一貫してこれだった。

祖父の顔つきが、日に日に憎々しげなものに変わっていったが〝麻薬中毒〟としては、そんな顔をされる筋合いなどなかった。なぜならば、彼は脳裏に響く声をただそのまま伝えているだけで、なんの悪気もないのだから。

ある日、昼食と薬液を届けにきたおねえさまが、そっと〝麻薬中毒〟に囁いた。

「嘘でもよいから、明日の託宣では吉兆を告げておくれ。おまえは知らぬかもしれぬが、オコトバ様は神籬《ひもろぎ》というだけでなく、凶兆が続いたとき、それを鎮めるための人身御供でもあるのだよ。おじいさまは、次の託宣で、おまえを人身御供にするかどうか決めるおつもりです。どうかどうか明日の朝の託宣では、せめて小吉と告げてくださいませ……」

おねえさまは和服の袖で目頭を拭う。

「では、お夕食のときにまた参りますね……」

深々と頭を下げて去っていった。

　おねえさまが去り、〝麻薬中毒〟は再び薬物による模糊《もこ》とした意識の内へ戻った。おねえさまの語った言葉などすぐに目くるめく幻覚と幻聴の中に溶けて消える。

（――大大凶……この村は滅びる……大大凶……この村は滅びる……）

　脳裏に響くのは相変わらずこの言葉である。だが、ふと、違う言葉が聞こえた。

（――ウバタマ……ウバタマ……ウバタマよ……。おねえさまを信じてはなりませぬぞ……。ウバタマ……ウバタマ……ウバタマよ……）

「え？　なぜでございますかぁ……かみさま……」

（――ウバタマよ、あれが夜に持ってくる薬は猛毒でしょう、ウバタマよ）

「ええ？　なんで、おねえさまがそんなことを……？」

（――ウバタマよ、すでにおじいさまは、そなたを人身御供にすると定めているのですよ、ウバタマよ……。おじいさまは、おねえさまに毒を盛らせて、そなたを殺すつもりなのです、ウバタマよ）

　殺すつもりと言われても〝麻薬中毒〟には、なんの動揺もなかった。おみくじ箱に過ぎない自分の命に価値がないことは、物心ついたときから教え込まれている。

　だが、彼に語りかける〝かみさま〟は、こう告げるのだ。

（――ウバタマよ、安心なさい、ウバタマよ。そなたは妾《わらわ》の導きで、逃れることができるでしょう、ウバタマよ……）

「逃れる？　どうやってですかぁ？」

海蝕洞の奥に幽閉されている身では逃れる方法など到底ないように思われた。

（――ウバタマよ、毒をもって毒を制すのです、ウバタマよ）

「……？」

（――より強き毒をその身より発散させるのです……）

途端、〝麻薬中毒〟の痩せた肉体内に強烈な異物感が生まれた。

「うっ……うっ……うげげっ……」

体が内側からむず痒かった。まるで、無数の小さな何かが、体内の一か所から湧きだし、腸管や血管や神経の内、内臓の表面、筋線維や皮膚の隙間、脳髄の皺の間をもぞもぞと這い回っているかのようだった。

「うげげげげっ！　げげげげえええええっ！」

拷問に等しい耐えがたいむず痒さに〝麻薬中毒〟は我が身を掻きむしった。

だが、その痒さは現実のものではない。〝麻薬中毒〟の体内で起こった、ある化学変化を、共感覚が触覚に翻訳させたことによって生じた痒さであった。次に共感覚は〝麻薬中毒〟の視覚を刺激し、悍ましいにもほどがある幻覚を見せ始めた。

痩せ細った〝麻薬中毒〟の皮膚表面に、ぷつぷつぷつと蕁麻疹《じんましん》のごとく黒点が無数に生じたかと思うと、その黒点のひとつひとつが盛り上がり、真っ黒い回虫となって這いでてきたのである。体内で蠢いていたものども――それは不浄なまでにどす黒いアニサキスの群れだった。

〝麻薬中毒〟の体表面を覆いつくしてもなお、アニサキスどもは後から後から体内より湧きでていた。今や〝麻薬中毒〟は、アニサキスの苗床だった。

しかし、これをアニサキスと見、感じているのは〝麻薬中毒〟の特殊な共感覚ゆえである。

では、果たして、常人にとってこれは何なのか……!?


夜、おねえさまが〝麻薬中毒〟の社に再びやってきた。

〝麻薬中毒〟は格子の嵌められた社の座敷で、ぐったりと壁に背を預けて座っていた。いつになく顔色が蒼白で、死んでいるのではないかと疑ったほどであった。

だが、おねえさまが「オコトバ様、食事とお薬をお持ちしました」と、格子の前で呼びかけると、〝麻薬中毒〟はゆらゆらと立ち上がって、蹌踉とした足取りで歩み寄ってきた。目の回った人のように、黒目がぐるぐると回っていた。

何か様子がおかしいと、おねえさまが訝《いぶか》しんだときである。

格子ごしに肉薄した〝麻薬中毒〟から、ぷうんと甘やかな匂いが漂ってきた。

アルコールのような、アンモニアのような、硫黄のような、爛熟した果物のような強烈な匂いである。それをおねえさまが嗅いだ途端――。

「げえっ!」

喉粘膜の焼けつくような感覚とともに、呼吸ができなくなった。カッ、と目を見開き、おねえさまは自らの喉を掻きむしる。激しく咽《むせ》たかと思うと、ゾッとするぐらいの血を吐いて、倒れた。しばし、地をのたうち回っていたが、やがて動かなくなり、息絶えた。

この一連の出来事を〝麻薬中毒〟はぐるぐる回るまなこで朦朧と眺めていた。

(——ウバタマよ、祟りじゃ、ウバタマよ……)

かみさまの声が聞こえた。

(——ウバタマよ、この女は、妾の託宣を歪め、そなたに偽りの託宣を口にせよと命じたな、ウバタマよ……。その祟りじゃ、ウバタマよ)

あれ？　おねえさまは、自分に毒を盛ろうとしていたから始末したのじゃなかったっけ？　などと〝麻薬中毒〟は、ぼんやりと思ったが、すぐにその思考は茫漠たる薬物幻覚の靄に薄れて消えた。

(——ウバタマよ、格子の隙間より手を伸ばし、その女の服を探るのじゃ、ウバタマよ……。格子を開ける鍵が入っておるぞ、ウバタマよ……)

言われるままにおねえさまの衣服を探ると、本当に鍵が出てきた。それで〝麻薬中毒〟は、格子にかかった南京錠を外す。

(——さあ、ウバタマよ、ここを出て、村中に妾の託宣を遍《あまね》く告げて回るのじゃ、ウバタマよ！)

「はい……かみさま……」

〝麻薬中毒〟は、社を出て、夜更けた漁村へ向かったのであった。

ふらふらと磯を彷徨う〝麻薬中毒〟の肉体からは、致死性のガスが発散されていた。このガスは、オコトバ様の任に就いてから連日連夜摂取し続けた夥しい量の幻覚剤が〝麻薬中毒〟の体内に蓄積しており、それが閾値《いきち》に達し、猛毒ガスへと変化したものであった。

　彼がどす黒いアニサキスと認識したものの正体がこれであり、今や〝麻薬中毒〟は、その吐息、唾、血液、分泌するもの、排出するものの尽くが猛毒を帯びていた。

　歴代のオコトバ様の中で、有毒の肉体を得た者などいなかった。何ゆえ〝麻薬中毒〟ひとりが、このタイミングでこのような肉体の変化を得たのかは定かでない。

　悪神アワシマサマの御導き……とでもいったところだろうか……。

　ともかく〝麻薬中毒〟は、民家を見つけるごとに戸を開けて、こう告げた。

「大大凶……この村は滅びる……大大凶……この村は滅びる……」

　その言葉とともに放出される毒ガスによって、住人は悶絶死していった。

「大大凶……この村は滅びる……大大凶……この村は滅びる……大大凶……この村は滅びる……大大凶……この村は滅びる……」

　一世帯、また一世帯と〝麻薬中毒〟の毒ガスによって村民たちが命を落としていった。骸骨のように痩せ細った〝麻薬中毒〟は、さながら死神であった。

〝麻薬中毒〟の幽鬼のごとき姿は、箸屍本家へも赴き、祖父も含めた箸屍一族の老若男女尽くを根絶やしにした。

　小さな海沿いの寒村を巡りつくし、生きた人間がひとりとしていなくなった頃、水平線の向こうから朝日が昇り始めた。

　砂浜にぽつんと立ちつくす〝麻薬中毒〟の耳にこんな声が聞こえた。

（――ウバタマよ、大義であった、ウバタマよ。そなたの働きで予言は成就された、ウバタマよ。最後にそなたの進むべき道を示して進ぜよう、ウバタマよ……）

「…………」

長く海蝕洞に幽閉されていた〝麻薬中毒〟は、久しぶりに見る朝日に目を眇《すが》めつつ、ぼんやりとかみさまの言葉を聞いていた。

（ウバタマよ、村を出て南の町へ向かうがよいぞ、ウバタマよ。その町で、そなたは、そなたの助けとなる少年と出会うであろう、ウバタマよ……）

「……はい。ありがとうございます、かみさま……」

（――ウバタマよ、さらばだ、ウバタマよ……）

肉体から何かが抜けでる感覚とともに、ずっと頭に響いていた声が止まった。同時に〝麻薬中毒〟の肉体から放出されていた毒ガスも一時収まった。

〝麻薬中毒〟は、かみさまに示された通り、ふらふらと南に向けて歩みだした。

南の町でまたも毒ガス事件を起こした〝麻薬中毒〟は、それを聞きつけた〝人体実験〟に勧誘され、Ｚのメンバーとなるのであった。

（――ウバタマ……ウバタマ……ウバタマよ……）

裸婦の集合体――タカオカミノカミと名乗った神木は、目の前に傅《かしず》く〝麻薬中毒〟へ、そう呼びかけ続けていた。

(――ウバタマよ、妾は、本来鎮座せし土地より無理やりにこの場所へ移され、数多《あまた》の呪詛を宿されたまま封じられておる、ウバタマよ……。妾はここから出たい、ウバタマよ……。ここから出て、宿された膨大な呪詛を解き放ちたいのじゃ、ウバタマよ……。そのために、そなたの体に宿らせてたもれ、ウバタマよ……。その代わりに、そなたを無事にここから連れだして進ぜようぞ、ウバタマよ……)

ようやく、かみさまが意味のわかることを口にしてくれた。

「はい……。わかりました、かみさま……」

〝麻薬中毒〟は、かみさまの言葉に逆らうということがない。

と、いうよりか、相手が誰であれ、命じられて逆らったことがなかった。〝人体実験〟の誘いに乗ってＺに加入したのも、ただ誘いに逆らわなかったというだけであり、理由があったわけではない。

〝麻薬中毒〟は、吉凶を吐きだすだけのおみくじ箱として育てられた。およそ意思と呼べるものを持ち合わせていない。神と人を仲介するおみくじ箱が自分の意思なんてものを持っていてはならぬのだ。

逆らうことを知らぬ霊媒能力者――悪神や邪霊にとってこんなにも都合のよい存在が他にあるだろうか？　歪な神格に〝麻薬中毒〟は魅入られやすい。

(――ウバタマよ、さあ、妾を宿したまま、すぐにコトリバコから離れるのだ、ウバタマよ。ここに留まれば、皆、死ぬぞ、ウバタマよ……)

「かみさま……。そのコトリバコってのは、なんなんですかぁ？　そんなもんは、どこにも見当たりませんよぉ……」

(――ウバタマよ、よいか、ウバタマよ……。コトリバコとは……)

と、半ばまで発された声が、ふいに――。

(――凶後吉《きょうのちきち》。身を傾けよ)

言われるがまま〝麻薬中毒〟は、ふらりと身を傾ける。

――タンッ！　と、銃声。〝麻薬中毒〟の頬を、弾丸が擦過した。身を傾けねば、後頭部を撃ち抜かれていただろう。

(――末凶。背後に、そなたを殺めんとする者がおる……)

ゆらりと〝麻薬中毒〟は緩慢な動作で振り返った。

実験室の戸が半分開き、銃口が突きでていた。戸の陰に何者かが潜み、そこから〝麻薬中毒〟を狙撃したのである。

(――吉凶相半《きちきょうあいなかばす》。用心しながら排除せよ……)

操り人形が糸で引き上げられるのに似た動きで〝麻薬中毒〟が立ち上がった。ゆらり、ゆらり、と覚束ない足取りで、無造作に戸へと歩み始める。

タンッ！　銃声とともに、二発目が射出された。ふらっ、と、よろめいた〝麻薬中毒〟の肩先を弾丸が掠めた。タンッ！　三発目。それもまた、ふらりと揺れた〝麻薬中毒〟の二の腕を擦過する。

ゆらゆらと無防備に歩むだけの〝麻薬中毒〟に、戸の陰の狙撃手の射撃が一発として命中しない。躱している――ようには見えない。狙撃手が引き金を引く一瞬前にそれを察知しているかのようだった。

〝麻薬中毒〟の脳裏には随時かみさまからの託宣が下り続けており、ただ言われるがままに動いているだけで狙撃を躱せてしまうのだ。

歩む〝麻薬中毒〟の身から、むうっ、と濃厚な毒ガスが陽炎のごとく立ち上る。奇怪にも、それは無数の逆立ちした蛸を思わせ、幾本もの触腕を有する形を成していた。〝麻薬中毒〟に憑依したかみさまが、放出する毒ガスに自らを仮託して顕現しているのだ。言うなれば、毒ガス状のエクトプラズムである。

ぎょろ、と〝麻薬中毒〟の黒目が左右非対称な方向へ動く。そのまま黒目がぎょろぎょろぎょろぎょろと回転し始めた。

「妾は、タカオカミノカミ。丑の年、丑の月、丑の日、丑の刻に降臨せし呪詛神《まじないがみ》なり……！」

こう口走った声は〝麻薬中毒〟の声ではなく幾百人という女の声が重なったようなソプラノボイスであった。〝麻薬中毒〟は完全に憑依されていた。

「大大大凶《ダイダイダイキョウ》ッ！」

と、甲高く叫ぶと、触腕のごとく密集した毒ガスがうねりながら戸へと殺到した。

転げでてきたのは、狙撃手の男と、もうひとり帯刀の女性。

日置カツラと神功オキナガであった。

二名は、パッ、と二手に散って〝麻薬中毒〟から距離を取る。

一方はマークスマン・ライフルを、もう一方は抜き身の日本刀を構え、二方向より〝麻薬中毒〟を挟む位置についた。

「…………」

「…………」

無言のふたりだったが、その実、念話が活発に交されている。

『タカオカミノカミ？　なるほど、あの藁人形だらけの木は、丑の刻参りの名所、京都貴船神社の神木を植え替えたもののようですねぇ』

日置が緊迫を含みつつもゆったりとした声で言った。

『貴船明神より御霊分けされていた神木が、ここでの呪術実験で蓄積した膨大な呪詛によって禍津《まがつ》神化《かみ》した存在——と、いったところでしょうね』

『神木から、この少年〝麻薬中毒〟の身に、御魂は移っているな？』

『ですね～。〝麻薬中毒〟の肉体に宿って、八八式研究所を出ていくつもりのようですねぇ。看過できる存在じゃないですよ。まあ、なんであれ、Ｚの殲滅が僕らの任務ですから、看過なんてしないんですけどねぇ～。……来ますよ！』

日置のゆったりした声が、ふいに鋭く変わる。

「凶凶凶《キョウキョウキョウ》ッ！」

〝麻薬中毒〟から放出される毒ガスの触腕が、ブワッ！　と、大きく膨らんだ。獲物を呑み込まんとする大蛇のごとく、オキナガと日置、それぞれへ雪崩れ込む。

跳んで躱した日置とオキナガを、毒ガス触腕が、うねりながら追撃する。タタタッ！　と、逃げつつ、日置が、一、二発、正確な射撃を〝麻薬中毒〟へ撃ち込んだ。が、またもふらふら揺れる〝麻薬中毒〟には命中しない。

『……予知《よま》れてますね』

走りながら日置が呟いた。

『それにしても、予知から行動までのタイムラグがほとんどない。あの少年、神霊との感応力がずば抜けてますよ。……おっと！』

直進してくる毒ガス触腕を、身を伏せて躱す。オキナガも、立て続けにぶつかってくる触腕を、跳んで、転がって、回避し続けていた。

『〝麻薬中毒〟は、神霊の完全な操り人形ということか？』

オキナガが、俊敏に身を躱しながら問うた。

『そういうことです。ああ【蟇目】を使い切るんじゃなかった。こういう穢れの権化みたいな対象にこそ、効果的な弾丸だったのになぁ』

『ならば、私も操り人形になろう』

『え？』

『託宣神の属性を帯びていても、しょせんは淀みから生じただけの呪詛神。人意は読めても、神意は読めまい。〝夢想《ムソウ》〟を用い、私がやる』

『そうか、〝夢想〟なら……』

　ここで、太い鞭みたいに毒ガス触腕が、日置、オキナガ、双方へ振るわれた。跳び下がって回避するふたり。タッと着地して日置が尋ねる。

『ですが、オキナガ隊長、大丈夫ですか？』

『何がだ？』

『ちゃんとやれるんですか？』

『…………』

　日置は、オキナガが〝遺伝子改造〟や〝人体実験〟への刃を止めたことを指摘している。二度はなんとかなったが、戦場でのあのような躊躇や迷いは自分のみならず、仲間まで危険にさらす結果になりかねない。

　オキナガの表情に、何かを強く押し殺さんとする色が生まれた。

『やれる』

　と、言ったあと——。

『やる』

　決意を込めて言い直した。

『なら、いいんですけど……』

『案ずるな。〝夢想〟に躊躇いなどない』

ブンッ！　毒ガス触腕が巨大な蝿叩きのごとく、唸りをあげてオキナガへ叩き込まれた。跳び躱しながら、オキナガは腰のタクティカルポーチへ手を突っ込み【訃霊】を取りだしていた。着地と同時に――パチンッ――刀へ装填する。

ボウッ、と刀身が青く光を帯びた共鳴刀【玉響】を、オキナガは、ぴたりと脇につけた。

「秘剣電書【訃霊】――〝夢想〟」

厳かに告げる。途端、オキナガの瞳から、ふっと光が消えた。

眼差しの虚ろになったオキナガは、さながらスイッチを切った自動人形のようだった。その虚ろな表情のままに〝麻薬中毒〟へ向けて疾駆する。

このとき〝麻薬中毒〟の脳裏に響いた声はこれだった。

（――小凶。読めない……!?）

〝麻薬中毒〟の動きに躊躇いが生じた。

「凶《キョウ》ッ！」

やけくそのように叫んで、数本の毒ガス触腕を向かいくるオキナガひとりへ殺到させる。激しい触腕の連攻を、オキナガは巧みに躱していった。

恐れることなく、自身へぶつかってくる毒ガス触腕の猛攻の驟雨《しゅうう》の中を、オキナガは、一剣を構えたまま突っ込んでいく。が、勇敢に突撃するオキナガの顔は、やはり虚ろなままなのである。まるで、意識を失っているかのごとく。

いいや、ごとくではない。

——オキナガは意識を失っていた。

危険に直面したとき、意識することなく肉体が自然に危機に応ずることをもって極意とする。そのような境地を剣術において〝夢想〟の剣と呼ぶ。

オキナガは【師霊】の霊力を用い、肉体を〝夢想〟の状態に置いた上で、あえて特殊な呼吸法で自らを意識喪失状態に落としたのである。

結果、現在のオキナガは無意識に肉体が動き続ける——ただ戦神《いくさがみ》の操るがままに、駆け、躱し、敵を斬る存在と化していたのだ。

疾風のごとき速度で、瞬く間に意識のないオキナガは〝麻薬中毒〟へ肉薄した。刀身の間合に〝麻薬中毒〟を捉えている。

「キョキョッ、凶《キョウ》ッ！」

〝麻薬中毒〟が、憑霊状態にある者の妖しいまでの身体能力で後方へ飛び退いた。が、間に合わなかった。オキナガの共鳴刀が、鮮烈な弧を描いた。〝麻薬中毒〟の右脇腹から左肩へ、斜め一線の斬撃が奔る。勝負あり！　と思われたそのとき——。

「凶後大吉《きょうのちだいきち》……」

にへら……と、〝麻薬中毒〟の骸骨みたいな顔が笑みを浮かべたのである。

裂けた〝麻薬中毒〟の胴体より、墨汁のごとくどす黒い血液が奔騰した。異様な量と勢いの出血だった。噴出したというよりも〝麻薬中毒〟の体内に寄生していた液状生物が、傷口からオキナガへ飛びかかったかのように見えた。

ビチャビチャビチャビチャッ！　と、汚水を思わせるほど不浄に黒い血液が、オキナガに正面から降りかかる。途端――。

「あっ……あっ……あああっ……！」

意識のないはずのオキナガが喉奥より苦悶の声を漏らした。

〝麻薬中毒〟の血液は吐息同様――いいや、吐息以上に濃厚な超猛毒であった。浴びせかけられた血液が、オキナガの鼻腔から口腔から、皮膚から浸透し、その肉体を侵し始めたのである。

『オキナガ隊長！』

日置の叫びが木魂《こだま》する中、ドッ、とオキナガの身が床にくずおれた。

対して、胴体から未だにブシュブシュと血を噴出させつつも〝麻薬中毒〟は、目玉をぐるぐる回しながら、へらへらと笑っていた。痛みなどまるで感じている様子はなかった。むしろその表情には陶酔すら窺える。強力な幻覚剤によって〝麻薬中毒〟は痛覚を失っているのだ。

〝麻薬中毒〟は、震える手でショルダーバッグから薬瓶を一本取りだすと、蓋を開けてゴクゴク飲んだ。

「凶《キョウ》ッ……キョキョキョキョッ……凶《キョウ》ッ……」

胴体にぱっくりと開いた傷が、ぼこぼこと脈打って、見る間に再生していった。〝麻薬中毒〟自身が、かみさまの託宣に従って調合した【ヤオビク８００】の異常な効能であった。激しい副作用を度外視すれば、このような瞬間的な超再生も可能なのだ。〝麻薬中毒〟の裂傷は瘤のごとき痕跡を残しつつも完全に塞がった。

「凶《キョウ》ォォォォ……」

猛毒の吐息を吐きだしながら〝麻薬中毒〟の首が捻じれ向いたのは、日置カツラのほうだった。次の獲物はおまえだ、とでも言うように。

その足元では、まだ息のあるオキナガが、ピクリピクリと痙攣している。

「…………」

しばし、日置は押し黙ったまま、今にも死なんとするオキナガを暗い目で見つめていた。やがて、発した声がこれだった。

「あーあ……」

日置は、思いのほか悠長に溜息を吐く。

「隊長なのに、死んじゃダメじゃないですかぁ〜……。ああ、でも、まだ助けられますかね？助けても子供を殺すのに躊躇いのあるオキナガさんじゃ、役に立ちませんかねぇ〜……」

こんなことを口にする日置。念話ではない。念話は【誰ソ彼】で繋がっている全員に聞こえてしまう。日置はあえて仲間に聞かれぬよう、直接話しかけていた。

「だけど、最後のひとりは僕以外の人間に殺ってもらわなきゃ台無しだ。ひとりでも人員を減らすわけにはいかないですね。やはり助けますかねぇ〜……」

ぺた、ぺた、と〝麻薬中毒〟がうねる幾本もの毒ガス触腕を伴いながら、日置へ近づいてくる。日置は怯えるどころか警戒の気配すら見せなかった。

「もういいでしょう。オキナガ隊長の目もないですし」

何を思ったか、ライフルを構えるでもなく無造作に左手にぶら下げ、てくてくと〝麻薬中毒〟へ歩んでいった。

「……？　吉凶未分《よしあしいまだわからず》……？」

警戒して、〝麻薬中毒〟が歩みを止めたが、日置の歩みは止まらない。

「凶《キョウ》ッ！」

猫が毛を逆立てるように、毒ガス触腕が瞬間的に膨張した。近づくな、と日置へ威嚇を示したのだが、日置はまるで気にすることなく歩み続ける。

「あのねー……」と、日置は溜息交じりに言う。「内緒にしてましたがね、君の能力はひとつとして僕には効かないんですよ」

こう口にした声は、普段の日置とは思えぬほど冷酷であった。

「大大大凶《ダイダイダイキョウ》ッ！」

弾けるように毒ガス触腕が、一斉に日置へと雪崩れ込んだ。が、日置は一切の回避行動を取らなかった。

超濃厚な毒ガスの触腕が、日置を押しつぶすように呑み込んだ。

だが、なんということだ。猛毒の気体にすっかり包まれながらも、日置は平然として、微笑すら浮かべているではないか。ひと呼吸でもすれば、喉を焼かれて悶絶するはずの空気の中で、日置は悠々と溜息すら吐いてみせた。

なぜ？　どうして？　まるで説明のつかぬ事態であった！

「だから言ったでしょう？」

次の瞬間、日置が地を蹴った。瞬時にして〝麻薬中毒〟までの距離を縮める。仰け反った〝麻薬中毒〟の胸倉を、はっしと引っ掴む。

そのまま有無を言わさず〝麻薬中毒〟の胸にライフルの銃口を突きつけ、引き金を引いた。

鈍い銃声とともに、弾丸が〝麻薬中毒〟の身を背後まで突き抜けた。

が、ここで〝麻薬中毒〟が、ニヤッと笑う。

「大凶《ダイキョウ》ッ！」

そう叫んだ口から漆黒の血反吐《ちへど》が噴出した。超猛毒の血液噴射は、日置ののっぺりした顔面をまともに直撃する。

〝麻薬中毒〟……いや、彼に憑依していた呪詛神の狙いは、これだった。胸倉を掴んで撃ってくることなど予知できていた。あえて掴ませ、至近距離で猛毒の血液を浴びせかけてやるつもりだったのだ。

胸を撃たれた傷などなんでもない。痛みを感じないのは前に述べた通りだし、【ヤオビク800】を常飲している〝麻薬中毒〟は異常な生命力を持っていた。心臓を撃ち抜かれてもしばらくは生きられるし、生きているうちに【ヤオビク800】を摂取すれば、心臓も見る間に再生する。そういう算段だった。しかし──。

「何度も言わせないでくださいよ」

日置が何事もなかったかのように、血液で黒く汚れた顔を袖で拭った。

「君の能力は僕には効かないんですってば」

直後、銃声とともに〝麻薬中毒〟の額に弾丸が撃ち込まれた。

「凶《キョウ》……ッ！」

ドッ、と床へ倒れた〝麻薬中毒〟の薬物による異常な生命力――脳天を撃ち抜かれてなお、よろよろと立ち上がろうとしていた。

「キョ……キョ……凶《キョウ》……」

タンッ！　タンッ！　タンッ！　続けざまに三発、眉間、喉、右肺に銃弾を撃ち込まれる。

「キョ……キョキョキョッ……キョ、キョ……」

なおも動く〝麻薬中毒〟へ、日置は容赦なくライフルを乱射した。

「キョッ！　キョキョキョッ！　ギョ、キョッ！」

いつしか日置の足元には、蜂の巣になった〝麻薬中毒〟が、真っ黒い血だまりに横たわり、ぴくぴくと虫の息で動いていた。

「これぐらいやれば十分でしょう……」

ふうっ、と、ひと仕事終えたような息を吐き、日置はライフルを下げた。ちらと、近くに倒れるオキナガへ目をやった。

「隊長。まだギリギリ生きていますかね？」

屈み込んで〝麻薬中毒〟のショルダーバッグから【ヤオビク８００】の薬瓶を抜き取ると、

それを倒れるオキナガのもとへ持っていった。蓋を開けて、薬液をオキナガの口へ流し込む。時を置かず、弱っていた呼吸が回復し、血色を失っていたオキナガの頬に赤味が蘇ってくる。目を見張る効能であった。

「隊長。オキナガ隊長。終わりましたよ。起きてください」

日置は、呼びかけながらオキナガの身を揺さぶった。

オキナガの瞼が、ゆっくりと開く。しかし、その目は虚ろだ。唇が微かに動いた。

「ご……ごめ……」

「……？」

「ごめんなさい……」

譫言《うわごと》だった。まだ意識を失っている。

「オキナガ隊長？」

再度呼びかけると——。

「あああああああああっ！」

ふいにオキナガが頭を抱え込んで悲鳴をあげた。両腕が上がって宙を掻きむしる。

「ああああっ！　ごめんなさい！　ごめんなさい！　ごめんなさい！」

その様子は強烈な悪夢に魘《うな》されているように見えた。

「毒ガスと一緒に吸引した微量の呪詛が、隊長の精神を侵し、過去のトラウマを呼び覚ましている……？　しばらく休めば回復するのでしょうが……」

日置は、背後に聳え立つ藁人形だらけの大杉を振り返る。巨木は、むんむんとした妖気を放っていた。〝麻薬中毒〟という依代《よりしろ》を破壊された呪詛神は、また神木へ戻っているようだった。

「さすがにここに置いてはいけませんか……」

オキナガはもともと巫女であり、彼女にも霊媒能力がある。ここに意識喪失状態のまま放置すれば、呪詛神に憑依される危険があった。

「仕方ないですねぇ～……」

「ごめんなさい！　ごめんなさい！」

「はいはい。落ち着いてくださいねぇ～」

日置は、未だに譫言を口走り続けるオキナガを強引に担ぎ上げ、実験室をあとにしようと入口へ向かって歩きだした。

「キョ……キョ……」

ふと、声がして振り返る。

〝麻薬中毒〟がいつの間にやら半身を起こしていた。驚異的なことにまだ生きていたのだ。とはいえ、もう長くはなかろう。

パクパクとその口が動いた。

「だ、大大凶……お、おまえの……目的は達せられな……い」

〝麻薬中毒〟は、べーっ、と舌を出した。

——おみくじ箱が籤棒を出したみたいだった。

バタッ、とまた倒れた〝麻薬中毒〟は今度こそ起き上がってこなかった。

意識薄れゆく〝麻薬中毒〟に痛みはなかった。恨みも悲しみも後悔もなかった。

物心ついた頃から、今このときまで、結局〝麻薬中毒〟は一度として自分の意志で行動したことはなかった。

ただ、かみさまの言う通り、おみくじ箱に徹し続けた人生であった。


——〝麻薬中毒〟、本名・箸屍ウバタマ、九歳、死去。残りZメンバー四人。

CHAPTER 09
【函《ハコ》】

「おかしい。おかしいよ」

僕は、もう何度目になるかわからぬ言葉を口にした。

僕と〝遺伝子改造〟は、八八式研究所内のいくつかの研究室や実験室、資料室を巡っていた。八八式研究所の真の目的を探るためだ。

「どの部屋も、明らかに資料が片付けられている。紙の文書も、パソコンのメモリも、なんにも残されてないぞ……」

資料棚から引っ張りだした大量の薄っぺらいファイルを前に、僕は首を振った。

「やっぱりね。そうだと思っていたわ」

僕の真横で〝遺伝子改造〟が恬然と言う。

「あなたたちがここに来るまでに、わたしや仲間たちは核兵器を探して資料を漁っていたの。その時点で、重要な資料の一切が失われていると気がついていたわ」

「なら、最初にそう言ってくれよ」

「あなたが見れば、わたしたちに見つけられなかった何かが見つかるかもと思ったの。だけれど……失望したわ」

こう語る〝遺伝子改造〟の顔色が心なしか悪いように思われた。

「具合でも悪いの？」

「悪いわね」意外なほど正直に〝遺伝子改造〟は答えた。「空気が淀んで感じられる。あなたにはわからない？」

　彼女ほどじゃないが、僕も感じていた。僕は【電子亀甲板】を取りだし、呪力指数を確認する。数値を見て、僕は眉をひそめた。

「また呪力指数が増えているのね」

「うん。六十三％……。人体に悪影響を及ぼし始めるレベルだよ……」

　いったい何が原因だ？　コトリバコはすべて除染されている。なら、あの実験室にあった藁人形の神木か？　いや、直接実験室に行った体感からすると、今研究所内で上昇し続けている呪力指数と、あれは関係がなさそうだ。なら、いったい？

「ねえ」

　ふと、〝遺伝子改造〟が口を開いた。

「三号資料保管庫ってどこかしら？」

「三号資料保管庫？」

　僕は再度亀甲版を操作して立体マップを表示する。

「……ここが一号資料保管庫……ここが二号……どちらもさっき調べたところだよ。たいした資料はなかったよね。三号は……ないよ。二号までだ」

「本当に？」

「ああ、ない」

「本当に？」

なぜか〝遺伝子改造〟は執拗に尋ねてくる。

「じゃあ、〝麻薬中毒〟が言っていたあの言葉は何かしら？」

「あの言葉？」

「……『秘密は、すべて三号資料保管庫にある』」

思いだした。実験室で出会った〝麻薬中毒〟は、虚ろな声で確かにそう口走っていた。あのときは呼吸を止めるのに必死で意識できないでいたけど……。

「憑霊状態の〝麻薬中毒〟の言葉は託宣。何か意味があるかもしれない」

僕は頷いて、【電子亀甲板】をタップする。ボウ、と這子人形みたいな一言主が浮き上がった。

「一言主、〝三号資料保管庫〟という部屋がこの施設にないか占ってみてくれ」

こくん、とひとつ頷くと、一言主は立体マップの中にダイブし、溶け込んだ。立体マップ全体が、二、三度淡く点滅する。一言主が施設内を霊的に精査しているのだ。

言霊の神である一言主にとって明確に〝名付けられた〟ものを探すのは得意中の得意だ。〝三号資料保管庫〟と〝名付けられた〟部屋があるのならば、必ず見つけだしてくれるはずだ。

やがて、点滅が収まると、立体マップ内の一か所に、星のような光点がひとつ残されていた。その位置は立体マップの空白部分、本来ならば壁の中に当たる場所だ。

「隠し部屋だ……！」

しかも、その位置は――。

「このフロアだ」

僕と〝遺伝子改造〟は今いる部屋を飛びだし、一言主の示した地点へ向かう。

そこはエレベーター前のラウンジだ。エレベーターの真正面、絵画のかけられた壁の向こうに三号資料保管庫があるはずだった。

僕は、絵画の裏側を覗いたり、壁を探ってみたりする。

「ここを開く仕掛けがどこかにあるはずだけど……」

「どいて」

〝遺伝子改造〟が小さく告げた。

直後、ブンッ、と彼女の鱗に覆われた尻尾が風を切った。バンッ！　と耳を打つような破砕音とともに、尻尾の直撃を受けた壁面に穴があいた。

さらに、二度、三度、〝遺伝子改造〟は、硬い尻尾を解体工事で使われる鉄球みたいに叩きつけ、壁にあいた穴を大きくしていく。

間もなく人が潜れるほど、穴は広がった。

「もっと大きくしたほうがいい？」

十分だった。

僕と〝遺伝子改造〟は、穴を潜って壁の内へと進入する。

僕らが入るとセンサー式のライトがパッとついた。車のガレージほどの、さして広くもない空間に、ぎっしりと段ボール箱が積み上げられている。

一番手前のひとつを開けてみると、大量の書類が詰まっていた。書類へ軽く目を通す。呪詛のデータ化に関する実験記録……。他の段ボールもいくつか開けてみる。ディスクやメモリースティックなどがおさめられているものもあれば、江戸時代や明治時代の古文書、古記録まであった。

「間違いないな……。他の研究室や資料室からなくなった資料は、全部ここに集められている」

「隠したということは、見られたくなかったということよね？」

〝遺伝子改造〟が言った。

「何を隠したかったかは、ここを調べればわかる。じゃあ、誰からかしら？　誰から資料を隠したかったと思う？」

僕に問うまでもなく、彼女はすでにその答えを持っている風だった。

「きっと僕らイヤサカからだ。君たちZのことは始末するとして、作戦を終えて帰還する僕らに、万が一にもこの研究所の真の意味を知らせないようにしたんだ」

「これらの資料をここに運び込んだ職員たちは、わたしたちが研究所に誘い込まれ、襲撃してくるって知っていたのかしら？」

「知らなかったろうな……」

僕の声は苦々しいものになっていた。

「でしょうね。警戒していた様子はなかったもの。何も知らされず嘘の理由で指示を受け、資料をここに運んだのね。わたしたちが彼らを皆殺しにしたのも、首謀者の計画の内ね。研究所の秘密を隠すための口封じ……」

そして、その首謀者というのは神祇省の人間だ。僕は暗然たる心持ちになる。

「それより」〝遺伝子改造〟が段ボール箱の山を見回した。「これをすべてチェックするのはたいへんね……」

「任せておいて。ある程度絞り込める」

僕は、また【電子亀甲板】を操作する。一言主の託宣の力を借りて、特に重要な資料をピックアップするのだ。このあたりの絞り込みは、けっこう経験とテクニックがいる。占者としての腕の見せ所だった。

一言主の御魂にワード限定や制限をかけて透視をおこなわせる。ポンッ、と亀甲板をタップすると、山積みの段ボールの内のいくつかが青く光を放った。

僕と〝遺伝子改造〟は協力して、光る段ボールだけを引っ張りだす。開いてみると、中にある資料そのものが光を発していた。

僕らはそれらを丹念に取りだし、並べていく。

すべて並べ終えると、だいたい十ほどの紙の資料がピックアップされた。意外にもメモリースティックやディスクなどのデジタル資料はひとつもなかった。

僕は資料のひとつ、ところどころ虫食いのあるかなり古い――たぶん江戸末期のものと思われる和綴じの書物を手に取った。

『コトリバコ製作秘伝書』――と、表紙にある。

それを開き、和紙に直接墨で書かれた文字に目を走らせた。

――綺麗な寄木細工の箱に、子供の遺体の一部を入れ……などと僕も耳にしたことのあるコトリバコの製造法が事細かに記されてあった。

『八人の子供を犠牲に作られた〝ハッカイ〟のコトリバコは〝国を亡ぼす〟呪い。作るべからず……』

など、既知の情報もあれば――。

『子供を犠牲にする際には〝他殺〟でなければならない……』

『犠牲にする子供の妖力が高いほど、呪詛の強いコトリバコが作られる……』

など、初耳の記述もあった。失伝されたはずの箱の組み立て方、儀式の段取りなども書かれてある。

こんなに詳細にコトリバコの製造に関して書かれた文献は他にないだろう。

(コトリバコの製造法は、隠岐島から流れてきた呪術師によって伝えられた……。もしかして、この書物は、隠岐の呪術師が授けた、その原本なんじゃないのか……?)

最後のページに辿り着くと、著者のものと思われる署名があった。

――隠岐正義《おきのまさよし》。

その姓からも、やはり隠岐の呪術師のもののように思えた。

僕は『コトリバコ製作秘伝書』を脇によけ、次の資料に手を伸ばす。

それは比較的新しい資料だった。印刷された紙が分厚く紐でひとまとめにされている。一枚目に大きく極秘マークがついていて、一種異様な雰囲気があった。

その一枚目をめくると『新国防提案書』と、題が書かれている。題名のすぐ下に作成者の名があった。その名を見た僕は——。

（え……？）

書かれてあった作成者名は——。

——隠岐正義。

（『コトリバコ製作秘伝書』の著者と同じ名前……？　同一人物……なわけないよな……。そっちは江戸時代だし……同姓同名か）

書類に目を通そうとしたところで、〝遺伝子改造〟が声をかけてきた。

「ワカヒコ」

卒業アルバムみたいな書籍に目を通していた彼女が耳を疑う名を尋ねてきた。

「隠岐正義という人物を知っている？」

「え？」

「あなたたちイヤサカのトップにいる人間よ」

「僕らのトップ？　ちょっと、待って、君の読んでるそれはなんだい？」

僕は〝遺伝子改造〟の眺めている書籍を覗き込む。

『神祇省創設沿革』とある。題名通り神祇省の創設からの沿革をまとめたものらしかった。社史みたいなものだ。たぶん資料的に数冊刊行されただけで、一般に流通したものではないだろう。

　そもそも祭祀を司る国家機関としての神祇省は、明治四年に創設され、すぐに翌年の明治五年に廃止されている。

　その神祇省が平成元年に再設されたのは、昭和の終わり頃から〝口裂け女〟に代表される国内での怪異事件の増加を受け、呪術や祭祀の重要性を国が再認識したからに他ならない。その過程で異形厄災霊査課――イヤサカも創設された。

　そのぐらいのことは知っている。だけど僕らのトップが隠岐正義……？

「ここに書いてあるわ。『平成五年に怪異に直接対処する異形厄災霊査課が創設された。代表として隠岐正義が課長に就任』って、ほら」

　彼女の指さした部分を見る。確かにそう書いてあった。

「見せて」

　僕は彼女から『神祇省創設沿革』を受け取り、ページをめくる。だが、以後、隠岐正義の名は出てこないまま、平成二十五年で記録は終わる。代表が変わったのなら、記録されるはずだ。されていないところを見ると、平成五年のイヤサカ創設から少なくとも二十五年まではずっと、隠岐正義がトップを務めていたことになる。

「違う。きっとこの隠岐正義という人は昔のトップだ。いつ変わったのかわからないけど、今のトップはイザナミ課長って人だよ」

「そう……イザナミ課長……。そのイザナミ課長というのはどんな人？」

「どんなって……？」

「その人は、今回の件の真相を知らないのかしら……？」

ぞくっ、と背筋を寒気に似たものが走った。

（――イザナミ課長が……？）

そうだ。僕らはイザナミ課長を通して、今回の作戦の事前情報を知らされた。

Ｚは声明文を出してはいないし、八八式研究所のコトリバコは除染が終了していた。そもそも僕らが招集されたのは、Ｚが研究所を占拠する一時間前だ。つまり事前情報は虚偽のものだった。

――どの時点で作られた虚偽なのか……？

イザナミ課長も虚偽の情報を伝えられ、虚偽と知らぬまま僕らに伝えたのか？

それとも――イザナミ課長は初めから知っていて……。

頭が混乱してきた。僕はブンブンと首を振る。

僕は先ほど読みかけていた『新国防提案書』へ改めて目をやった。

この提案書の作成者は隠岐正義だ。つまりイヤサカの初代代表の作成した書類ということになる。しかも極秘。何が書かれているのだろう。

僕は書類をめくって、細々と並んだ文字に目を走らせていく。

内容は、国防についてだった。

不安定な国際情勢を鑑みるに、自衛隊では国の守りとしては不十分である。米国と結んだ安全保障条約は当てにならない。核の傘は決して日本国を守ってくれているとは言いがたい……。

そのようなことが、つらつらと書かれている。淡々とした文章の中に、異様な熱意と狂的な愛国精神が滲みでていた。隠岐正義というのがどのような人物なのか、わかるような気がする。しかし、怪異に関する脅威を調査解決する組織イヤサカが、何ゆえ国防について提言しているのかは謎であった。いささか専門外の差し出口ではなかろうか？

さらに文書の中で、隠岐正義はこう訴える。

——重要なのは抑止力である、と。他国からの侵略に対する抑止力なくして国防はなし得ない、と。

ここまでの文章を読んで僕が思ったのは「隠岐正義は、国へ核兵器の所持を訴えているのではないか？」ということだった。

それは難しいだろう。世界唯一の被爆国である日本は核アレルギーが強い。国民の理解を得られるとは思えないし、国際関係も破滅的に悪化するだろう。

だが、読み進めていくにつれ、そうではないと知った。同時に隠岐正義の提言の戦慄的な真相も知ったのだった。

提言書には、こうあった。

『他国からの侵略に対する抑止力なくして国防はなし得ない。ゆえに私は、核兵器に匹敵する威力を持つが、国際法上規制され得ない〝非物理的最終兵器〟の開発を提言する。すなわち——』

――【新コトリバコ】の開発を。

僕は絶句した。

イヤサカのトップである隠岐正義がどうして国防を提言していたのかわかった。

彼が提言していたのは、呪詛による国防。史上最凶最悪の呪物であるコトリバコを核兵器に代わる大量虐殺兵器として利用する……。

そうか。八八式研究所でおこなわれていたのは核兵器の開発でも、コトリバコの除染でもない。コトリバコの強力無比な呪力を兵器として応用する技術の開発――【新コトリバコ】の開発だった……！

僕の中で様々な事柄が繋がっていく。

実験室で呪詛のデータ化実験が行われていた。つまり【新コトリバコ】とは、コトリバコの呪詛をデータ化したサイバー兵器ということだ。

でも、データ化された呪詛を送信する技術なんてあるのだろうか……？

――いや、ある！　あるじゃないか……！

「そういうことね」

ふと〝遺伝子改造〟が呟いた。僕が考え込んでいる間に、彼女は『コトリバコ製作秘伝書』を読み、『新国防提案書』も僕の肩ごしに目を通していたようだった。

「ねえ」僕は〝遺伝子改造〟に呼びかけた。「立体マップ内に通信室という部屋がある。ここにふたりの人間の生体反応があるけど、君の仲間？」

「通信室？　たぶん〝過剰な富〟と〝貧困〟よ」

「連絡を取れるかい？」

「取れないわ。通信機を置いてきてしまっているから」

「わかった。僕が繋ぐ」

僕は三号資料保管庫を出て、手近な研究室に入る。〝遺伝子改造〟もついてきた。

室内を見回し、すぐにノートパソコンを見つける。僕はそのパソコンの置かれている机に腰かけ、電源を入れた。一言主の託宣を用いれば、ＰＩＮコードぐらい簡単に特定できた。

「施設内ネットワークを利用して通信室と繋げることができるはず……」

と、ここで、ふいにポン、と電子音が鳴った。

見れば、デスクトップ画面にビデオ会議の申請通知が入っていた。僕がこのパソコンを開くタイミングを見計らったかのようだ。

「いったい誰が……？」

怪訝《けげん》に思いつつも、僕はマウスを動かして申請を許可し、ビデオ通話を開始した。

映ったのは、髪を金色に染めた少年だった。

「〝過剰な富〟？」

僕の肩ごしにディスプレイを覗き込んだ〝遺伝子改造〟が言った。

Ｚメンバーのひとり〝過剰な富〟は、ちょっと生意気な顔立ちをしているけど、拍子抜けするぐらい普通っぽかった。まさか、通信室にいる彼のほうからこちらに連絡を取ってくるとは……。

〝過剰な富〟は、通話開始早々、キッ、とカメラごしに僕を睨んだ。

『おい、何をやってるんだよ』

睨んだのは僕だったが、語り掛けたのは、僕ではなく〝遺伝子改造〟に対してだった。

「何って？」

『どうしてイヤサカ隊員と一緒に行動してるんだよ。ずっと監視カメラで様子を見ていたんだぜ。ようやく連絡が取れそうな場所に来たから……』

「人質よ。捕まえたの」

〝遺伝子改造〟の口調は素っ気ない。

『人質って……今、どんなことになっているか、わかってるのか？』

〝過剰な富〟の口調には震えがあった。

「どんなことって？」

『みんな殺されたぞ……。〝環境汚染〟も〝人体実験〟も〝人権侵害〟も〝麻薬中毒〟もだ……。ボクはそれを全部ここから監視カメラで見ていた。生き残っているのは、ボクとキミと〝貧困〟と〝あの子〟だけなんだよ』

「……！」

表情に乏しい〝遺伝子改造〟の目が大きく見開かれた。

『〝遺伝子改造〟！』

〝過剰な富〟が叫んだ。

『もう戦闘能力のあるメンバーはキミだけだ！　八八式研究所を占拠し続けるのはもう無理だよ！　生き残ったみんなで合流して、ここを脱出しよう！　ボクらの箱船はもう終わりなんだよ！』

「………………」

しばし〝遺伝子改造〟は黙っていた。だが、やがて、頷いた。

「わかったわ。〝貧困〟もそこにいるの？」

『いるよ』

〝過剰な富〟の座る椅子の後ろに、ひょこっ、と毛むくじゃらな何かが顔を覗かせた。むく犬みたいなそれは、ボサボサに髪を伸ばした女の子だった。

「今から、そっちに向かうわ。あなたたち、通信室にいるのよね？」

『ボクたちは……』

と、言いかけて、〝過剰な富〟はカメラごしに僕の顔を窺った。

「大丈夫よ、この人質は通信手段を失ってる。居場所を告げても、仲間へ知らせることはできないわ。それにあなた同様に、この人質も戦闘能力を持たない」

『でも大人だ』

「脱出の際、人質が役に立つかもしれない」

チッと、舌打ちすると、憎々しげに〝過剰な富〟は僕を睨んだ。

『おい、卜部ワカヒコ。ボクはおまえを確実に殺す方法を持っている。ただの脅しじゃないぞ。ボクの能力はそれを可能にするんだ。下手なことを企むなよ』

〝過剰な富〟のその言葉に、僕は驚いた。

「待ってよ。何で、僕の名を知ってるんだ？」

『おまえたちの使っている通信を傍受してたんだよ。おまえの通信機は壊れてるみたいだけど、仲間たちの会話は全部ここに丸聞こえだったぞ』

「盗聴……？　【誰ソ彼】を……？　どうやって……？」

【誰ソ彼】は神祇省が独自で開発した霊的デバイスだ。傍受する手段なんてあるはずがない。【誰ソ彼】を使わない限り……。

僕は、ハッとなる。そして通信室へ連絡を取ろうとした目的を思いだした。

「君のいるその場所には【誰ソ彼】があるね？」

『はあ？　たそがれ？　なんだよ、それ？　ここのシステムを起動したら、勝手におまえたちの無線を受信できたんだよ』

間違いない。八八式研究所は外部との通信手段として【誰ソ彼】を使用している。高度な結界呪術で守られた八八式研究所において外部と連絡を取るためには【誰ソ彼】を用いるしかない。

【誰ソ彼】は電波ではなく霊波だ。簡単に言うとテレパシーと同じ原理の情報伝達技術だ。【誰ソ彼】の優れた点のひとつは、ネットにアクセスし、データ化した霊力をオンライン上に流すことができるということだ。

【誰ソ彼】は、隠密を旨とするイヤサカの秘密通信手段として開発されたものだと思っていた。でも、そうじゃない。それは副次的な利用法に過ぎなかったんだ。

実際の開発目的は、データ化した霊波をネット上に流すこと。霊波という言葉は、そのまま〝呪詛〟と置き換えてもいい。

コトリバコの超強力な呪詛だって【誰ソ彼】を用いれば敵国に送信することができる……。コトリバコと【誰ソ彼】を組み合わせれば、最悪の無差別大量虐殺サイバー兵器が完成する。繋がった！

——それこそが八八式研究所の開発していたもの、【新コトリバコ】なんだ！

『あっ……』

ふいにディスプレイの中の〝過剰な富〟が声をあげた。

その顔が引き攣っている。彼の傍らの〝貧困〟も表情を強張らせていた。

「どうしたの？」

〝遺伝子改造〟が問うた。

『き……来てる……』

「来てる？」

『い、今、キミたちとビデオ通話しながら、ディスプレイ上に監視カメラの映像も同時に映してたんだけど……』

ごくり、と〝過剰な富〟が唾を呑み込む音が聞こえた。

『ボクのいるフロアに、イ、イヤサカの男がやってきた。〝人権侵害〟を殺った背の低い男だ……』

――ソバカリさんだ……！

「わかった。今、行く」

一言告げるやいなや〝遺伝子改造〟が、パッ、と風のごとく部屋を飛びだした。

「ちょっ、待って！」

僕も慌てて〝遺伝子改造〟を追う。僕が部屋を出たとき、すでに〝遺伝子改造〟は廊下の遥か先まで駆けていた……。

CHAPTER 10
五箱目・六箱目【ボキンバコ・チョキンバコ】

ディスプレイ上のビデオ通話を映すウィンドウから〝遺伝子改造〟もワカヒコも消えた。もうひとつのウィンドウ——監視カメラの映像も、誰もいない廊下を映しているだけだった。

だが〝過剰な富〟も〝貧困〟も見ていた。

監視カメラの映像にほんの一瞬、掠めるように通った小柄な人影を……！

あれは間違いなく〝人権侵害〟を殺したイヤサカの小男——ソバカリだった。

〝過剰な富〟も〝貧困〟もZにおける役割は戦闘員ではない。イヤサカ隊員とまともに戦える力など持っていない。

「ど、どないする？」

〝貧困〟は〝過剰な富〟に問うた。

「〝遺伝子改造〟ちゃんは、助けにくるって言ってはったけど……」

「だ、ダメだ！」

〝過剰な富〟は首を振った。

「〝遺伝子改造〟よりも先に敵がここに来る！　に、逃げたほうがいい」

「……にげる」

ずっと潜み続けていたこの通信室を出ることに〝貧困〟は心細さを覚えた。

「むしろ、逃げるなら今しかない。敵をカメラで見つけられたのはよかった。今逃げれば逃げきれるはずだよ……！」

言い聞かせてくる〝過剰な富〟へ、〝貧困〟は恐怖に彩られた目を向ける。

そんな不安げな〝貧困〟の様子を見て、〝過剰な富〟は無理に微笑んでみせた。

「大丈夫だよ。きっと大丈夫。ボクが必ず守るから。だ、だってさ……ほら」

〝過剰な富〟は、懐から華奢な彼が握るにはいささか重々しすぎる一丁の拳銃を取りだしてみせた。

「いざとなれば、ボクには秘策がある。もうやつらの顔も名前も知っている……。ボクが負けることは決してないんだ……」

こう言って〝過剰な富〟は〝貧困〟のボサボサの髪を撫でた。

痩せた〝過剰な富〟の手から震えが伝わってくる。

（ああ……ちがうんよ……）

〝貧困〟は心の中で首を振った。

（うちがこわいのは、殺されることじゃないんよ……。うちなんて、とっとと死んでしまいたいんよ……。うちがこわいのは、またひとりになることなんよ……）

そう。〝貧困〟はずっとひとりぼっちだった。

Zに入るまで――〝過剰な富〟が手を差し伸べてくれるまで……。

〝貧困〟こと臼《ウス》ユスリが、〝過剰な富〟こと億万長者原《オクマンチョウジャバル》イクサと出会ったのは、都市の片隅にある高架橋下であった。

そこには、家具や電化製品などが不法投棄されたまま放置されていて、それらの粗大ごみを組み合わせてビニールシートを被せたものが〝貧困〟の家だった。

彼女のガラクタハウスの入口付近には、ブリキの缶がちょこんと置かれている。

立方体で上部に円く穴のあいたその缶は、パッケージを見るに、もともと海外のビスケットを入れていたもののようだが、今は布テープがベタッと貼られ、その上から油性マジックペンで『募金箱』と書かれている。

つまるところ、このビスケット缶は、行き交う人に小銭か何かを恵んでもらうためのものなのだ。実際、たまに通行人が十円とか百円とか、まれに太っ腹な人だと千円札などを放り込んでいく。

まだ小学生にもならないような女の子が、こんな場所でホームレス生活を送っているのは、現代日本においてちょっと見ない異常な光景だった。

〝貧困〟の生活や境遇を見かねて、声をかけ、助けの手を伸ばそうとする者もいた。だが〝貧困〟は臆病な野良猫がそうするように、声をかけられれば、引きこもって出ようとせず、手を差し伸べられれば全力で逃げた。

ある夜のことだった。周囲から人気が失《う》せたころ〝貧困〟はガラクタハウスの奥から這いだしてきた。彼女は太陽が沈み、人に見られる心配のなくなった時間帯にならないと、出てこないのだ。

出てくる理由は『募金箱』に施されたお金を回収するためだ。だいたい『募金箱』の中には、一日で数百円ほど貯まっている。

五百円玉や千円札を入れていく人間がいるにも拘わらず、彼女が回収するときには、必ずそのぐらいの金額まで減っている。朝までに回収しないと一円もなくなる。

小銭とはいえ現金を見張りもないまま放置しているのだから盗まれて当然だ。

だが、彼女は知っている。『募金箱』を四六時中見張っていても、定期的に小銭を回収していたとしても、残るお金は必ず数百円程度になるということを……。

なので、あまり期待することもなく〝貧困〟は『募金箱』まで這っていく。

が、この日『募金箱』を目にした〝貧困〟はギョッと驚くことになった。

――『募金箱』のブリキ缶の中に、紙幣がぎっしり詰まっていたのだ……。

百万円の札束だ。強引に折り曲げられて、三束（三百万円!?）も入っていた。

大金を手にした喜びなど〝貧困〟にはなかった。むしろ恐怖心が勝った。

それが爆弾か何かでもあるかのように『募金箱』を放りだし、〝貧困〟はキョロキョロと周囲を見回した。

すぐに〝貧困〟は十メートルほど離れた道の角から、自分を窺う人影を見つけた。

痩せた少年だった。髪を金色に染めている。

少年は〝貧困〟と目が合うと、身を隠すこともなく歩み寄ってきた。

「ねえ、キミさ……」

が、〝貧困〟は少年の言葉を最後まで聞かず、ピューッ、と、ガラクタハウスの奥へ逃げ込んでしまった。

「あっ！　待てよ！　ちょっと、話を聞かせてよ！」

ハウスの外から少年がしばらく呼びかけていたが〝貧困〟は体を丸めて震え続け、姿を再び見せるどころか、呼びかけに答えることもなかった。

どれほど経ったろうか。いつの間にかガラクタハウスの前から少年は消えていた。

ようやく〝貧困〟はハウスの奥から這いでてくる。見れば『募金箱』に詰まっていた紙幣は消え、小銭が数百円残っている程度だった。

〝貧困〟は小銭を握り、コンビニに菓子パンを買いに向かうことにする。それが一日で一回だけの彼女の食事なのだ……。

翌日の夜、また〝貧困〟が『募金箱』の小銭を回収しようと出てきたときのことである。

また昨夜と同じように『募金箱』に紙幣がぎっしり詰まっていた。

すぐさま、周囲を見回すと、昨夜と同じ場所に、金髪の少年が立っていた。

「おいっ！　キミ！」

と、少年が駆けてきたので〝貧困〟はハウスへと引っ込んだ。

この後の展開は昨夜とまったく同じである。必死に呼びかける少年。まったく応じない〝貧困〟。やがて少年は去り、〝貧困〟がハウスから出てきた頃には『募金箱』から紙幣は消えている……。

二日、同じことが続いて、さすがに〝貧困〟は考えた。

「……あの子、うちになんのようがあったんやろ？」

〝貧困〟に好奇心を抱く人間は、今までにもたくさんいた。善意を向けてくる者もいたし、悪意を向けてくる者もいた。だけど〝貧困〟にとってはどちらでも同じだった。どちらも〝貧困〟に関われば破滅するのだから……。

「『募金箱』にお金いれていったのも、あの子やろか……？　ううん。こどもが、あんなたくさんのお金もってるわけないか……」

なんにせよ、もうこれ以上自分に関わってほしくないと思う〝貧困〟だった。

が、そんな〝貧困〟の思いとは裏腹に、翌日の夜も少年はやってきた。そして、やはり少年が出現する前には、『募金箱』に紙幣が詰まっていた。

例のごとく〝貧困〟はハウスの奥に逃げ込んだが、今日の少年は執拗だった。

「ねえ！　ねえ！　ちょっとは話を聞いてくれよ！」

「…………」

「一昨日と昨日で六百万円あげただろ！　今日も、ほら！」ハウスの奥に『募金箱』に詰まっていた紙幣が投げ込まれた。「もう三百万あげるからさ!」

　と、いうことは『募金箱』に大金を入れていたのは、この少年だったのだ。

「う……うちは……お金……もらってへんよ」

〝貧困〟が初めて言葉を返した。ぴたりと少年が黙る。

「え?」

　聞き返したのは、〝貧困〟の声が小さすぎて聞き取れなかったからだろう。

「そ……そやから……うちは、お金もらってへん……」

「じゃあ、昨日と一昨日、ボクがやったお金はどうしたんだよ?」

「うちがとるまえに……のうなってた……」

　唖然とした間があった。

「……嘘だろ?」

「うそやあらへん……」〝貧困〟は、投げ込まれた札束を手に取る。「いまもらった、このお金も、すぐにのうなる。ぬすまれるかもしれんし、風でとんでいってまうかもしれん……。とにかく、うちのそばでは、どんどんお金がのうなっていくんや……」

「…………」

「まえに、ちょっとだけ、うちのめんどう見てくれた人は、うちのこと、こう言うておったわ——〝びんぼうがみ〟って……」

　ポツポツと〝貧困〟は自分の境遇について語り始めた。

〝貧困〟が生まれたのは、それなりに裕福な夫婦のもとであった。

と、いっても〝貧困〟自体はその夫婦、自分の両親のことをほとんど覚えていない。なぜならば、物心ついたときにはもう〝貧困〟は施設に預けられていたからだ。

なんでも〝貧困〟が生まれて間もなく、今までうまくいっていたはずの父の事業経営が突如悪化したのだそうだ。多額の借金を抱えて首が回らなくなった両親は、叔母夫婦に〝貧困〟を預けて自殺したのだという。

さらに叔母夫婦も、〝貧困〟を預かった途端に、やっていた自営業がうまくいかなくなり、夜逃げすることになった。

〝貧困〟は児童養護施設の前に置き去りにされた。

そうして施設に引き取られた〝貧困〟は、四歳までに三回里親に引き取られたが、なぜかどの里親も彼女を引き取った途端に経済的にひっ迫し、彼女を手放さねばならない状況に陥るのだ。

そのうち、彼女を預かっていた施設の職員が、ひとりふたりと詐欺、ギャンブル、借金、身内の大病など、理由は様々だが困窮していくようになる。

その状況は不思議と〝貧困〟を里親に出すと解消され、里親もまた〝貧困〟を手放すと、家計が改善するのだ。

施設の職員たちの間でこんな噂が囁かれ始めた。

――ユスリちゃんは〝貧乏神〟なんじゃないだろうか……？

襤褸《ぼろ》を纏ったみすぼらしい老人の姿をしていて、取り憑かれると金運が下がる貧乏神の話は、誰もが一度は耳にしたことがあるだろう。

呪術の分野において〝幸運〟とは「笑う門には福来る」などの言葉にある通り、精神の持ちようであったり、身に着ける衣服の色、居住空間の物の配置、装身具などによって引き寄せたり、遠ざけたりすることが可能であるとされている。

幸運とは、因果に影響を与えるある種のエネルギーと解することができよう。

そのエネルギーを無意識に、負の方向へ極端に動かしてしまう異能者——そういった者がもしいるのならば〝貧乏神〟と呼んで差し支えないのではなかろうか？

そして、まさに〝貧困〟が、そういった存在だったのだ。

幼いながら彼女自身も、己に備わった他者の金運を大きく下げてしまう能力を意識し始めていた。

——自分の関わった人間は、皆、不幸になり破滅する……！

そう悟った〝貧困〟はたったの五歳で施設を飛びだし、路上生活者となった。何度か警察などに捕まり、施設に連れ戻されたりしたが、何度でも逃げだした。

彼女は誰かと一緒にいてはならない。不幸にしてしまうから。不幸を引き受けてでも彼女と一緒にいようとする者は、破滅していなくなる。

彼女は、世界最強クラスの足手まといだった。社会のどこにも、世界のどこにも居場所はなかった……。

「それで――」

じっと話を聞いていた少年が口を開く。

「――ボクがその『募金箱』に入れたお金も、キミの貧乏神の力で消えてしまったって……？」

「……うん」

「じゃあ、キミの『募金箱』には決してお金は貯まらないんだな」

少年の声を聞きながら〝貧困〟は怯えていた。

これまでの経験で彼女の話をまともに信じてくれた人などいなかったからだ。六百万円もの大金が消えた理由は「貧乏神のせい」だなんて言って、怒らないはずがない。そう思ったのだ。

だが――。

「ハハハハハハハッ」

少年は笑った。ちょっとびっくりするぐらい晴れ晴れした笑いだった。

「ああ、この町に貧乏神の女の子が住んでいるっていうのは本当だったんだ。ボクは、ずっとキミみたいな子を探していたんだ」

〝貧困〟はきょとんとなった。

「うちみたいな子を……？」

「ボクは、イクサ。仲間からは〝過剰な富〟って呼ばれてる」

「かじょうなとみ……？」

〝かじょう〟も〝とみ〟も知らない言葉だった。

「キミと正反対って意味だよ」

こう言って〝過剰な富〟は、ガラクタハウスの真ん前に胡坐をかいた。

「ああ、そうだ。ボクは、本当にキミと正反対の力を持っていてさ。ボクは、お金に関することなら、なんでもわかってしまうんだよ」

〝貧困〟は首を傾げた。

「難しいかい？　じゃあ、たとえばさ」

ハウスの中に、チャラチャラと数枚の小銭が投げ込まれた。十円玉、五十円玉、百円玉、五百円玉が数枚ずつだった。

「何枚か適当に拾い集めてみて。……拾った？」

「ひろった……」

「五百円玉が一枚、百円玉が一枚、十円玉が三枚で、六百三十円だ」

〝貧困〟は、びっくりして目を見開いた。彼女が拾い集めた小銭の合計は確かに〝過剰な富〟の言った通りの金額で、内訳まで同じだった。

「なんで……？」

「偶然じゃないぜ。ボクは、お金に関することだけは、なんだってわかってしまうんだよ。競馬でもポーカーでも、ルーレットでも、金のかかった賭け事なら必ず勝てる。宝くじも必ず当たる。株価の変動もわかる。経済の変動も手に取るようにわかる。油田や金塊の埋まっている場所はひと目でわかる。どんな事業が成功するかも見えてしまう」

「………」

〝貧困〟は、ぽかんとなってしまっていた。

「それが、ボクの力だ。まあ、お金のことしかわからないんだけどね」

すなわち〝金〟に限定した透視・未来予知・的中能力――そして〝引き寄せ〟能力だった。

本人が言っていたように、まさに〝貧困〟とは正反対の能力である。

「じゃあ、おにいちゃんのいるところには……いくらでもお金が入ってくるの……？」

「うん。飽きるほどね」

「いいな……」

〝貧困〟の心からの呟きに〝過剰な富〟は眉をひそめた。

「いいもんか。ボクの力が原因でパパとママがおかしくなって別れてしまった。誰だか知らない大人たちがボクを利用しようと近づいてくる。いいか。金っていうのは腐ってるんだ。腐ってるものには、虫が湧く。金だらけのボクの周りは醜い虫だらけだ」

吐き捨てるような声。無尽蔵に金を生みだせる少年は、このときまだ九歳にも拘わらず、人間と金の醜悪な側面を嫌というほど見せつけられていたのだろう。

「それにね、実感がないんだ」

「じっかん……？」

また、難しい言葉だった。

「生きている実感だよ。おかしくなる前のパパは言っていた。お金を稼ぐのは、たいへんなことだって。だから無駄遣いしちゃいけないって」

「うん。たいへんやで……。むだづかいはダメやで……」

それこそ実感を込めて〝貧困〟は頷いた。

「だけどパパはそれが生き甲斐でもあると言っていた。理屈はわかるさ。一生懸命仕事をしてお金を稼ぐってのは尊いことなんだろ？」

これに関しては〝貧困〟にもよくわからなかった。彼女の場合、いくら一生懸命仕事をしたってお金を稼ぐことができない体質なのだから。

「ボクには、それがわからない。きっと一生わからないんだよ。だって、金なんてあまりにも簡単に手に入れられるのだもの。金だけじゃない。金があればたいがいのものが、手に入ってしまう。なんでも金でできてしまう」

「…………」

「何かに熱中しようと思ってもできやしないんだ。芸術でもスポーツでも研究でも事業でもいい。何か新しいことを始めようとすると、すぐに見えてしまうんだよ」

「見える……？」

「新しく始めたことが、い、い、い、いくらぐらい儲かるか」

「…………」

「未来が金額になって見えてしまう。途端に気持ちが萎えてしまう。だって、そこで見えた金額なんて、ボクは一日もしないで手にできてしまうからさ。簡単すぎる！　ボクの一生はあまりに簡単すぎるんだ！　まるで生きているという気がしないんだ！」

こう喚いて〝過剰な富〟は、自らの髪をものぐるわしく掻きむしった。

嘆くように叫ぶ少年の言葉も気持ちも〝貧困〟には、まるでわからなかった。

ただ、ひとつだけわかったことがある。この〝過剰な富〟という少年は、その過剰な富ゆえに苦しんでいるということ。苦しんで、そして病んでしまっているということだった。それは〝貧困〟にとってまったく共感不能の苦痛ではあるが、身を切られるような苦しみだけは伝わった。

「ふびんやな……」

ごく自然にそんな言葉が〝貧困〟の口から漏れた。

〝過剰な富〟は、ハッと、ハウスの内へ目を戻すと、取り繕うように苦笑する。

「ハハ……。路上生活者のキミに、不憫なんて言われちゃお終いだな」

どこか自嘲を感じさせる笑いだった。

「ねえ」と、改まった声で〝過剰な富〟は呼びかけてきた。「ボクと一緒に来ないかい？」

「え？」

「今、ボクは、醜い大人たちのルールをぶっ壊す活動に加わっている」

〝大人〟という言葉を口にするときの〝過剰な富〟はいつも忌々しげだった。

「キミの存在も、その活動の仲間から聞いた。キミもボクらの仲間にならない？」

「でも……」

——うちと一緒にいると破滅するで……。

「大丈夫さ」

〝過剰な富〟は痩せ細った体で力強く断言した。

「キミの、この、どんどんお金の減っていく『募金箱』を、ボクは常にお金で満杯にすることができる。ボクだけがこの『募金箱』を『貯金箱』に変えることができるんだ。キミの力をボクは打ち消すことができる。逆に、ボクの力をキミは打ち消すことができる。キミがいれば、ボクはようやく生きることができる」

〝過剰な富〟がハウスの暗闇へ手を差しだした。

その手は〝貧困〟を孤独の淵から引っ張り上げる手であると同時に、〝貧困〟へ救いを求める手でもあった。

(ああ……このおにいちゃんには、うちが必要なんだ……)

小さな〝貧困〟の手が、痩せた〝過剰な富〟の手を取った。

〝貧困〟がZに加入したのはこのときだった。

『大般涅槃経《だいはつねはんぎょう》』に、功徳天《くどくてん》と黒闇女《こくあんにょ》という天部の姉妹に関する記述がある。

吉祥天の名でも知られる姉の功徳天は、人に福を授ける〝福の神〟であり、その妹の黒闇女は、人に禍《わざわい》を授ける〝貧乏神〟だ。この功徳天と黒闇女とは常に一緒に行動していて、片方を追いだすと、もう片方も一緒に出ていってしまうのだという。

まるで〝過剰な富〟と〝貧困〟のことだ。

〝貧困〟がZに加入して以来、ふたりはほとんど四六時中一緒だった。

〝過剰な富〟のZにおける役割は、その異能を用いた資金調達なのだが、その資金も〝貧困〟がいることによって、どんどん減っていく。それを〝過剰な富〟が異能を駆使して常時補充するのだ。彼は約束通り中身の減っていく『募金箱』を『貯金箱』に変え、尽きさせなかった。

では〝貧困〟は、ただ養われるだけの存在かというとそうではない。むしろ、彼女は最もZの活動に貢献しているメンバーと言っても過言ではなかった。

Zの理念は、大人のルールを破壊すること。

人倫に外れた実験を繰り返す〝人体実験〟、地球環境を悪化させるほどの発火能力者〝環境汚染〟、社会的名士のスキャンダルを暴き立てて地位を失墜させる〝人権侵害〟……。

それぞれがそれぞれの異能を用いて大人のルールを破壊しているのだが、〝大人のルールの破壊者〟という点では〝貧困〟に匹敵する者はいなかった。

大人のルールの最たるものはやはり〝金〟である。

「この世を動かしているのは金」なんて、実に工夫のない言葉だが、これは人類が貨幣経済へ移行して以降、揺るぎない事実であった。

たとえば、今日もどこかの国で戦争が起こり、無辜《むこ》の民の生活が、平和が、未来が、夢が、文化が、命が、踏みにじられているのはご存じだろう？

なぜ戦争が起こるのか？　当事国同士の関係が、武力行使に発展するほどこじれたから——と、いうのは一面的な理由に過ぎない。

国同士の関係を意図的にこじれさせるやつらがいる。戦争せねばならぬほどの状況へ両国を追い詰めるやつらがいる。

大国の大統領や独裁者を想像される方もいるだろう。だが、彼ら表の権力者の裏には、さらに彼らへ意見し、動かす陰の権力者がいるのだ。

そういう黒幕どもは、想像を絶するほどの大金——一国の国家資産を凌駕するほどの莫大な金を握っていて、その〝金〟には〝国家〟ですら逆らえない。

黒幕どもは、それだけの資産を持ちながら、なお飽くことなく、自らの懐を潤そうとしている。彼らを最も儲けさせるのが、戦争なのだ。

黒幕どもを肥やすために、平和は脅かされ、国は滅び、歴史は動く。国際情勢なるものは、彼らの手のひらの上で自在に転がされる玉に過ぎないのだ。

これが〝金〟というものが誕生してからの、この世界のありようだ。

黒幕どもを告発することなんて、ましてや倒すことなんてできない。大国すら意のままに操る黒幕どもに抗うなんて何人《なんぴと》にもできやしないのだ。

——〝貧困〟を除いては。

彼女は、世界を裏から牛耳る黒幕どもの絶対的な〝金〟の力を消し去ってしまう異能を備えていた。

黒幕どもの豪壮な邸《やしき》の物置でも、経営する大企業の地下駐車場の片隅でもどこでもいい、〝貧困〟のちっぽけな体を一週間そこに忍び込ませておくだけで、絶大な権力を誇る彼らの力は失墜し、没落の一途を辿らせることができるのだ。

実際、その方法で〝貧困〟は、アメリカ一の軍需企業、欧州随一の財閥、国際的金融機関、日本最大の広告代理店、世界的新興宗教団体など、黒幕と噂される組織を次々と破滅させていった。

それらの組織を壊滅させたことで、国家・国際情勢が大混乱をきたし、陰の勢力図は激変し、大人たちはうろたえた。

それだけの影響を世界へ及ぼしている当の〝貧困〟だが、幼い彼女には自分がいったい何に対して何をおこなっているのか、よくわかっていなかった。

Zの実質的リーダーである〝人体実験〟の指示を受け、〝麻薬中毒〟の託宣や〝人権侵害〟の収集してくる情報をもとに、仲間たちのお膳立てに従って、なんだかよくわからないまま、言われた場所に潜伏するだけなのだ。

一週間近くかかる〝貧困〟の潜伏には、彼女の護衛として〝遺伝子改造〟や〝人権侵害〟が同行することもある。だが、護衛でもないのに必ずと言っていいほど同行する人間がいた。〝過剰な富〟だ。

彼は、タブレット端末ひとつを持って、一流企業の物置だとか、財閥一族の豪邸の馬小屋だとかに〝貧困〟と一緒に潜む。

何をするわけでもない。ただ、端末で株の取引きをし続けているだけだ。

政府に多大な影響を及ぼしていると噂される宗教団体本部の屋根裏部屋に潜入したとき、〝貧困〟は一言もしゃべらずに端末をいじくり続ける〝過剰な富〟に尋ねたことがある。

「なあ、なんで〝過剰な富〟くんは、ずっとうちのそばにおるん……？」

「キミと一緒にいないと、簡単になりすぎてしまうんだよ」

彼が常時端末で行っているマネーゲームのことだろう。だが、この回答には若干の照れ隠しがあるように思われた。

〝貧困〟が〝過剰な富〟と出会ったことで孤独が癒やされたように、〝過剰な富〟も〝貧困〟といることで孤独を癒やしている。

他のZメンバーではダメなのだ。福の神と貧乏神は常に一緒にいることでバランスが取れる。〝貧困〟と〝過剰な富〟、互いが互いの居場所であった。

だけど、その居場所の温かさを感じるほどに、〝貧困〟は不安になる。

「なあ、うち……こわい」

「こわい？」

「いつか、うちの力が、みんなを不幸にするんやないかって、それがこわい……」

「…………」

「今は、うまくいっとるけど……いつかうまくいかなくなるんじゃないかっておもうんよ……。うちに親切にしてくれた人たちはみんな不幸になったから……。そうしたら、うちはまたひとりになってしまうかもしれへん……」

居場所が居場所であり続けたことと、幸せが長く続いたことは、一度もなかった。居場所も幸せも、彼女自身の力がいずれ必ず壊してしまう。

〝貧困〟は、無意識に感じ取っていた。

近頃、Zの活動が困難になってきている……。それはたぶん自分のせいだ……。

世界の黒幕たちが、Zの存在を抹殺しようと画策していた。

かつて、黒幕たちにとってZなど、度を越した非行少年グループ程度の存在でしかなかった。だが、自分たちを脅かす〝貧困〟という能力者が加入してから、看過できぬものになってきたのである。

つまりZは〝貧困〟を味方につけたことによって、世界を牛耳る存在を敵に回してしまったのだ。

「大丈夫だよ」

〝過剰な富〟のその言葉は素っ気なかったが、その素っ気なさの奥に様々な感情の揺らめきがあった。

「ボクの力を侮るなよ。キミの力がどれだけ『募金箱』の中身を減らそうと、ボクは『募金箱』を『貯金箱』に変えるぐらい常にいっぱいにしてみせるんだからさ」

〝過剰な富〟の口調は、ちょっと怒っている風だった。青瓢箪でも〝過剰な富〟は男の子だ。〝貧困〟に「頼りにならない」と言われた気がしたのだろう。

その様子に、〝貧困〟は、くすっ、と笑ってしまう。〝過剰な富〟は恨みがましく〝貧困〟を睨んだ。

「それにね、もうきっと心配しなくてもよくなる」

「なんで？」

「〝あの子〟が言っていたんだ。大人たちのルールに煩わされないボクたちだけの箱船を手に入れられるって。それさえ手に入れられれば、もう世界の黒幕たちだって、ボクらに手出しはできなくなるさ」

「ほんまなら……ええね」

「ああ。そうしたら、ボクは『募金箱』をいっぱいにする作業に没頭できる」

「ねえ、〝過剰な富〟ちゃん……」

「『ちゃん』ってつけるな。せめて『くん』だろ」

ムッとして〝過剰な富〟が言った。

「ご、ごめん。〝過剰な富〟くん。『募金箱』ってお金をためるものじゃないんやってよ……」

「は？　お金を貯めるものだろ？　募〝金〟箱なんだから」

「ただお金をあつめたいだけなら、うち、あの缶に『募金箱』なんてかかへん」

「……？」

確かにそうだ。施しの小銭を入れてもらう箱の名称として『募金箱』はなんとなく不似合いである。

「施設の先生がいってはった。『募金箱』はお金じゃなくて、〝愛〟をあつめるものなんやって」

「はん。愛？」

〝過剰な富〟は鼻で笑った。

「そう、愛や。今になっておもうとな、うちは、お金がほしかったわけじゃなかったのかもしれん。〝愛〟がほしくて『募金箱』なんて名前をつけたのかもしれん」

「ふーん」

醒めた風に言って、〝過剰な富〟は目線を端末に戻す。

「残念だな……。ボクはお金で買えるものしか人に与えられない。『貯金箱』はいっぱいにできても『募金箱』はいっぱいにできないよ……」

それきり〝過剰な富〟は黙ってしまった。

無言で端末をいじくる〝過剰な富〟が、〝貧困〟の目にはひどく寂しげに見えた……。

◢◢◢◢

通信室を出た〝貧困〟と〝過剰な富〟は、靴音を消して廊下を駆けていた。

「ど、どこに……にげはるの……？」

〝貧困〟が息を切らしながら尋ねた。

「敵は上のフロアから下りてきた。つまりもう上は調べ済みで、すぐにまた戻ったりはしないはずだ。そのあたりの裏をかいて、ボクらは、べつの階段から上のフロアに逃げる。そこに隠れてやり過ごすんだ……」

「かくれるって……いつまで……？」

「〝遺伝子改造〟が下のフロアから向かっている。ちょうど敵と鉢合わせする形になるはずだ。〝遺伝子改造〟が敵を倒したら合流して、一緒にここを脱出しよう」

「〝遺伝子改造〟ちゃんが、てきをたおす……」

本当に倒せるのだろうか？　と、いう思いが過った。きっと〝過剰な富〟も本心では同じ不安を抱いている。だけど、信じるほかない。

ふたりは階段を駆け上り、ひとつ上の階へ到着する。廊下にたくさん戸の並んだフロアだ。部屋数が多い。

〝過剰な富〟と〝貧困〟は、そのうちのひとつに飛び込んだ。

長テーブルがふたつあり、ごちゃごちゃと試験管や器具の並べられた、化学実験室といった雰囲気の部屋だ。

ふたりは、その場にしゃがみ込み、はあはあと肩で息をする。

「とりあえずは、一安心だ……」

部屋の隅の事務机にノートパソコンがある。

「監視カメラの映像を見られないかな。敵や〝遺伝子改造〟の動きが知りたい……」

と、パソコンを開きかけたときであった。

「おーい。隠れたかー？」

ふいに響いた甲高い声に、〝過剰な富〟と〝貧困〟の身が硬直した。

イヤサカ隊の通信を傍受した際に何度も聞いた声――〝人権侵害〟を殺した小男ソバカリの声に違いなかった。

同じフロアから発せられたものであり、明らかに〝過剰な富〟と〝貧困〟へ呼びかけたものだった。

「ヒャハハッ！　なんで上の階に戻ってきてんだって、思ってんだろ？　俺ぁな、昔、何メートルも先の針の落ちる音を聞き分けるっつうクソみてーな修業を散々やらされたことがあんだよ。テメェらド素人がいくら足音を消そうが、階段を上る音ぐらい聞き分けられるっつーの。ヒャハハハハッ！」

コツコツと廊下を歩く靴音が聞こえる。〝過剰な富〟と〝貧困〟を怯えさせるために、あえて靴音を高く鳴らして歩いているのだ。今になって思うと監視カメラに姿を映したのも、同様の目的でわざとやったことかもしれない。

「さぁ～って、隠れんぼ始めっぞぉ～。どこの部屋にいるか知らねえが、よっく息を殺しとけよ。いいか、俺ぁ、針の落ちる音を聞き分けられんだからなぁ」

またソバカリは、ヒャハハッ、と笑った。

ソバカリは、震えて隠れる子供ふたりを徐々に追い詰めて嬲《なぶ》り殺しにする行為を、存分に楽しむつもりらしい。

〝過剰な富〟と〝貧困〟は、口に手を当て、息を殺した。二匹の小動物みたいに、ふたりの心臓がバクバクと高鳴っている。

今さら息を殺したってきっと無駄だ。ソバカリには、ふたりが、この実験室に入ったことなんてお見通しだろう。そうじゃなかったとしても、このフロアの部屋の戸をひとつひとつ開けて確かめていけば、いずれ見つける。

「〝貧困〟……」

〝過剰な富〟が囁いた。〝貧困〟は焦りを覚える。針の音すら聞き取れるソバカリになら、会話を聞かれてしまうのではないかと。

〝過剰な富〟は〝貧困〟の耳元に口を寄せ、可能な限りの小声で――。

「キミは、あそこの用具ロッカーに隠れるんだ……」

それは掃除用具か何かを入れているらしい縦長のロッカーだった。だいぶ狭いが、小さな〝貧困〟なら十分隠れられるだろう。

「〝過剰な富〟くんは……?」

「あそこに潜む」

指さしたのは、机の横にあるパーテーションだった。

「あんなところにかくれたってすぐ……!」

「み、見つかってもいい」

震えを帯びた声、だけれど決然と〝過剰な富〟が言った。カチャッと音がする。〝過剰な富〟

の手には拳銃が握られていた。

「言っただろ……ボ、ボクには〝秘策〟がある……」

「た、たたかうんか……？」

「あ、あいつは、ボクらを侮ってやがる……。そこを突いてやるんだ。あいつは必ずあそこのドアから入ってくる。入ってきたら撃つ……！」

「チャ、チャカ、うったことあるんか？」

「う、撃ったことぐらいはある。ひ、人に使ったことはないけど」

〝貧困〟が不安げな表情になっていると――。

「大丈夫。必要なのは勇気だけなんだ。大人になんて絶対に負けない……！」

自信があるのか、それとも虚勢か、自分自身へ言い聞かせるような言葉だった。だけれど信じてみようと思わせるだけの何かがあった。

〝貧困〟は、控えめな頷きを返すと、用具ロッカーへと向かった。ロッカーを開ける音は、ヒヤヒヤするほど大きく感じられた。潜り込むと〝過剰な富〟が、外からロッカーを閉めてくれる。閉める間際に、こう言った。

「大丈夫だ。安心して」

〝貧困〟は狭苦しい暗闇に閉じ込められる。換気のためか、ロッカーには小窓がついていて、そこから狭い範囲だが外の様子が窺える。〝過剰な富〟が身を潜めるパーテーションも見えるし、ソバカリが入ってくるであろう部屋の戸も見えた。

これからおこなわれるであろう〝過剰な富〟とソバカリの戦いの一切を、観察できる場所に〝貧困〟はいる。

バンッ！　と、心臓に響くような音が鳴り響いた。

「ヒャハッ！　ここにはいねーなー！」

ソバカリがどこかの部屋の戸を乱暴に開けたのだ。わざわざ大きな音を立てているのは〝過剰な富〟と〝貧困〟を怯えさせるためだ。

「んじゃー、ここかぁ～？」

バンッ！　また、鳴った。

「それともここか～？」

バンッ！　こちらがどの部屋に隠れているか知っているくせに、わざと部屋の戸をひとつひとつ派手に開けている。

パーテーションの陰で、今〝過剰な富〟がどんな心境で拳銃を握っているのか、用具ロッカーにいる〝貧困〟からは窺うことができなかった。

聞こえよがしな靴音、やかましく戸を開ける音、下卑た笑い声が、徐々に徐々に近づいてくる。やがて緊張が極限まで高まった頃、靴音が〝貧困〟と〝過剰な富〟のいる部屋の戸の前で止まった。

「ここかなぁ～？」

とか言いつつも、なかなか戸を開かない。やはり、ソバカリは、ここにふたりが潜んでいると知っている。知っていて焦らしているのだ。

「ヒャッ……ハハハ……」

押し殺した笑い声。

「テメェらの考えてることは手に取るようにわかるぜぇ～。部屋の中のどっかに隠れてよぉ～、俺が戸を開けて入った途端に、銃か何かで撃ってくるってとこか？」

完全に見透かされていた。

「あのなぁ、銃を携帯してるやつの部屋に不用意に入るわけねーだろ。俺は立てこもりの強盗犯を無手で制圧する訓練だって受けてるんだぜ？　ガキでド素人のテメェらが抵抗したって無駄なんだよぉ～」

「………」

不用意に入らないのなら、それでもいいのだ。部屋に踏み込むタイミングを窺っているうちに、きっと〝遺伝子改造〟が駆けつけてくれる。

いや、むしろそのほうがいい、と〝貧困〟は思ってしまう。

ソバカリが、ヒャハハッ、とまた笑った。

「だが、抵抗されねーっつうんじゃつまんねぇ～よなぁ～……」舌なめずりするような声色だった。「いいぜぇ、入ってやる。撃ってみな。撃てるもんならなぁ」

〝遺伝子改造〟が駆けつけるまでの時間は与えてもらえなかった。やはり〝過剰な富〟は、この残忍な小男と真っ向勝負をせねばならないのだ。

バンッ！　と、派手な音が鳴り、戸が開いた。

〝貧困〟は、ロッカーの小窓に顔を寄せる。

ソバカリの小さな体が室内に躍り込んで――こない……？

部屋の戸は開いた。だけれど、開いただけで、誰も室内には入ってこない。

いいや、それだけではない。開いた戸の向こう側に誰もいないのだ。まるで、戸だけがひとりでに開いたかのように……!?

また、からかわれているのか？　入ると宣言しておいて、足で戸を蹴り開け、廊下の壁際に身を潜めている？　そうやってこちらを怯えさせたいのか、動揺を誘い、室内に踏み込む隙を作るつもりか？　それとも、やはりこちらの銃を警戒して、不用意に踏み込めぬのか？

（――ちゃう……！）

〝貧困〟は、ある光景を鮮烈に思いだした。

ソバカリは、〝人権侵害〟を殺めるとき、どうやって殺めた？

己の存在そのものを消し去っていたではないか……！

音もなく、臭いもなく、智名もなく、勇名もなく、〝天地造化〟のごとく、自身を存在するが存在しない存在へと変えて〝人権侵害〟を殺したのだ。それを〝貧困〟は通信室で監視カメラの映像ごしにありありと目撃したではないか！

戸が開いただけじゃない！　ソバカリは自身の存在を消滅させて、すでに室内に侵入している！　凶悪なダガーを握り、〝過剰な富〟か〝貧困〟か……が潜んでいる場所近くまで接近している！　存在の消滅している者を撃ち殺すなんて不可能だ！

次にやつが出現したとき、〝貧困〟か〝過剰な富〟――どちらかが確実にダガーの餌食となる……！

ここまでの思考が刹那の内に〝貧困〟の脳裏を過った。そのとき。

「わああああっ！」

奇声をあげパーテーションの裏から〝過剰な富〟が飛びだした。彼の細い腕にはごつい拳銃が握られている。

〝過剰な富〟は何もない虚空に銃口を向けて、引き金を引いた！

ダーンッ！　耳を劈《つんざ》く銃声が狭い実験室内に木魂した。直後――。

「ギャアッ！」

鴉でも撃ち落としたかのような甲高い悲鳴があがった。

〝過剰な富〟のすぐ目と鼻の先の空間から、フッ、と黒いスニーキングスーツを纏った小男が現れ、胸から鮮血を散らしながら後方へ吹っ飛んだ。

ソバカリだった。うつ伏せに床へ投げだされた小男の胸には、銃創があいていた。ダガーナイフを逆手持ちに握っている。今まさにそのダガーナイフを〝過剰な富〟へ突き立てようとした瞬間に胸を撃ち抜かれたのだ。

「な、な、ななな……なん……？」

ソバカリは苦痛と困惑の表情で、滾々《こんこん》と血を噴きだす胸の傷に手をやった。どうして自分が撃たれたのか、まるでわからないといった表情だった。

ソバカリはいたぶる側であり、殺す側であったはず。それが、いつの間にどういう方法で逆転したのか？　目の前で拳銃を構える明らかに戦闘訓練を受けていない子供に、なぜやられたのか……？　いや、そもそも存在そのものを完全に消していたソバカリへ、どうやって〝過剰な富〟は銃弾を当てることができたのか？

「なん……げぼっ！」

ソバカリは吐血した。胸の銃創は致命傷だった。

「お、おまえの命には百億円の懸賞金がかかっている」

〝過剰な富〟が言った。

「は、はあ？　お、俺に……懸賞……？　な、なな、なんで……」

「ボクがネットに出した。監視カメラに映ったおまえの顔と、おまえらの通信を傍受して得た、おまえの名前と一緒にな。ボクの金だけど、おまえを撃てばボクに大金が入る……」

〝過剰な富〟が銃口をソバカリの額に向けた。ソバカリの顔に恐怖が浮かぶ。

「テ、テメェ、よ、よせ……！」

「——ボクは金に関することならば必ず〝的中〟させられる！」

ダンッ！　拳銃が火を噴き、弾かれたようにソバカリの頭部がバウンドする。

眉間に弾痕が穿たれた鬼畜のイヤサカ隊員は、まなこをカッと見開いたまま、もうぴくりとも動かなくなっていた……。

存在を完全に消滅させてしまえるソバカリ。存在しない者を観測する手段は皆無だし、攻撃することもできない。存在を消滅させたソバカリは無敵なのだ。

だが、逆もまた然り。存在しない者は、この世の事象に干渉することができない。つまりソバカリが、〝過剰な富〟へナイフを突き立てようとするならば、その行為の一瞬前にどうしても存在の消滅状態を解除しなければならないのだ。

〝過剰な富〟は、消滅状態解除のほんの一瞬を見事に撃ち抜いたのである。

とはいっても〝過剰な富〟に人並み外れた反射神経や、超常的な勘の鋭さがあったわけではない。彼が持ち得るのは〝金〟に関する絶対的予知能力。

将来の株価の変動が見える。宝くじを買えば一等が当たる。どこの地面を掘れば金塊やダイヤが埋まっているか、ひと目でわかる。

そんな〝過剰な富〟には、視えたのだ。どこに向け、どのタイミングで引き金を引けば、百億円の賞金首に銃弾を命中させられるのかが……。

「や、ややや……やった……」

呆然と〝過剰な富〟が呟いた。

初めて人を殺めた感覚に、彼の身は激しく震え、顔面は蒼白になっていた。ついには拳銃を持ち続けることが困難になり、床に落としてしまう。膝が笑って、立っていることもできず、その場にしゃがみ込んだ。

「〝過剰な富〟ちゃん！」

〝貧困〟がロッカーから飛びだして〝過剰な富〟に抱き着いた。

「すごい！　すごいやん！〝過剰な富〟ちゃんは、やっぱり男の子や！」

〝貧困〟の子犬みたいな温もりが〝過剰な富〟の身の震えを和らげた。

「〝ちゃん〟って言うなって言っただろ……」

こう言って苦笑するだけの余裕が蘇っている。

「潜入したイヤサカ隊全員の顔と名前は全部ネットにあげて、懸賞金をかけている。明らかに不適切で違法な広告だからすぐに削除されるだろうけど、しばらくは有効だ。ボクの銃弾は必ずイヤサカ隊に命中するんだ……。も、もう怖いものなんてないぞ……」

強がってこう言い〝過剰な富〟は立ち上がった。

「どこにいくん？」

「〝遺伝子改造〟と合流する。通信室のフロアに戻ろう。さあ」

〝過剰な富〟が手を差しだしてくる。〝貧困〟はその手を握った。

実験室を出て、ひとつ下の通信室のあるフロアへ向かって歩く〝貧困〟は、〝過剰な富〟の手の温かさと、まだ微かに残る震えを感じ取っていた。

このような事態だけれど〝過剰な富〟に手を握られていると、安心できた。実際〝過剰な富〟はあの凶悪なイヤサカ隊員を倒してのけたのだ。

そして〝過剰な富〟も〝貧困〟の手を握ることで勇気を得ることができているのだろうことが、徐々に弱くなる震えから感じ取れた。

貧弱で、どちらかといえば弱虫に属する〝過剰な富〟が、〝貧困〟の手を握っているときだけは、勇敢な男の子になれる。

〝貧困〟は〝過剰な富〟を必要としている。必要とされていることが〝過剰な富〟に勇気を与えている。逆もそうだ。自分を必要としてくれる〝貧困〟を必要としてくれる〝過剰な富〟の存在が、〝貧困〟に生きる意味を与えてくれる。

必要なものが必要なんじゃない。

本当に必要なものとは、必要としてくれるものなんだ。

（ああ、〝過剰な富〟ちゃん……。あんた、うちにいっぱいくれてるよ……）

自分の手を引き、前を行く〝過剰な富〟を眺めながら〝貧困〟は思う。

（お金じゃ買えないもの……うちにいっぱいくれてるよ。うちの『募金箱』、あんたはもうとっくにいっぱいにしてくれてるんよ……）

ふたりは、階段を下りひとつ下のフロアへ来た。通信室まで足音を忍ばせて進む。フロアのおよそ中央、廊下が十字に交わる場所が広くなってラウンジになっている。

そこへ足を踏み入れたとき。

「来ちゃダメっ！」

ふいに廊下の先から鋭い声が飛んできた。

ハッとして、ふたりが声の聞こえたほうへと顔を向けると、ラウンジの先、正面の廊下の隅に〝遺伝子改造〟が蹲っていた。

「〝遺伝子改造〟ちゃん……？」

「下がって！」

切迫した声で〝遺伝子改造〟が叫んだ直後。

――ターンッ！

〝貧困〟の脇腹を銃弾が貫いた。

「え……？」

〝貧困〟のちっぽけな体が、くずおれる。〝過剰な富〟と繋いでいた手が、おそろしくゆっくりと離れた。

「ラウンジから出て！　狙撃される！」

〝遺伝子改造〟の声を受け、咄嗟に〝過剰な富〟は、銃声の聞こえた方向へ顔を向ける。廊下の遥か先に、男がライフルを構えているのが見えた。

イヤサカ隊の日置カツラ！〝人体実験〟と〝麻薬中毒〟を殺った選抜射手だ。

（下がらなければ、狙い撃ちにされる……！）

と、思った〝過剰な富〟。だが、刹那のうちに迷いが生まれる。

腹部を撃たれ、足元に倒れる〝貧困〟を残して下がるわけにはいかない。だけれど彼女を抱えて下がる時間もない。なら――。

〝過剰な富〟は日置カツラへ拳銃を向けた。

日置カツラにも懸賞金がかかっている。金に関することならば必ず的中させる〝過剰な富〟

の異能。引き金さえ引けば必ず命中する。

――なら、下がるよりも敵を排除したほうが早い！

必中必殺の約束された銃弾が〝過剰な富〞の拳銃から射出された。ライフルを構える日置の眉間目掛けて、一直線に飛んでいく。

〝過剰な富〞は勝利を確信していたし、腹部を押さえて呻く〝貧困〞もそれを疑わなかった。しかし――。

――銃弾が、止まった。

それは奇妙な光景だった。

日置へ向け、狙い違《たが》わず放たれたはずの銃弾が、日置の額のほんの十センチほど手前で、空中に釘づけにされたみたいに停止したのだ。

高所から落下した人間は、地面へ叩きつけられるまでの秒に満たぬ時間が、数分ほどに感覚されるという。現在、目の前で起こっている現象も、それに類する脳の時間感覚の混乱による錯覚なのでは、と〝過剰な富〞は思った。

違う。銃弾は間違いなく止まっていた。

「反矢畏《かえしやおそ》るべし……」

ぼそり、と日置が呟いた途端、さらに驚愕すべきことが起こった。

停止していた弾丸が、さながら逆再生映像でも見るかのごとく、飛んできた軌道をそのままなぞって〝過剰な富〞へと逆流していったのだ。

「えっ……？」

と、声を発する間もなく——戻ってきた銃弾が、〝過剰な富〟の胸へ命中した。

〝貧困〟の目に、〝過剰な富〟の華奢な体が跳ねるのが見えた。

「か……かじょうな……」

名を呼びたかったが、腹部の痛みがそれを許さなかった。

〝過剰な富〟の顔に浮かんだ表情は痛みというより驚きだった。まなこを見開いた驚愕の表情が「何が起こったの？」と尋ねるように〝貧困〟へ向けられた。その口の端から鮮血が溢れるのが見えた。

「う……あ……」

何か言おうとして〝過剰な富〟の口が動く。痙攣する手が〝貧困〟に伸びた。

途端——タンッ！〝過剰な富〟の頸を、ダメ押しのごとく日置の撃ったライフルの弾が直撃した。

「〝過剰な富〟ちゃーんっ！」

〝貧困〟が叫んだ。ああ、最期だっていうのに〝ちゃん〟で呼んでしまった、なんてくだらないことを考えてしまう。

床に倒れた〝過剰な富〟の手に触れる。

ガラクタハウスの闇の中から引っ張り上げてくれた手。

もはや震えてすらいない。急激に体温が失われていくのがわかった。『募金箱』の底に穴があいて、大切に大切に貯めたものが零れ落ち、失われていく——そんなイメージ。

完全に体温が失われる前に、もっと強く〝過剰な富〟の手を握ってやりたかったが、〝貧困〟もまた腹部を撃たれた痛みと出血で力が入らず、動くこともままならなかった。

「——対射装衣【天之返矢《アマノカエシヤ》】」

と、不敵に口にしたのは日置だった。

『古事記』の国譲り神話にこのようなエピソードがある。

天より地上の平定を命じられた天若日子《アメノワカヒコ》という神がいたのだが、天を裏切り、天の使いである雉《きじ》を矢で射殺《いころ》してしまった。矢は雉を貫通して天の高木神《タカギノカミ》まで届く。高木神はその矢を手に取り、「天若日子が邪心を持ってこの矢を射たのなら、天若日子に当たるであろう」と、呪を込めて地上へ投げ返した。矢は、天若日子に命中し、命を奪った。

端的に言うのならば「天に弓引けば己へ返ってくる」といったエピソードである。

呪的古流弓術の使い手である日置カツラは、この神話において高木神が用いたのと同様の呪を自らのスニーキングスーツにかけていたのだ。

害意を持って放たれた矢——矢に限らず、銃弾、石礫《いしつぶて》、ミサイルに至るまで、射出・投擲《とうてき》されたものであればなんであれ、反射して返す。それが〝過剰な富〟の能力によって必中を約束された弾丸であっても……。

「その女の子ですけどねぇ〜……」

日置が飄然《ひょうぜん》とした声を発した。〝貧困〟のことだ。

「急所は外してあるんですよね～。ああ、でも、もうちょっとしたら失血性ショックで死んじゃうでしょうね。今すぐ止血すれば助かるでしょうけど」

日置がなぜこんなことを聞こえよがしに話したかは明白だ。日置から死角の位置にいる〝遺伝子改造〟を、狙撃しやすいラウンジへ出てこさせるためだ。

状況としてはこうだろう。

〝過剰な富〟〝貧困〟と合流するために階下からこのフロアへ駆けつけた〝遺伝子改造〟は、ここで日置カツラと遭遇してしまった。日置カツラは得意の狙撃術で、遠方から〝遺伝子改造〟を狙い、〝遺伝子改造〟は狙撃を避けるため、死角へ逃れた。日置としては、不用意に近づけば強襲される。〝遺伝子改造〟としては、死角から出れば狙撃される。互いに動けぬ膠着状態が続いていた。

〝過剰な富〟と〝貧困〟は、何も知らぬまま、その真っただ中に踏み込んでしまったのだ。のこのこ現れたふたりを、日置は〝遺伝子改造〟を誘いだす餌として利用することを思いついたのである。

〝遺伝子改造〟は不用意に誘いに乗らなかった。

が、彼女の眼差しは、ラウンジに倒れ青ざめる〝貧困〟へ、じっと向けられていた。見捨てるつもりはない。なんとか助ける隙を見つけようとしていた。

（ああ……〝遺伝子改造〟ちゃん……）

薄れゆく意識で〝貧困〟は思う。

（も……もういいんよ、うちのことは……。だって……だって……うちの『募金箱』は……もうからっぽやもん……）

傍らに目を移すと、もうすっかり冷たくなった〝過剰な富〟の亡骸がある。

（……もう、ぜったいにいっぱいには……ならへんもん……）

福の神と貧乏神はいつも一緒じゃなければバランスがとれない。福の神を失った貧乏神は、ただ人に禍をもたらすだけの不要な存在だ……。

〝貧困〟は最後に残された力を振り絞る。もはや指先一本動かすのもしんどかったが、動かなければならないと思った。せめて最後ぐらい仲間の足を引っ張りたくなかった。

僅かに身を起こし、手を伸ばした先にあったのは、〝過剰な富〟の持っていた拳銃だった。六歳になったばかりの〝貧困〟のちっちゃな手には大きすぎる拳銃。

その銃口を、〝貧困〟は、自分の顳顬《こめかみ》に当てた。

「〝貧困〟！」

〝遺伝子改造〟が叫んだ。だけど飛びだしはしない。彼女は冷静だ。

にこっ、と最後に笑い〝貧困〟が――。

「バイバイ……」

――引き金を引こうとしたとき。

ターンッ！〝貧困〟の胸に弾丸が撃ち込まれた。

「あっ」

糸が切れたように〝貧困〟の小さな体が倒れる。

〝遺伝子改造〟の目が、くわっと見開かれた。

――撃った!? 無論、撃ったのは、日置だ。自ら命を断とうとしていた〝貧困〟を、わざわざ撃ち殺したのだ! なぜ撃ったのか……!?

(――わたしを怒らせ、飛びださせるためか……!)

ゴオッ! 〝遺伝子改造〟が咆哮《ほうこう》した。

可憐な少女の顔が、怒れる獅子のごとき憤怒のそれへ変わった。

タッ! と、地を蹴り、〝遺伝子改造〟が廊下の死角より躍りでた。廊下の遥か先でライフルを構える日置をすぐに見つける。

ゴオオオオオオッ! 獅子のように吼《ほ》えながら、日置へ向かって疾駆した。

日置に焦りは見られなかった。八八式研究所に潜入したばかりのとき、狭い階段室で、オキナガ、古熊、ワカヒコとともに〝遺伝子改造〟の襲撃を受けた。

あのときよりも標的との距離がある。味方が密集してもいない。

狙撃手としての日置の実力を存分に発揮できる状況であった。

嵐のごとく駆けくる〝遺伝子改造〟を、日置のスコープは確実に捉えていた。十分に引き付けて引き金を引くだけで、日置のハントは終了する。その瞬間を驚異的集中力で、日置は待ち構えていた。

「日置さん! やめてください!」

ふいに背後から声がした。咄嗟にそちらを振り返るなどという迂闊な真似はしなかった。今の声は、ワカヒコのものだ。日置の後方には階段がある。きっとそちらからやってきたのだろう。

「この施設にコトリバコはない！　Zを抹殺する必要はないんですよ！〝遺伝子改造〟も止まって！」

無論、聞く耳を持つ日置でも〝遺伝子改造〟でもなかった。矛を収めたほうが殺られる状況だった。しかし、この後のワカヒコの行動は日置にとって予想外のものだった。

「やめてください！」

背後から日置を押さえつけたのだ。

「何を……！」

〝遺伝子改造〟が肉薄していた。日置はワカヒコの相手などしていられなかった。ライフルのバットプレートをワカヒコの顔面に叩きつける。

「ぶっ！」

ワカヒコの鼻が折れ、鼻血が散った。

仰け反ったワカヒコの胸へ、すかさず日置は、浸透勁の当て身をぶち込んだ。波のごとき衝撃が、肋骨を破砕しながらワカヒコの心臓へぶつかった。

ワカヒコの視界が暗くなる。仰け反り倒れたワカヒコは白目をむいて昏倒した。

日置はワカヒコに心を残していない。すぐさま前へ向き直る。が、そのときには、数メートルの距離まで〝遺伝子改造〟の接近を許していた。

「しまっ……!」

引き金を引く。正確さを欠いて射出された弾丸が〝遺伝子改造〟の左肩口へ着弾した。肉と鮮血が爆《は》ぜて散る。しかし、怒れる〝遺伝子改造〟の突進は止まらなかった。〝遺伝子改造〟の硬質の尻尾が、ブンッと空を切る。

——バンッ!

派手な音とともに尻尾を叩き込まれた日置の首が、あらぬ方向に曲がった。


その頃、戦闘の遠のいたラウンジでは〝過剰な富〟と〝貧困〟の亡骸が折り重なるようにして倒れていた。

不思議なことにふたりは手を繋いでいた。こと切れてから手を繋いだのだ。

常に行動を共にするという福の神と貧乏神は、手に手を取って死出の旅路についたのである……。

——〝過剰な富〟、本名・億万長者原イクサ、十歳、死去。〝貧困〟、本名・臼ユスリ、六歳、死去。残りZメンバー二人。

――ザザ……ザザザ……ザザ……。

真っ暗闇の中、ノイズのようなものが聞こえる。

――ザザザザ……ザザ……ザザザザ……ザ……。

誰かがしゃべる声……のように聞こえるけれど、電波の悪い場所で聞くラジオみたいに何をしゃべっているのか、まるで聞き取ることができない。

僕は……今、どこにいるんだろう？　記憶を辿ってみる。

僕と〝遺伝子改造〟は三号資料保管庫を調べ、そのあと、通信室の〝過剰な富〟、〝貧困〟と連絡を取った。その〝過剰な富〟と〝貧困〟にソバカリさんが迫っていると聞いて〝遺伝子改造〟が駆けていってしまったのだ。

僕も〝遺伝子改造〟を追ったけど、追いつけなかった。通信室のあるフロアに行ったら、日置さんが〝遺伝子改造〟へライフルを向けていて……、日置さんの腕なら間違いなく〝遺伝子改造〟を撃ち抜くだろう……そう思ったら――。

――ほとんど無意識に味方のはずの日置さんへ飛びついていた。

……そこから記憶が曖昧だ。

――ザザザ……ザザザザザザ……ザ……ザザ……。

（……念話……？）

そうだ。これは【誰ソ彼】の念話だ。

僕の【誰ソ彼】は〝遺伝子改造〟に壊されてしまったはずだけど……。

ああ、そうだ、思いだした。日置さんの当て身が命中した場所——胸ポケットに僕は【誰ソ彼】の端末を入れていたんだ。

〝遺伝子改造〟の当て身で壊れてしまった【誰ソ彼】が、日置さんの当て身の衝撃を受けて動きだした——そういうことかな？

だけれど、一時的に受信を再開しただけで、直ったわけではなさそうだった。念話がちゃんと拾えておらず、ノイズとしてしか聞こえない。

それにしても、ここはどこなんだろう。本当に真っ暗でなんにも見えない。自分の体すらあるのかどうか定かじゃない闇だ。

一切光のない完全な闇に身を浸し、僕は佇立し続けている。

いいや、横になって虚空を見上げている？　それとも、底を見下ろしながら海中を漂っている？　この場所には上下とか左右とか、そういうものが存在しないような気がする。ただ、深い場所と浅い場所があるだけだった。

底のない無限の深淵に、粘性の高い泥のような闇が溜まり、僕はその中を揺蕩っている。そのような感じだろうか……？

——ザザザ……めんな……ザザ……さい……ザザザザ……ごめ……ザザ……。

一瞬、ノイズの一部が聞き取れたような気がした。

——ザ……ごめんなさい……ザザザ……なさい……ザザザ……めんなさい……。

女性の声だ。咽び泣いている。泣きながら、ごめんなさい、ごめんなさい、と繰り返し叫んでいる……。

——ごめんなさい……ごめんなさい……ごめんなさい……ごめんなさい……。

この声……聞き覚えがある。

ぼんやりと——目の前の闇の奥から滲むように人影が浮き上がってきた。

年齢は十五、六歳くらいだろうか……？

——ごめんなさい……ごめんなさい……ごめんなさい……。

咽び泣いているのは、この少女だった。

彼女の前には白木の箱が置かれている。「ごめんなさい」の言葉は、その箱に向けて発しているようだ……。

（この女性《ひと》……もしかして……！）

長い黒髪、白くきめ細やかな肌、情念の深そうな日本的容貌……。

（オキナガさんだ……！　年はずいぶんと若いけど……オキナガさんだ！）

これはオキナガさんの記憶だ。【誰ソ彼】を通してオキナガさんの記憶を共有してしまっているんだ。

ただの記憶じゃない。微かに呪詛の気配がする。僅かだけど、オキナガさんの精神は呪詛汚染を受け、それが原因で過去のトラウマが表面化している。

そういえば日置さんはオキナガさんと一緒じゃなかった。行動を共にしていたわけじゃないのか？　今、オキナガさんはどこで、どういう状況にあるんだろう？

——ごめんなさい……。

再び聞こえた少女オキナガさんの言葉に、僕は、改めて彼女に目をやる。

——ごめんなさい……ごめんなさい……ごめんなさい……。

十代のオキナガさんは、そう繰り返しながら白木の箱の内を見つめていた。

私は、四歳から十五歳になるまで男性に会うことが許されなかった。

私の生まれた山奥の村には〝太之宮《ふつのみや》〟と呼ばれる神社がある。〝太《フツ》〟とは、太刀《たち》がものを断ち切る音であり、太之宮の御祭神である太明神《ふつのみょうじん》は剣術を司る神であった。

この太之宮には古来より奇妙な風習がある。

卜占によって村の娘からひとり明神の嫁〝太之巫女《フツノミコ》〟を選び、その娘に生涯にわたって明神の世話をさせるのだ。太之巫女に選ばれた者は、太之宮の内にある男子禁制の敷地で生涯暮らすこととなる。

妙な風習だが、決して太之宮だけの風習ではない。

かの常陸国《ひたちのくに》一之宮鹿島神宮には明治維新の頃まで、物忌様《ものいみさま》と呼ばれる役職があり、太之巫女同様に卜占で選ばれた娘が生涯神に奉仕していた。

　鹿島神宮の御祭神も武神であり、鹿島が東国における剣術発祥の地であることを考えると、太明神と鹿島明神には共通のルーツがあるのかもしれない。

　ともかく、その神の生涯の奉仕者である太之巫女に、私は選ばれた。

　四歳にして両親と引き離された私は、太之宮の巫女たちに囲まれ、徹底的に神の嫁としての教育を受けることとなったのである。

　神の嫁といっても、神社の奥に実際に〝神〟と呼ばれる物質的な存在がいるわけではもちろんない。〝嫁〟という呼び名も、実際の婚姻関係を示すわけではなく、さながら嫁のごとく生涯を捧げるという比喩的な意味だ。

　だから神の嫁としての教育というのは、儀式の作法、祝詞《のりと》の暗記などである。

　ただし、極めて特徴的なものとして〝剣術の習得〟があった。

　太明神は剣術を司る神であると、先に言った。そのように伝わっているが、一時期とはいえ太之巫女を務めた私の実感としては「剣術を司る神」というよりか「剣術そのものの神格化」という印象があった。

　すなわち唯授一人《ゆいじゅいちにん》の太之宮の剣術を習得することそのものが、太明神をその身に宿す巫女的な行為なのだ。現在私が使う秘剣電書【韴霊】も、この剣術そのものを肉体に降ろす太之巫女の力を応用したものである。

　十歳を超える頃には、私はほぼ一流に達したと言って差し支えない腕を身に付けていた。真剣を用い神前奉納の演武をする幼い私を見て、私の教育係であった年老いた巫女が、歴代で最も優れた太之巫女だ、と嘆息とともに語ったのを覚えている。

　こうして太之巫女としての完成を見た私は、さらなる精進を重ね、日々を神事の執行に費やし、ひっそりと生涯を終えるはずであった。

　そんな私の運命が変わったのは十五歳の春のことだ。

　日課となっていた朝の剣術稽古をしていたとき、ふと人の気配を感じて、振り返ると、そこに男がひとり立っていた。

　四十代前半ぐらいだろうか？

　今になって思うと、あまりパッとしない顔立ちの男だった。体格はいいが、少しぽっちゃりしていて、口ひげを生やしているけれど、瞳がひどく優しかった。

「あ。すみません」

　と、頭を下げた男は、村の外の人間らしい。太之宮にお参りにきて、境内を見て回っているうちに、この男子禁制の一角に迷い込んでしまったようだ。

　私はといえば「入ってきてはいけない者が、この場所に入ってくるわけがない」という思い込みがあったので、不信感を抱くこともなかった。四歳から惟神《かんながら》の生活を送ってきた私は、人を疑うということを知らなかった。

　とはいえ、愛想というものも知らない私は、この突然の闖入者《ちんにゅうしゃ》を、驚きも、怯えも、当然歓迎もなく、ただ、じっ、と見つめ返したものである。

「ここ……もしかして入っちゃダメなところでした……？」

バツが悪そうに男は言った。

「すみません。すぐに出ていきます。あの……出口はどこでしょう？」

ここを出ることがない私は〝出口〟とは無縁で、近づくことすらなかったので、すぐにはピンとこなかった。だが、巫女たちが帰っていく道のことだろうと思い、その方向を無言で指さした。

「あ。ありがとうございます」

お辞儀をして、男はすごすごと立ち去りかける。が、立ち止まって――。

「あの……もしかして、太之巫女さんですか？」

自分が太之巫女であることを知らぬ者に初めて会った。私は、こんな簡単な質問にすらどう答えていいのかわからなくなり、ぶっきらぼうにこう言った。

「そうだ」

男の目に強い好奇心が生まれた。

「ああ。本当にいたんですね。ただの都市伝説だと思っていた。こういう風習が本当にまだ残っていたなんて……！」

後に知ったのだが、太之巫女の存在は地域ぐるみの秘密だったそうだ。

それもそうだ。現代において、小さな子供に学校教育を受けさせず、生涯にわたって軟禁状態にしているなんて知られれば非難を免れ得ないだろう。

「僕は、太之巫女の噂を聞いて、この村に来たんですよ」

「…………」

「今、稽古していたのが、太之宮の秘剣ですか？　よかったら、もう少し見せていただけますか？　ああ、秘剣だからそれはダメでしょうか？　じゃあ、あなたがここでどういう生活を送っているのか聞かせてもらえたりはできますか？　それもダメです？　誰にも言いませんから」

夢中で尋ねてくる男の様子に、私は目を丸くした。男は自分のぶしつけな態度に気がつき「しまった！」といった顔になる。

その顔がなんだかおかしくて、私は、クスッと笑ってしまう。私が男へ感情と呼べるものを見せたのは、これが初めてで、それに男は、ホッとした様子だった。

私は男に気安さを覚え始めた。

「私にそんなに興味があるのか？」

「ええ、すごく！」

稽古と神事を単調に繰り返すだけの私の、いったいどこに興味を持ったのかわからなかった。だけれど、私はなんだか楽しい気持ちになっていたのだ。

なので、私は男に請われるまま自身の生活、四歳から現在まで送ってきた日々について話して聞かせた。もちろん、私の日常や執り行う神事の中には、秘事とされる事柄も多くあったので、そういうことは尋ねられても話さなかったし、男もしつこくは聞いてこなかった。

私は男に話すだけでなく、男からも話を聞いた。なんでも男は神奈川という土地で教師をやっているのだという。キャンプと郷土史に興味があり、休日には車にキャンプ道具を詰め込んで、一泊二日の小旅行をするのだそうだ。

今回も土日を利用して、村の近くにあるT湖畔キャンプ場にテントを張っておいて、かねてから興味のあった太之巫女の噂のある太之宮へ来たのだそうだ。

この話を聞いたときの私は「キャンプ」どころか「神奈川」という言葉すら知らなかったし、「車」と言われて真っ先に想像するのも巫女たちが境内での作業に使用する大八車ぐらいだった。べつに大都会や先端技術の話をされたわけでもないのに、私は異世界の物語でも聞かされているような気分になったものだ。

ふと、男がこう尋ねてきた。

「外に出たいとは思わないのですか……？」

考えもしなかったことを尋ねられ、私はキョトンとなった。

「だって、死ぬまでずっとここから出られないのですよね？　僕はあなたと同じぐらいの年頃の生徒を教えていますが、彼や彼女たちなら、ここにずっと閉じこもってなんていられないでしょう」

「…………」

私が何か答えるよりも先に男はこう言って頷いた。

「使命を受け入れているんですね。僕の生徒よりずいぶん大人びている……」

――使命を受け入れている？　そうなのだろうか……？

男と話したのは一時間ほどだったと思う。そのぐらいの時間を話しつくすと「あんまり長くいたらマズいですよね？」と言って、男は帰っていった。

私はひどく名残惜しい気分になったのを覚えている。男との会話は楽しかった。そもそも楽しく会話するということ自体、あまり経験がなかった。私の身の回りの世話をする巫女たちには、私に接する際の決まりと作法があるらしく、彼女らは、どこか儀礼的なよそよそしい態度しか私に取ってくれないのだ。

——外に出たいとは思わないのですか……？

男の言葉が、一日中頭に残り続けた。

外に出るという発想自体がなかった。きっとそういう発想が浮かばぬよう、自然と教育されていたのだろう。

そうか。「外に出たい」なんて考え方があるのだな、と初めて知る。

それで私は外に出たいのだろうか？　出たいと思ったことがないのだから、出たいわけではないのだろう。だけど、今はどうだ？

私にとって〝外〟とは、朦朧と靄のかかった世界だった。その朦朧たる靄の中に、初めて「キャンプ場」「神奈川」といった風景が生まれた。

それらを私は見ることなく生涯を終えるのだ。そう思うと侘《わび》しい気がしてくる。

あの男は今夜T湖畔キャンプ場とかいう場所に泊まると言っていた。明日には神奈川に帰ってしまう。

——私が〝外〟を見るには、今夜しかない……！

なぜか、そんな気がした。

どうしても外が見てみたい！　と、いう強い渇望ではない。「今夜しかない」という理屈のない切迫感だった。もし自分が生涯に一度、外を見るのだとしたら、今夜をおいてほかになく、今夜を逃すと、もう二度と機会が失われる気がしたのだ。

願望というより衝動が私の意志を決定させた。

——出てみよう、今夜。外に出てみよう。

私は幽閉されているわけではない。高い塀の中や、座敷牢で暮らしているわけではないし、四六時中監視がつけられているわけでもない。

私がもっと幼い頃は、勝手に出ていかないよう誰かが常に傍にいたけれど、十歳を超えた頃から、そういう人間もつかなくなった。

その年齢までに太之巫女の思考から外に出たいという発想は除去されるからだ。

なので、太之巫女の脱走を想定した警備体制なんて敷かれていない。

就寝時間の二十一時から起床時間の早朝四時まで、私は寝室にひとりになり、様子を見にくる者もいないのだ。

私は、境内の明かりが消えると、そっと寝室を抜けだした。

二十時を過ぎると、宿直のひとりを残して巫女たちは皆それぞれの家に帰ってしまう。なので、誰かに見咎められる心配もほぼなく、私は容易に境内の男子禁制区域を抜けだすことができた。

そこからは、もう私のまったく知らない世界に出られた。

拍子抜けするぐらいあっさりと私は外の世界に出られた。

足の向くままに、太之宮の長い石段を下って、麓に見える集落へと駆ける。

民家が立ち並ぶ山間の集落に出た。家々には明かりが灯っていたが、屋外はひっそりして人気がなかった。

——T湖畔キャンプ場はどこだろう？

起床時間の四時までには、寝室に戻らなければならない。何かキャンプ場の位置のわかるようなものはないかと夜の集落を走り回った。

気がつくと集落の外の、山の中の車道に出ていた。歩道がなくて、時たまギラギラとヘッドライトをつけた自動車が、すぐ隣を通り過ぎていくのだが、普通こんな時間にこの場所を歩いている者などいないらしく、道着姿の私を見た運転手が面食らった顔をしていた。

このまま歩き続けて大丈夫なんだろうか？　場所もわからぬまま無暗《むやみ》にキャンプ場を目指すなんて無謀が過ぎただろうか？　そう思い始めたとき、前方からまた自動車がやってきた。その車が、私の前で止まる。窓が開いた。

「太之巫女さん……？　ですよね？」

運転手は、今朝、迷い込んできたあの男だった。

「ああ、僕は、さっきまで買い出しとY原温泉に行っていて、キャンプ場に戻るところだったんだけど……君は、どうしたの？　出てきていいの？」

「…………」

「送るよ。乗って」

私は首を振った。そして、こう言った。

「〝外〟を見たくて出てきた」

男は少し驚いた顔をしたが、すぐにすべて察したように頷いた。

「何時までに戻ればいいの？」

「朝の四時」

「わかった。乗って」

私は男の言葉に従って、助手席に乗り込む。

「ちょっとドライブをしよう。って、言っても時間も時間だし、たいしたところには行けないけどね」

車が走りだした。

車内では、男の趣味らしい九〇年代のロックバンドの曲が流れていた。ポップスなんて聞いたことのない私には物珍しかった。これが〝外〟の音楽かとしみじみ思う。

私は、助手席から〝外〟を流れる景色を眺めた。

しばらくは、黒々とした樹々のシルエットしか見えぬ山道だったが、やがて町に出る。町、といっても都会ではない。新興の住宅地だ。街灯の橙色の光に照らされた道、綺麗な家々が整然と並び、たまに無人の公園がある。

車は住宅地を過ぎ、いくつか町を走り抜けた。近代的な道路、何かの施設、田園を突っ切って走る電車……。

やがて県庁所在地の市街地へ入る。県庁所在地なんて言っても田舎の県では、たかが知れていた。車通りは増えたし、さして高くないビルやマンションが立ち並ぶようにもなったが、ちょこちょこと居酒屋が開いているだけでひっそりしている。

途中、コンビニに寄った。夜中だっていうのに、ビカビカ光を放って営業しているコンビニエンスストアが、私には未来都市の一風景のごとく感じられた。

そこで買ってもらったペットボトルのミルクティーは、甘ったるいし、薬っぽい味がして飲みきれなかった。

その後、国道沿いにやっと開いているファミリーレストランを見つけ、食事をした。私はそこで洋食を初めて食べた。

男と色々なことを話した。

男はやっぱり太之巫女に興味があるらしく、私の暮らしぶりについて尋ねてきたが、単調な稽古と祭事の繰り返しに過ぎない私の話はすぐに終わってしまい、逆に私が男から〝外〟の話を色々聞いた。

あまりにも私が社会のことを知らないのが面白かったらしくて、男は少し得意になって話してくれたものだ。初めは生真面目に、うんうん頷いて聞いているだけの私だったけれど、少しずつ気持ちが緩み、最後にはクスクス笑うようになっていた。私はとても楽しい気持ちになっていた。

だけど一抹の寂しさが常につきまとう。

楽しいのは今だけ。数時間後にはまた神社に戻り、もう金輪際〝外〟に出ることはない。今、男から聞かされている〝外〟の話もすべて無縁な場所に戻るのだ。

「昼だったならね、もっと色々連れていってあげられるんだけどね」

男がこう言ったけど、私には十分だった。田舎の寂れた夜の町を車で通過しただけだったが、私には十分新鮮で刺激的だった。

ファミリーレストランを出たあと、最後に男は山の上にある展望台に連れていってくれた。そこからは県庁所在地のささやかな夜景を眺めることができた。

駐車場に停めた車に戻ると、午前一時を過ぎていた。

「さあ、そろそろ帰ろう」

途端に、私の中に強烈な寂しさが湧き起こった。帰りたくない。と、初めて思った。だけど、それは許されない。でも、もう少しだけ。そう思ったとき——。

——私は、運転席の男に抱き着いていた。

寂しさと名残惜しさが、私にそうさせた。だけれど、抱き着いてみて男の温もりを肌で感じると、強い愛おしさが生まれた。

初め、驚いた様子を見せた男だったが、私を抱き返し、優しく頭を撫でてくれた。

男女の行為についてなんの知識も持っていなかった私だけれど、肉体は女として成熟しており、本能的に男を求めていた。

そういう私の変化を男も感じ取ったのだろう。男が私に口づけした。

――私は男に抱かれた。

仮にも教職にある男が、親子ほども年の離れた未成年の私とそういう行為に及んだことを不純と思われるかもしれない。

だけれど、あれは私の望んだことだ。これから死ぬまで続く長い長い惟神《かんながら》の日々の中に、たった一日ぐらい尋常な女のように男に愛された思い出があってもいいではないか。そして、それができるのは、今夜、このとき、この男だけなのだと思ったのだ……。


あの後、私は男の車で太之宮の近くまで送ってもらい、午前三時過ぎには誰にも見つかることなく寝室へ戻ることができた。

男とは連絡先を聞くこともなく別れた。私には男と連絡を取る手段がなかったし、連絡を取るつもりもなかった。

男との一夜は胸に仕舞い、これからは、太之巫女として惟神の道に邁進するのだ。

そう心に誓い、実際に私はもう外に出たいなどと考えもせずに、もとの修練と神事の日々へと戻っていったのである。

その年の夏のことだ。

村を異常気象による集中豪雨が襲い、大規模な土砂崩れが起こり、数軒の民家が呑み込まれた。また、このひと夏で、村民に病死者や事故死者が続出した。

私の教育係である年老いた巫女が「太明神の祟りではなかろうか？　何か原因があるのではないか？」と神妙に語っていた。

この言葉に、私がドキリとしたのは言うまでもない。もし祟りがあるとすれば、その原因が、あの夜の自分の行為にあるのは確実だったからだ。

ある日、私は妙な気分の悪さを感じるようになった。なんでもない匂いにも不快感を覚え、吐き気をもよおすのだ。

それが治まることなく、連日続くようになって、私は、ハッと悟った。

──子を宿している……!?

私に妊娠に関する知識はない。だが巫女ゆえに鋭敏な肉体と精神が、知識を超えて、私にそれを確信させていた。

あのたった一夜の行為で、私は子を孕《はら》んでしまったのである。

無論、誰にも言えなかった。私はただただ恐ろしく、ただただ不安だった。バレたらどうなるのだろう？　神聖な太之巫女が男と密通し、子を孕むなど前代未聞であった。ああ、祟りがあるわけだ。私は穢れた体で神域に入り、神事をおこなっているのだから……!

しばらく、私は、不安と罪悪感に苛まれる日々を送った。卑怯なことに、どう言い訳しよう、どう隠し通そう、といったことばかりを考えていた。

だが、微かに腹部に膨らみが見え、そこに確かな命の存在を実感するようになると、私の心に違った感情が芽生え始めた。

母性――自身に宿った命への愛おしさである。

産みたい。産んで育てたい。そう思うようになった。

そう。私の心はもう太之巫女ではなく、ひとりの母親のそれになっていたのだ。

日に日に膨らんでくる腹部を、私は道着の着こなしでなんとか誤魔化し続けた。だが、いずれ誤魔化しがきかなくなる。

巫女たち――特に教育係の厳格な老いた巫女に打ち明けねばならない。

そうは思いつつも、踏ん切りがつかなかった。打ち明けたことによって、自分がどのような処分を受けるのか……お腹の子がどうなるのかわからなかったからだ。

結果、打ち明けるのが先延ばしになってしまう。しかし、先延ばしは、そう長く続かなかった。

ある日、私が、神事を執りおこなうため、祭服へ着替えている最中のことだった。巫女のひとりが、ちょうど私が服を脱ぎ、裸になっているところへ入ってきたのだ。

「えっ……?」

巫女は目を見張った。

彼女の驚きの理由がなんであるかはすぐにわかった。裸になった私の腹の膨らみを目にしたのである。その巫女には子を産んだ経験があったので、なおさら肥満とは異なる私の腹の膨らみの意味がわかったのだろう。

「これは……」

と、私が言葉を発しようとしたとき、巫女は青ざめた顔で後ずさった。

「な、なんてこと……なんてことでしょう！　太之巫女がなんてことでしょう！」

巫女の声は叫びになっていた。その叫びを聞きつけて、何事かと、他の巫女たちも駆けつけてきた。その中には、あの厳格な老巫女もいた。私の腹部を目の当たりにした老巫女は、真っ青になって「ひいっ！」と悲鳴をあげた。

「ああっ！　穢れじゃ！　穢れじゃ！　太之巫女がなんと汚らわしいことじゃ！　ああっ！　祟りの原因はこれか！　誰じゃ、誰じゃ、神の嫁を辱めた者は……！　太明神はお怒りじゃ！　恐ろしい！　まだまだ災いは続くじゃろう！」

老巫女は、へなへなと、その場にくずおれた。

私はといえば、あまりのショックに言葉を失っていた。

――穢れ……⁉　汚らわしい……⁉　この子が⁉　このお腹の子が……⁉

強烈な怒りと悲しみが込み上げ、私は、着替えを引っ掴んで部屋を飛びだした。

ダメだ！　この場所は、この子を受け入れてはくれない！　こんな場所でこの子を産んだら、この子は生まれながらに穢れた子として扱われる！　ダメだ！　そんなのはダメだ……！

気がつけば私は男子禁制の敷地を飛びだしていた。鎮守の森に飛び込むと、その木陰で道着を纏った。私を捜して叫び交す巫女たちの声が聞こえる。彼女たちはまだ敷地内を捜している。

まさか私が外に出るなどとは思っていないようだった。

私は、神社の石段を駆け下りる。

――これからどこへ行こう……？

そう考えた私の脳裏を過ったのは「神奈川」という地名だった。

そうだ。お腹の子の父親のいる「神奈川」に行こう。

両親とも縁が切れ、神社の境内しか知らない私に頼れるものは、それだけだった。

山間の集落を駆け抜け、峠道に出たとき、ごろごろと空が鳴った。見上げれば厚く黒々とした雲が空を覆わんとしている。ぽつぽつと雨粒が落ちてきて、アスファルトに黒い点を描き始めたかと思うと、加速度的に豪雨へと発展した。

まるで太明神が逃げる神の嫁に怒りをぶつけようとしているかのようだった。


私が「神奈川」に着くまでの経緯をいちいち詳《つまび》らかに語る必要はないだろう。

ただ、太之宮のある山間の村と「神奈川」は私の想像を遥かに超えて離れており、お金を一切持たず、公共の交通手段を利用できない私がそこに着くまでに五日もかかったことだけは述べておこう。

村を出るときに降り始めたどしゃぶりの雨は、断続的に降り続いており、私はびしょぬれになりながら、食事をとることもなく、時々親切なドライバーが途中まで自動車に乗せてくれたりもしたが、基本的には延々と歩き続け、夜になればどこかの軒下などを借りて眠った。

そうして辿り着いた「神奈川」は、おそろしく広かった。

山間の小村の、さらに狭い神社の境内が全世界であった私は、とにかく「神奈川」という場所に行きさえすれば、男の居所を探る手掛かりぐらい掴めるだろうと安易に考えていた。そんな私が大都会「神奈川」の広大さを目の当たりにして途方に暮れたのは言うまでもない。

さらに三日間、私はトボトボと「神奈川」を歩き回った。今思うと、私は「神奈川」のどこをどう歩いていたのだろう。横浜？　相模原？　川崎？　鎌倉や小田原まではさすがに行っていなかったはずだけれど、相当な範囲を歩き回ったはずだ。

だから私が、偶然にも——いいや、奇跡的にも捜していた男の姿を見かけたのが、「神奈川」のどこだったのか、今となっては覚えていない。

市街地にある大きな公園だった。毎日のように降り続いていた雨も止み、その日は久しぶりの晴天になった。私は心身ともに疲労の極みに達しており、その公園の木陰のベンチに半分居眠りをしながら座り込んでいた。

私の前に燦々《さんさん》たる太陽に照らされた広い芝生があって、疲れきった私の目には、ギラギラと白く輝いて映っていた。

ふっ、と、私の捜していた男——お腹の子の父親が芝生を歩いているのが見えた。

ひとりではなかった。

男と同世代と思われる女性と一緒だった。男と女性の間には、小学生ほどの女の子がいた。女の子は男と女性の顔を交互に見上げ、笑みを交し合っている。女の子がせがむように両手を上げると、その左手を男が、右手を女性が握った。

三人は、手をつないだまま、談笑しながら歩み去っていった。

私は、蜃気楼でも眺めるような心持ちで、それをぼんやりと見送った……。

それは疲労の限界に達した私の見た白昼夢に過ぎなかったかもしれない。

ただ、もう、私はその男に会うことはないだろうな……とそう思った……。

「うっ……！」

ふいに腹部に激痛を覚えた。腹を押さえて、蹲る。痛みは治まることがなかった。通りかかった老婦人が「大丈夫？」と声をかけてくれたが、私は「トイレに行けば大丈夫です」と答え、無理をして立ち上がった。

顔面蒼白になった私は、痛みに耐えながら園内にある公衆トイレへ向かった。


——そのトイレで私は出産した。生まれた子は早産ですぐに亡くなった。


太明神が不義を働き逃げた神の嫁に、無事に子を産ませるはずがなかった……。

つまり、祟り……？　違う。早産の原因は、ここ数日の無理にあった。

どちらでもいい。どちらであったとしても、私のせいだ。

——この小さな命は私のせいで亡くなったのだ。

私は取り乱し、パニックになった。狭いトイレの個室で、私は生まれ落ちたばかりの小さな

——本当に本当に小さな体を抱きしめ、声すら発することもできずにただただ取り乱していた。太之巫女としてだけでなく、母としても私は失格だった。

どうしていいかもわからず、私は一時間以上、個室に籠り続け、すぐに冷たくなってしまった我が子の亡骸を抱いて、嗚咽した。

私が「神奈川」に来るまでに、車に乗せてくれたドライバーさんが、びしょぬれの私を見かねてタオルをくれたのだが、そのタオルを私はまだ持っていた。それで我が子をくるんで、トイレを出た。

人のいない場所へ向かいたくて、歩き回った。歩く間も、私は泣き続け、すれ違う人から不審に思われた。

「神奈川」には、残酷なほどひとりになれる場所はなかった。

「ごめんなさい……ごめんなさい……ごめんなさい……ごめんなさい……」

もうほとんど無意識に私はこう口走っていた。

人目もはばからず咽び泣いていた。

やがて日が暮れ、私は警察に保護された……。

——そう。この箱は棺なのだ。

こんなに小さな棺があるなんて知らなかった。

「ごめんなさい……ごめんなさい……ごめんなさい……ごめんなさい……」

棺桶の蓋が閉められ、火葬されるその瞬間まで、私は我が子の亡骸にそう謝り続けていた。亡くなった私の子の単独火葬を許してくれたのは、不義を働いた穢れた太之巫女に対する故郷の村の人たちの最後の情けであったろう。

仕える神へ不貞を働いた汚らわしい私は、村から追放されねばならなかった。本来ならば神の怒りを鎮めるために殺されなければならないそうだが、さすがに現代においてそんなことはできなかった。

私を拾ってくれたのは神祇省だった。神祇省は私のように行き場を失った霊能者を異形厄災霊査課へスカウトしていたのだ。

多忙で危険なイヤサカに入隊できたのは、私にとって幸いだった。命がけの任務に没頭することで、ほんの僅かな間だけでも我が子を失った苦しみを紛らわすことができるからだ。

我が子が亡くなってから、もう十年以上が経ったが、悲しみも罪悪感も胸を裂くような苦痛も、決して和らぎはしない。きっと一生和らぐことはない。

生涯、閉じこもるはずだった神社の外に出た私は、我が子を死なせた十字架を生涯背負い続けることとなった。これが、神を裏切った私への罰なのだ。

眠れば必ず同じ夢を見る……。

底のない無限の深淵に、粘性の高い泥のような闇が溜まり、私はその中を揺蕩っている。闇の底より、何か四角形のものが、滲むように浮き上がる。

――それは〝箱〟。我が子の入った棺だ。

箱の内には、周囲のそれ以上に濃厚な闇が凝縮されて詰まっている。

そのヘドロみたいな闇に、一匹の生き物が浸かっていた。深海生物のように白いそれは、身を丸まらせぴくぴくと蠢いている。

——赤ん坊……。

人としての形をようやく完成させたばかりといった、未熟な赤ん坊だった。

薄らと瞼が開いていた。私を見ている。

ひどく悲しげで、恨みがましい眼差しだった……。

私は必死で謝罪の言葉を繰り返す。

「ごめんなさい……ごめんなさい……ごめんなさい……ごめんなさい……」

赤ん坊の口が動いた。

——ほんとうに　ごめんなさい　っておもってるの？

舌足らずな声でこう言った。

——おもっているなら　これは　なに？

我が子の入った箱の周囲に、新たに六つの箱が浮き上がった。

プレゼント箱、飼育ケース、メイクボックス、おみくじ箱、募金箱、貯金箱……。

大きさも、形状も、用途も異なる六つの箱。だけれど、その六つの箱には共通して死んだ子供が入っている……。

——ごめんなさい　と　おもっているのに　どうして　〝はこ〟が　こんなにふえてるの？

ねえ　どうしてなの？　ねえ？

「ごめんなさい……」

――ねえ　どうして？

「ごめんなさい……ごめんなさい……ごめんなさい……ごめんなさい……ごめんなさい……ごめんなさい……ごめんなさい……ごめんなさい……ごめんなさい……」

ああ、憎んでいるのだな……。おまえは私を憎んでいるのだな……。

「オキナガさん……オキナガさん……オキナガさん……！」

「オキナガさん！　オキナガさん！」

僕は声を限りに、十五歳のオキナガさんへ叫びかけたが、まるで反応を示さない。

すぐそこにいるようでいて、オキナガさんと僕とは遥か遠くに隔てられているみたいだった。

やがて、オキナガさんの姿は闇に呑まれるようにして掻き消える。

――いけない……！

やはり、呪詛の臭いがする。

たぶん、八八式研究所内で増加し続ける呪力指数の影響もあるはずだ。

きっかけとなったのは、ほんの僅かな精神の呪力汚染だろう。それ自体は、バイキンが体に入った程度のことで、多少の悪夢や錯乱があるかもしれないが、訓練を積んだオキナガさんならば自然治癒できるはず。

だけど、その僅かな呪力汚染によって弱ったオキナガさんの精神に、八八式研究所に充満する得体の知れぬ呪力が入り込んで影響を与えている。

いつものオキナガさんなら、そんなことは起こらないはず。だけど、今回はべつだ。

オキナガさんが過去に負った心的外傷が、八八式研究所という怪異と恐ろしく親和性が強いに違いない。

つまり——〝共鳴〟してしまっている。

僕ら神祇省の人間は〝怪異〟を〝エモクロア〟という別称で呼ぶことがある。

エモクロアとはエモーション（感情）とフォークロア（伝承的存在）とを合わせた造語で、感情に影響を及ぼすことからこう呼ばれている。

たとえば幽霊に出くわせば、理由もなく〝怖い〟だろう？　それは幽霊という怪異《エモクロア》が、恐怖という感情と共鳴し、影響を及ぼすからだ。

そう、〝怪異〟は、特定の感情と〝共鳴〟し、影響を及ぼす存在なのだ。

八八式研究所における怪異は、オキナガさんの精神と極度に共鳴している。

非常に危険な状態だ。このまま放置すれば、オキナガさんの精神は取り返しのつかぬ状態に陥ってしまうかもしれない……！

「オキナガさん！　オキナガさん！　オキナガさん！」

僕は、オキナガさんの消えた暗闇に向かってなおも叫び続けた。

闇へ手を伸ばし、強引に突き進もうとする。

だけれど粘着性のある闇は、僕の進入を拒み、むしろ押しつぶそうとしてくる。

「オキナガさん！　オキナガさん！　オキナガさーんっ！」

直後、弾かれたような感覚を抱いた僕の視界が、パッ、と明るくなった。

見えたのは無機質な廊下。

両手を床につけて、獣のように唸っている〝遺伝子改造〟が見えた。彼女の肩からは、とめどなく血が溢れている。

そうか。僕は意識を取り戻したのか……。そう悟ったとき――。

「は……ははは……は……は……」

どこか歪んだ笑いがすぐ傍で聞こえた。

「やってくれましたねぇ。ほんっとうに……くそったれなガキですねぇ～……」

僕の隣に立っていた日置さんがこう言った。

その首の骨が折れ、皮と肉だけで、ぶらん、と胴体にぶら下がっていた。

七箱目【ハコブネ】

〝遺伝子改造〟は賢い子供だ。

そもそもZメンバーは、同年代の子供と比べて賢く大人びている子供が多かった。

未熟な精神に対して不釣り合いなほど高い知能こそが、彼や彼女らの歪みの原因であり、異能の源流だったのかもしれない。

だが、そんなZの中でも、頭ひとつ抜けた知能指数の持ち主こそが〝遺伝子改造〟だったのだ。

彼女は、尋常な方法で生まれた子供ではない。

天才的遺伝子工学者の両親によって、最高の頭脳と身体能力、美貌を備えた〝完全な子供〟として、試験管の中で生みだされたデザイナーズベイビーである。

だが、彼女は完璧すぎた。彼女は彼女を創りだした大人たちには理解できないほどの知性と精神を得るに至り、たったの五歳にして世界最高峰の遺伝子工学の知識を習得してしまった。

その知識を用い、彼女は、より〝完全な子供〟になるために、自らの手で自らの肉体へ、様々な野生動物の遺伝子を組み込んでいった。

結果、蝙蝠の聴覚、猛禽類の視力、ネコ科動物の俊敏さ、飛翔能力を備えた翼などを肉体に生じさせた彼女は、地球史上、最も優れた生物といってよかった。

だが、彼女を生みだした存在の目には〝バケモノ〟としか映らなかった……。

彼女の境遇をもっと事細かに語っても構わない。

だが、その必要はあるまい。被造物による造物主への反乱の物語ならば『フランケンシュタイン』でも『R．U．R．』でも『2001年宇宙の旅』でも、十分に語りつくされているのだから……。

彼女がZに加入し、今日まで活動し続けていたのには理由があった。

地球環境を脅かすほどの発火能力を持つ〝環境汚染〟、天才的な医学の才を持つが倫理観の欠落した〝人体実験〟、鏡像の内に入り込める能力を自己承認欲求のために乱用する〝人権侵害〟、優れた霊媒体質で神と繋がることができるが毒ガスを放出する〝麻薬中毒〟、大量の金を生みだせるが生きる気力を失った〝過剰な富〟、身近な人間を没落させる〝貧困〟……。

ここに集まった者たちは、皆、〝遺伝子改造〟自身も含め、世界の中に居場所がなく、外側へと出ていかざるを得なかった者たちだ。

〝遺伝子改造〟は思うのだ。Zというこの集団は、ひとつの船に乗り、世界の外に漕ぎだした者たちなのだと……。

——だけど、この船が向かう先はどこ……？

わたしたちの乗る船は世界から捨てられたヒルコの乗る船なの……？

それとも、新世界の住人として選ばれた者が乗る船なの……？

——わたしたちは捨てられた子供なの？　選ばれた子供なの？

卑近な言い方をするのならば——自らの存在理由。

それを見届けたくて、自分たちの流れ着く場所が知りたくて〝遺伝子改造〟は、Zという〝箱船〟に乗り続けていたのだ……。


「な……な……ななな……」

目を覚ましたワカヒコが、自らの真横に立つ先輩の異様な姿を目の当たりにし、驚愕と恐怖に引き攣った声をあげた。

「へ、日置さん……それは……？」

飄々としているが優しく頼りになる先輩隊員、日置カツラの首が、皮だけで胴体にぶらんぶらんとぶらさがっていた。

それなのに、日置はいつもの微笑を浮かべながら、飄然とこんなことを言うのだ。

「ワカヒコくーん。なんで、僕の狙撃の邪魔したんですかぁ～。そのせいで一発食らっちゃったじゃないですかぁ～」

頸の骨をこんな風に圧《へ》し折られて、しゃべれるはずがない。いいや、生きていられるはずが……。

「よっと」

日置が自分の首を掴んで、外れた人形の首をそうするように、自身の胴体へ押し付けて嵌め直した。「これでよし」と、言ったが、僅かに曲がっている。

「いや……日置さん、その首は……どういう?」

まだワカヒコの頭は混乱していた。

「ワカヒコ」

〝遺伝子改造〟が努めて冷静さを保った声を発した。

「あなたはもう人質じゃない。仲間と再会できたあなたが、わたしと敵対するかどうかは、あなたの自由よ。だけど、ひとつだけ伝えておくわ。さっき尻尾で打ったときに気がついた。この男、人間じゃない」

「え……!?」

ワカヒコは咄嗟に日置を見る。日置は涼しい顔でニコニコ笑っている。

「所長室に倒れていたあれと同じものだわ」

「あれ……」

所長室に倒れていたあれとは、言うまでもなく八八式研究所所長のことだ。あれは精巧に作られた人形だった。つまり——。

「——擬人式神……!?」

ハハハ……と、日置は照れ臭そうに自らの後頭部を掻いた。

「ま。この首を見られちゃったからには、誤魔化しもきかないでしょうねぇ~。ええ、そうですよ。僕は、擬人式神です」

「なっ……！」

ワカヒコが後ずさろうとして「うっ」と、胸を押さえて苦鳴を漏らした。

「あ。ワカヒコ君、【八百比丘】を飲んでおいたほうがいいですよ。ごめんなさいね。さっき君に当て身をしたときに肋骨を何本か折ってしまいましたから」

「は……はい」

ワカヒコはタクティカルポーチから試験管状の薬瓶を取りだし、蓋を開けて中の薬液【八百比丘】を飲み干す。脇腹がぼおっと温かくなり、痛みが和らいだ。

「まだ下手に動かないほうがいいですよぉ。すぐに治るでしょうけど、まだ折れた肋骨が肺に刺さっちゃうかもしれませんからね」

「そ、そんなことより……擬人式神って……」

「ああ、はい。そうですよ」

けろりと日置は答えた。

「つまり僕を外部から操っている術師がいるわけですよ。僕はその術師の被造物です。だから首が折れても死にません。だけど、何か問題あります？」

「問題って……」

「ほら、廃炉作業とかに遠隔操作でロボットを使用したりするでしょう。そういうものだと思ってください。自分だけ危険な現場に立ち入らないなんてズルいと思うかもしれないが、ちゃんと任務は遂行するので目をつぶってください」

「騙されないで」

〝遺伝子改造〟が鋭く言った。

「ワカヒコ、そいつは、あなたや他の仲間を騙していた。今も騙そうとしているわ。だって、その人形を操っているのは、所長の人形を操っていた人間と同じなのよ。わたしたちをここに誘《おび》き寄せ、コトリバコの呪詛が残り続けていると偽って、わたしたちを抹殺する任務を下した者の仲間」

「だから？」

平然と日置が言った。

「そりゃあ、この八八式研究所は機密施設ですからね。隊員にすべて正しい情報を与えるわけにもいきませんよ。上には上の考えがあってやっていることです。僕らイヤサカは疑念なんて挟まず忠実に任務を遂行すればいいんですよ。だいたいね」

日置の目に冷酷な光が生まれた。

「国際的なテロリスト組織を殲滅するのに疑念を挟む余地なんてあります？」

〝遺伝子改造〟の眼差しが鋭くなった。気圧《けお》されることなく、日置は続ける。

「ほら怖い。ワカヒコ君、いいですか、この娘は何十人も人を殺していますよ。Zのメンバーは全員、戦闘員ではない〝過剰な富〟や〝貧困〟ですら、マネーゲームや経済的ダメージによって間接的に人を殺しています。上の思惑に関係なく、この子たちはこの世に生きていていい存在ではありません」

「…………」

フッ、となぜかここで〝遺伝子改造〟が嘲笑した。

「そうね。わたしたちはこの世に生きていていい存在じゃない……あなたたち大人からそう見えたとしても仕方がないわ。でも、他の子たちもそうだったの？」

「他の子たち……？」

日置が眉をひそめた。

「この八八式研究所は大量殺戮兵器である【新コトリバコ】を製造しようとしていたわよね。どうやって？」

ワカヒコは、〝遺伝子改造〟の言わんとすることに気がつき、顔を青ざめさせた。

「コトリバコは……子供の犠牲によって作られる……」

ガバッと日置の顔へ目をやる。

「この八八式研究所では、コトリバコ製造の研究をしていた！　つまり、実験の過程で子供を犠牲にしている……!?　そうなんですか、日置さん!?」

「さあ、そこまでは知りませんよ」

「嘘よ」

すっとぼけた日置の言葉に〝遺伝子改造〟が被せた。

「あなたが――いいえ、あなたを操っている術師が知らないはずがない。だって、あなたを操る術師は、この施設の所長も操っていたのよ。所長が知らないなんてことがある？　もし知っていたとして、子供を犠牲になんてしていなかったのだとしたら『知りませんよ』とは言わない。『そんな事実はない』と言うはずだわ。あの三号資料保管庫をもっとよく調べれば、きっと証拠が出てくるはずよ」

日置の顔つきが忌々しげなものに変わった。

「だから……どうした？」

「開き直るの？　わたしはこう言いたいだけよ。わたしたちZはこの世に生きていていい存在じゃないかもしれない。だけど、あなたにそれを言われる筋合いなんてない。あなたはこの場所で十分に悍ましいことをやっていたのだから……」

〝遺伝子改造〟の口調は淡々としていたが、その裏には強烈な瞋恚《しんい》が潜んでいた。

チッ、と日置は舌打ちをして、マークスマン・ライフルを構える。

〝遺伝子改造〟が冷ややかだが、挑発的にこう言った。

「あなたは、この距離で対峙《たいじ》した野生のトラと、そんな銃ひとつで戦えるの？　わたしはトラよりも素早くて、ゾウよりも頑丈よ」

日置の口元が歪む。

「逆にお尋ねしますけどねぇ、心臓を抉っても、喉笛を咬み砕いても死なない動く人形が銃器を携帯していた場合、猛獣は無傷で人形を仕留められますぅ？」

「…………」

そう言い交す二名の間にワカヒコはいる。

「ワカヒコ君」

ふいに日置に呼びかけられ、ワカヒコはびくっとする。

「は、はい！」

「そろそろ傷も癒えたでしょう？　援護してちょうだいね」

「え……？」

ワカヒコが目をやったのは、〝遺伝子改造〟のほうだった。〝遺伝子改造〟は無感情にこう告げる。

「さっきも言ったわね。あなたはもう人質じゃないから、自由にしていいって」

「だ、だけど……」

「いいのよ。しばらく一緒に行動して情が湧いたのかもしれないけど、わたしのほうは、あなたのことなんとも思っていないわ」

本気の言葉か、あえて突き放すようなことを言っているのか、定かではない。

だが、ワカヒコは、ものぐるわしく首を振った。

「ダ、ダメだ！」

日置へ顔を向けて、

「日置さん、ダメですよ！」

「何がダメなんです？」

「彼女と戦うこと——彼女を抹殺することに、僕は正当性を感じられない！」

「正当性？　この子は国際的なテロリストですよ」

「だけど未成年です！　今にもコトリバコの呪力を国民へ放とうとしている状況ならば、抹殺もやむを得ないのかもしれない！　だけどコトリバコは除染されている！　彼女の抹殺は緊急を要しない！　ならば捕らえて司法の場で裁くべきだ！」

「国家機密を知った者を司法の場に連れだせるわけないでしょ」

「彼女を抹殺して、機密を守ると？　その守りたい機密とは、子供を犠牲にして、無差別大量呪殺兵器を作ろうとしていることですか⁉　そんなものを守るために、未成年を手にかけることに、僕は正当性を感じられません！」

くわっ、と日置の細い目が見開かれた。

「ワカヒコッ！」

鋭い怒喝が日置の口から発せられた。

その一喝にワカヒコは身が竦むと同時に仰天した。

なぜならば、今の日置の発した声が、普段の日置の声とは大きく異なっていたからだ。それは明らかに女声。しかも聞き覚えのある声だったのである。

「あ、あなたは……？」

日置が、キッとワカヒコを睨みつけた。

「これは命令だ、ワカヒコ！　私を援護し、〝遺伝子改造〟を抹殺するのだ！」

再び日置の発した声は、激しくも冷たい女の声――。

——異形厄災霊査課イザナミ課長の声だった。

「ま、まさか……あなたが、擬人式神を操っていた術師……」

「いらぬことを考えるな！　我らイヤサカの目的は、日本国の弥栄《いやさか》！　善悪や正邪ではないのだ！　我らは皇御国《すめらみくに》のため、ただ滅私して任務に当たればそれでよい！　迷うな、ワカヒコ！」

激烈なその声に、ワカヒコはたじろいで後ずさった。

「なぜ？」

〝遺伝子改造〟が臆することなくこう言った。

「なぜ、あなたはそうまでしてワカヒコの助力を得たいの？　わたしが、いつあなたに襲い掛かってもおかしくない状況で、どうしてそこまでワカヒコの説得に時間を使おうとするの？」

「黙れ……！」

ギロッ、と日置を通してイザナミが〝遺伝子改造〟を睨みつけた。

「……わかったわ。すべてわかってしまったわ。あなたたちの目的、わたしたちがここに来た意味、誰がわたしたちを欺いていたのか……」

「黙れっ！」

日置のライフルが火を噴いた。

瞬時に跳んで躱した〝遺伝子改造〟の背後の壁が弾痕で穿たれる。肩の負傷など意に介さず軽やかに壁を疾駆する〝遺伝子改造〟を追うように、ダンッ！　ダンッ！　ダンッ！　と、銃弾が連射される。

射出の反動を利用するがごとく、日置は、後方へ後方へと跳びながら距離を取っていた。その口中では、忍びやかに呪が詠唱されている。

「……吽《ウン》……吒枳《タキ》……吽《ウン》……惹《ジャク》……悉地《シッジ》……」

ボウ……と、日置のライフルが青白い光を放つ。タタタッ、と疾風《はやて》のごとく直進してくる〝遺伝子改造〟へ、日置は銃口を向けた。

「ダメだ！　危ない！」

ワカヒコが叫んだ。咄嗟に〝遺伝子改造〟の足が止まる。

「破魔銃【麻迦古《マカコ》】――〈百々手式《モモテシキ》〉！」

ダンッ！　青く光を帯びた弾丸が、流星のごとく射出される。その弾丸が〝遺伝子改造〟の直前で――パッ！　と花火のように散って、百の光弾へと変化する。

「下がるんだ！」

ワカヒコの絶叫を受けてか、反射的にか、〝遺伝子改造〟が後方へ跳んだ。途端、百の光弾が、流星群のごとく、ドドドッ！　と〝遺伝子改造〟へ降り注いだ。

「くっ！」

〝遺伝子改造〟は、跳び、転がり、旋回し、尻尾で撃ち落とし、竜巻のごとく動き回って、無数の光弾の掃射を回避する。驚異的な反射神経だ。野生獣の遺伝子が体内に組み込まれた彼女は、五感のみならず本能の領域に属する第六感すらも動員して戦闘に当たっている。

が、光弾によって仕留めることを日置は狙っていない。

「……唵《オン》……斡嚩囉《バサラ》……塔囉痲《タラマ》……紇哩《キリク》……」

ライフルが再度、ボウ、と青い光を放つ。

「破魔銃【麻迦古】――〈通矢三十三間《トオシヤサンジュウサンゲン》〉！」

ライフルの銃口から射出されたのは、青い光線である。先ほどの〈百々手式〉が呪を用い一発の銃弾を百発に増幅させる術であるのに対し、次の〈通矢三十三間〉は、一点集中！　百発分の威力の籠った一発の銃弾が、岩石を穿孔するドリルのごとく、光弾の回避に専念する〝遺伝子改造〟へ直進する。

ハッ、と直感的に〝遺伝子改造〟は、光線を察知した。躱す暇と余裕はない。反射的に尻尾を用いて光線を叩き落とさんとする。

が――光線に触れた途端、硬質な鱗に覆われた尻尾が、パッ、と破砕された。鱗を貫通した光線が、〝遺伝子改造〟の胸元を――。

「がっ……！」

――貫いた！

貫いてなお、勢いの衰えぬ光線は、背後の壁を突き抜け、さらにその向こう側の部屋の壁をも撃ち抜いて、八八式研究所の屋外まで達した。

どおっ、床に倒れる〝遺伝子改造〟。立ち上がろうとするが、口から鮮血を吐いて、くずおれる。

トドメ、とばかりに日置がライフルを向けたとき――銃口と〝遺伝子改造〟を結ぶ直線状に飛び込んできた者がいた。

ワカヒコだった。彼の持つ【電子亀甲板】が赤く光を放ち、這子人形のような一言主が浮き上がっている。

「善事《よごと》も悪事《まがこと》も一言にて言い放つ葛城の御神へお尋ね申す！〝遺伝子改造〟を害さんとする者を徴《しるし》なし示したまえ！」

朗々と告げ、亀甲版をタップした。空気を入れすぎた風船のごとく、ブワッと這子人形のごとき一言主の身が瞬間的に膨張した。途端、バンッと弾け、無数の飛沫となって散った。

飛沫は〝遺伝子改造〟、ワカヒコ、日置へと平等に降り注ぐ。〝遺伝子改造〟、ワカヒコには何の影響もない。だが、日置にのみ——。

「ぬあぁっ！」

超高温の熱湯をかけられたかのごとく、その身を焼き、蒸気を上げた。

ワカヒコのおこなったのは〈盟神探湯《クカタチ》〉。対象の正邪を判断する古代占術である。神威を受けた神聖なる熱湯は、心やましき者にのみ大火傷を負わせ、潔白なる者を害することはない。この場合、ワカヒコは〝遺伝子改造〟を害する心を盟神探湯によって占ったため、熱湯は日置ひとりの身を焼いたのであった。

日置を焼く熱は、物理的な熱ではなく、霊的熱。擬人式神である日置を動かす呪力そのものへダメージを与える熱であった。

「おのれっ、ワカヒコ！ 裏切るかっ！」

吠えながら、日置はライフルを乱射した。だが、もうもうと視界を覆う盟神探湯の湯気のせいで、狙いが定まらない。

ワカヒコは、手早く〝遺伝子改造〟を抱え上げる。意外なほど彼女は軽かった。翼による飛翔を可能とする彼女は、最適化された筋肉しか備えていないのだろう。

〝遺伝子改造〟を抱えながら手早く【電子亀甲板】を操作する。

「善事も悪事も一言にて言い放つ葛城の御神へお尋ね申す！　我が身に危禍迫らんとしているならば、風もちて我が身を吹き流すことにより徴なしたまえ！」

ポンッ、と亀甲板をタップする。途端、飛沫となって散っていた一言主が、ふわっと宙に浮きあがったかと思うと、真っ赤な突風と化してワカヒコへ吹きつけた。猛烈な強風によって、ワカヒコと〝遺伝子改造〟の身が廊下の遥か後方まで吹き飛ばされる。

これもまた古代占術の応用だ。神に対する質問の回答として、特定の現象を要求する〈誓約《ウケイ》〉という占術である。

たとえば「明日の天気は晴れますか？」といった神への質問に対し「もし晴れならば、鶏に一声鳴かせてください」と頼むといった具合である。

今、ワカヒコは「自分の身に危険が迫っていますか？　もし迫っているなら強風で、私の身を遠くへ吹き飛ばしてください」という誓約をおこなったのである。その結果、ワカヒコの身は日置から遠く離れた廊下の端まで退避することができた。

もっとも誓約によってどんな現象でも起こせるわけではない。起こせる現象は、あくまでも問いかけた神霊――ワカヒコの場合は【電子亀甲板】に分霊された一言主が力を示せる範囲内にとどまる。

廊下の果ての突き当たりの壁に叩きつけられたワカヒコは、即座に〝遺伝子改造〟を抱えて、すぐ近くにあった部屋へ転げ込んだ。

タンッ、タンッ、と数秒前にワカヒコの叩きつけられた壁に銃弾が撃ち込まれる。日置が、撃ったのだ。もう日置はワカヒコを射殺する覚悟を決めている。

部屋からワカヒコが僅かに体を出して、携帯していたハンドガンを撃ち放った。連射して、日置を牽制する。日置が撃ち返しても、臆することなく撃ち続ける。

「くっ……！」

不用意に近づけず、日置は歯噛みした。

が、ここで日置が普段の冷静さを保てていたならば、すぐにおかしいことに気がついたはずだ。ワカヒコの拳銃から発射された弾丸が、どこにも落ちておらず、廊下の壁を一切傷つけていないということに……。

部屋から顔を覗かせてハンドガンを連射しているワカヒコは幻影だった。

ワカヒコの仕える葛城の一言主神についての記述が『古事記』にある。雄略天皇が葛城山に鹿狩りに赴いた際、一言主に出会ったのだが、向かいの尾根にいたその神は雄略天皇の一行と寸分違わぬ姿をしていたという。

このように一言主には、幻影を生みだし、人の目を欺く霊力がある。ワカヒコは、その力を借り受け、自らの幻影に日置の足止めをさせていたのだ。

実在のワカヒコは、部屋の内で胸を撃ち抜かれた〝遺伝子改造〟の介抱をしていた。滾々と血が溢れる傷口を布で圧迫し、口へ【八百比丘】を流し込んでやる。【八百比丘】の効能と、〝遺伝子改造〟自身の驚異的な生命力により、すぐに出血は止まり、傷口も塞がり始めた。

うっすらと瞼を開けた〝遺伝子改造〟へ、ワカヒコは力強く声をかける。

「もう、大丈夫だ。一命は取り留めたよ」

「なんで……？」

虚ろな声で〝遺伝子改造〟が言った。

「なんでわたしを助けたの……？」

「日置さんにも言ったけど、君を抹殺することに正当性を感じられないからだ」

「そういう正義感、あなたたち大人のルールでは、命取りになるんじゃないの？　神祇省は国家機関よ。あなたは国を敵に回したことになるわ」

「あんまり大人を見くびるな」

厳しい声でワカヒコが言った。

「君たちZが嫌悪する大人のルールが何をさしているのか知らない。だけど、その大人のルールが君たちを傷つけるようなものなら、そんなルールに従っている連中は大人なんて言わない。デカいだけの赤ん坊だ」

「デカいだけの赤ん坊……？」

「ああ。悔しくて仕方ないけれど、この世界を動かしている連中の多くはデカいだけの赤ん坊だよ。そういう連中が、さもこれが大人だと言わんばかりに冷たく汚く誰かを切り捨てるルールを作って威張り散らしている」

「…………」

「だけど誤解するんじゃないよ。本物の大人だってちゃんといる。目の前で子供が傷つけられていたら、ルールなんて無視してでも、自分がどうなったとしても体を張って助ける。そういう本物の大人だってたくさんいるんだ」

しばし〝遺伝子改造〟は、熱烈に語りきったワカヒコの顔を呆然と眺めていたが、やがて、フッ、と破顔した。

「フフフ……。おかしい」

微笑んだ〝遺伝子改造〟の顔は、八歳という年相応に可憐で愛らしかった。

ワカヒコも誘われて微笑もうとしたとき――。

「げっ！」

ふいに〝遺伝子改造〟が吐血した。

「げほっ！　げはっ！　げっ！」

続けざまに咳き込んで、ゾッとするぐらい大量の血を吐きだす。

「え……？　そんな……？　傷は【八百比丘】で……」

ワカヒコは愕然となり、取り乱した。

「フフフ……やお……八百……比丘……ね……」

ぜえぜえと荒い呼吸をしながら〝遺伝子改造〟が言った。その顔を目にし、ワカヒコは青ざめる。眼球が真っ赤だった。口からだけでなく、目からも、そして鼻や耳からも〝遺伝子改造〟は血を流していた。

「〝麻薬中毒〟が……作った薬を……どうして……イヤサカが持っているの……かしら……？　まるで……Zの中の誰かが……神祇省に教えたかの……」

ここで、また〝遺伝子改造〟は血を吐いた。

「しゃべるな！　今、治療を……」

「……治療なんてできない……。これは怪我じゃないもの……」

「え？」

「呪力……指数……」

ハッ、としてワカヒコは周囲の雰囲気を窺う。

日置の狙撃を妨害してから怒涛の展開で気がつかなかったが、八八式研究所に充満する瘴気めいた呪力が、息苦しいほど濃厚になっていた。ワカヒコは【電子亀甲板】を操作し、正確な呪力指数を確認する。出てきた数値に我が目を疑った。

「は、八十六%……!?　こ、こんな高濃度の呪力指数……!?　とっくに危険領域を……！」

また、〝遺伝子改造〟が吐血した。

「ま、まさか、君のそれは、この呪力によるもの……？　でも、僕にはまだ……？　そうか、耐呪加工されたスーツを着ているから……」

「それだけじゃない……きっと……わたしが……女で……子供だから……」

「女で子供……？」

「女と子供に……強く効果を及ぼすんでしょ……？」

また、ワカヒコはハッとなった。

「コトリバコ……!?　これはコトリバコの呪詛によるものだって……!?」

「フ……フフフ……。もう……みんな、わかったわ……。わたしたちがここに……集められた理由……。あいつ……銃弾を跳ね返された〝過剰な富〟や……自分で死のうとしていた〝貧困〟をわざわざ撃ち殺した……。フフフ……なぜかしら？　なんで、あいつ、任務を放棄しようとしたあなたを……あんなに時間をかけて説得しようとしたのかしら……？　もう、あなたもわかったでしょ……？」

「……わかった」

ワカヒコは苦々しく頷いた。

「わかったから、もうしゃべるんじゃない！」

だが〝遺伝子改造〟は、話し続ける。

「わたしたちは……騙されていたのよ……八番目の〝あの子〟に……。〝あの子〟は一番幼くて、一番の新参者だけど……一番頭がよくて……それで……わたしたちは……夢を見させられてしまった……」

「夢……?」

「……箱船があるんだって……。大人のルールの外側へと漕ぎだせる箱船があるんだって……。わたしたちは、滅びゆく大人たちの世界から逃れでて、新しい世界を担う選ばれた特別な子供なんだって……そういう夢……。ああ……だけど……」

血塗れの〝遺伝子改造〟の顔が、寂しげに微笑んだ。

「……この船はやっぱり葦船だったのね……。世界に必要とされなかった子供たちを、世界の外側に流し捨てる……葦船……あら?」

ワカヒコの涙がポトポトと〝遺伝子改造〟の頬に落ちる。

「あなた……泣いてるの? どうして……?」

「君が……君たちが可哀そうで……」

「可哀そう?」

「だって……! だって君たちはまだ子供じゃないか……! 本当ならもっと長く生きて……! 人生を……!」

フフフ……と〝遺伝子改造〟はワカヒコを笑った。

「それは違うわ。可哀そうだなんて言わないで……。いい? わたしたちは、どんな子供たちよりも好き勝手に生きたわ……。短くてもね、それはちゃんと人生だったのよ……。可哀そうな命なんてないの。どれだけ異常でも……どれだけ短くても……命は命。人生は人生。可哀そうなんて……わたし、誰にも言われたくないわ」

よろよろと〝遺伝子改造〟が立ち上がった。

「立っちゃダメだ！」

「なんで……？　立たせてちょうだい。見て、この体。耳は蝙蝠……鷹の目……脚はカラカル……尻尾はヨロイトカゲ……翼はハヤブサ……シャコの腕……。わたしが、わたし自身で作った完璧な体なの……。もうすぐこの体は、コトリバコの呪詛で内臓が引き千切れ、使い物にならなくなるわ……。最後にこの体で立たせてちょうだい……。戦わせてちょうだい……！」

部屋の出口へ向かい四本足で立った人造の少女は、もうよろめいていなかった。生物史上最強の動物に相応しい気高い立ち姿だった。

一度、振り返り、〝遺伝子改造〟はワカヒコにこう告げた。

「大鵺《オオヌエ》ルル……」

「え？」

「まだ、教えてなかったわね。わたしの本名、大鵺ルル。さよなら、ワカヒコ。わたしの会った、最初で最後の〝本当の大人〟……」

廊下では、ハンドガンを撃ってくるワカヒコを幻影と見破った日置が、ライフルを構え、悠然と部屋へ近づいてきていた。そのライフルには、すでに呪が籠り、青く妖しい光を放っている……。

廊下へふらりと〝遺伝子改造〟が歩みでた。血みどろになった少女の顔が、キッ、と歩みくる日置を睨んだ。

にいっ……と、日置は、迎え撃つように残忍な笑みを顔へ刷かせた。

タッ、と床を蹴って、弾かれた矢のごとく〝遺伝子改造〟は疾走する。

日置は沈着に、ライフルを構えた。スコープは、正確に〝遺伝子改造〟を捉えている。ライフルに込められた呪は〈通矢三十三間〉。確実に〝遺伝子改造〟を撃ち抜いて今度こそ始末をつけるつもりだ。〝遺伝子改造〟が回避し得ない距離まで引きつけ、トドメを刺す……！

徐々に縮まる距離――徐々にと言っても数秒のこと。瞬く間に十五メートルまで肉薄する。

「今だ！」と、日置が引き金を引こうとしたとき――。

――〝遺伝子改造〟がふたりになった。

「なっ……!?」

幻影!? ワカヒコの作った幻影!? どちらが本物だ!? もし偽者を撃ったなら、二射目を撃つ前に、距離を詰められる!? 間違えるわけには……！

日置の思考を刹那のうちに駆け巡った逡巡の念。その刹那の躊躇いがすでに命取りだった。

――ゴオオオオオオオオオッ！

〝遺伝子改造〟が獅子のように吼えた。その圧迫が、日置の身を僅かに仰け反らせる。引き金を引いて発射された光線は虚しく〝遺伝子改造〟の肩先を掠め、斜め上方へ流れていく。

「しまっ……」

〝た〟と、言わんとしたその顔面に、高速の拳が炸裂した。〝遺伝子改造〟の脇から生じている甲殻類のごとき腕から放たれた拳――二十二口径銃弾に匹敵する威力のパンチを放つというシャコの遺伝子を組み込んで作りだした拳であった。

人体の骨格を正確に模した擬人式神の顔面が砕け、陥没した。

——ゴオオオオッ！

凄まじい雄叫びが〝遺伝子改造〟の喉奥から放出される。

ドッ！　と、さらに日置の胸に叩き込まれる拳！　ドッ！　続けて腹！　ドッ！　肩！

ドッ！　ドッ！　ドッ！　腰！　腕！　足！　ドドドドドドドッ！

〝遺伝子改造〟の腕が百にも千にも増殖したかのごとき無数の拳の残像を描いて、日置の顔と言わず、胴と言わず、全身余すところなく拳を叩き込んでいく。

——ゴオオオオオオオオオオオオオオオオオオオッ！

砕け散る骨！　飛び散る鮮血！

血を噴き上げているのは、むしろ〝遺伝子改造〟のほうだった。呪詛に侵された彼女の臓腑は、ひしゃげ、千切れ、全身から血を噴きだしていた。

血ダルマになってなお、彼女は拳を打ち込み続けていた。

刹那の命を輝かせんとするがごとく！　打ち上げた花火が瞬時に大衆を魅了せんとするがごとく！　セミが羽化した後の僅かな時間を懸命に鳴くがごとく！　数日で散る花が繚乱と咲き乱れるがごとく……！

パッ！　と、擬人式神の全身が、完全に粉砕され、ガラスのごとく散った。

キラキラと舞う破片の中、〝遺伝子改造〟がゆっくりとくずおれる。

徐々に薄れていく意識の中で〝遺伝子改造〟は、微かに波の音を聞いた。

──ああ、箱船が見えたよ。

そんな声が聞こえる。

おりしも黎明の太陽が海原を輝かせ始めた頃だった。

七人の子供たちが海原に浮かぶ箱船を指さしてはしゃいでいる。

子供たちは顔を見合わせ、このあとにおこなう壮大ないたずらを思い、ニカッと笑う。皆、いい顔をしていた……。


──〝遺伝子改造〟、本名・大鵪ルル、八歳、死去。残りZメンバーひとり。

CHAPTER 13

【匚《ハコ》】

『オキナガ……無事か。オキナガ……起きるのだ……。オキナガ』

私の名を繰り返し呼ぶ冷たく厳しい女の声に、私は目を覚ました。

目を開けた途端——世界が歪んで見えた。

「うっ……」

まだ悪夢の中にいるのかと思った。

凄まじい嘔吐感。私はその場に胃の内容物を吐きだした。

ズキズキと頭が痛む。気分が恐ろしく悪い。目に映る世界は、度の合わぬ眼鏡でもかけたかのように歪んで見えていた。眩暈がした。

空気もまた淀んで感じられる。肌に粘つくようだ。空間が汚染されている。こんな高濃度に呪詛汚染された空間は初めてだった。耐呪加工されたスーツを纏っていなければ、無事ではいられないのではないか……？

『目覚めたか、オキナガ』

また声がした。私の脳裏に直接響いてくる声。念話だ。聞こえるたびに頭痛が強まる。この声は——。

『私だ。イザナミだ』

「イザナミ……課長……？」

【誰ソ彼】を通じて本部から念話を送ってくださっているのか……？

「ああ、イザナミ課長……わ、私は……？」

記憶が曖昧になっていた。私は……私は……？

任務を受け、八八式研究所に潜入し……〝麻薬中毒〟と交戦中に〈夢想〉を発動して……意識喪失状態になって……そのあと……そのあと……？　ああ、そのあと、私は太之巫女に就任し、惟神の日々を送り……神へ不義を働き……我が子を……。

我が子を……我が子を……我が子を……！　ごめんなさい……！

「あああっ！　ごめんなさい！　ごめんなさい！」

『落ち着けオキナガ』

イザナミ課長の冷徹な声が私を我に返らせる。

「も、申し訳ありません……。取り乱して……」

『オキナガ、おまえは、呪詛汚染された毒ガスを吸引し、意識を失ったのだ。日置に介抱されて肉体のダメージは治癒したが、精神に微量の呪詛が入り込み、急性呪詛中毒に陥っていた……』

急性呪詛中毒……？　普段以上に現実感のある悪夢と気分の悪さはそれか……。

「へ、日置は……どうしました？」

『行動不能になったおまえをここに残して任務を続行していた』

私は歪んだ周囲の風景を見回した。三畳ほどの狭い部屋だ。その部屋のソファの上に横たえられていたらしい。

『だが、今しがた殉職した』

「え……？　日置が……」

私は耳を疑う。

『ソバカリもだ。だが、彼らは自らの命と引き換えに〝環境汚染〟〝人体実験〟〝人権侵害〟〝麻薬中毒〟〝過剰な富〟〝貧困〟〝遺伝子改造〟――テロリストどもを見事に討伐してくれた。残るZメンバーはひとりだけだ』

ひとり……。みんな死んだ、仲間も……敵も……。古熊もソバカリも日置も……。

「ワカヒコは……？　ワカヒコはどうなりました？」

『ワカヒコか……』

イザナミ課長の声が苦々しいものに変わった。

『ワカヒコは任務を放棄し、Zに寝返った』

「ワカヒコが……？　信じられません……！」

『私も信じられん。だが事実だ。もしかすると敵に洗脳されたかもしれん。粛清する必要があるな……』

「しゅ、粛清……」

『だが、それは後回しだ。体感しているだろう？　八八式研究所内の呪力指数が危険な領域に到達している』

ああ、そうか、この空間の歪みの原因がそれか。確かにこれは異常なレベルだ。

「なぜ、こんなにも……？」

『いよいよ、Ｚがコトリバコの呪力を解放し始めたのだ。早急に残る最後のＺメンバーを抹殺し、研究所を脱出するのだ』

「最後のメンバーを抹殺……私が……」

最後のメンバーを……〝子供〟を……抹殺……。

――ザザッ……！

私の脳裏に、ノイズのごとく念話とは異なる声が響く。

（――ごめんなさい　と　おもっているのに　どうして　〝はこ〟が　こんなにふえてるの？）

――ザザザッ……。

一瞬過って消える七つの箱のヴィジョン。子供の死体が入っている……。

――ザザ……ザザザッ…。

私は、側頭部を押さえる。浮きでる脂汗で、私の髪はべっとりと濡れていた。

「ご、ごめんなさい……ごめんなさい……ごめんなさい……」

『何がごめんなさいだ？』

「さ、最後のＺメンバーは、ちょ……直接、手を下す必要があるのでしょうか？　これだけ濃厚な呪力汚染の中にいては……最後のＺメンバーも無事では……」

『ダメだ。最後のメンバーは、メインサーバールームから八八式研究所をハッキングし、全システムを掌握している。結界を解除することもできるのだぞ』

「結界を解除……？」

『自暴自棄になった最後のメンバーが、結界を解除したらどうなる？　現在、研究所内に満ちているコトリバコの呪詛が、すべて日本国へと流れ込んでいくぞ』

想像する。

内臓が、ねじれ、千切れ、全身の穴という穴から血を噴きだす人々。積み重なる死屍累々……。その中には……子供も……。

——ザザザッ……。

子供……！　赤ん坊も……！　死ぬ！　子供も死ぬ……！

——ザザ……ザザザザ……ザザッ……。

フッ、と浮かぶヴィジョン。

夥しい数の、箱、箱、箱、箱、箱、箱、箱、箱、箱、箱、箱、箱、箱……。

そのすべてに、子供の死体が入っている……！

——ザザザザザザザザッ……。

「ご、ごめんなさい……ごめんなさい……」

『わかったならいいのだ。さあ、行け。任務を遂行せよ』

「はい……ごめんなさい……」

私は、視界が歪んで回る中、重い肉体を引きずるようにして部屋を出た。

――いけない！　それは、いけない、オキナガさん！

僕は、階段を駆け下りていた。下へ、下へ、一階のメインサーバールームへ。

凄まじい呪力指数。空間の歪み、場の不浄性、空気の呪詛汚染……どれをとっても尋常ならざる領域に突入していた。

定期的に何かが囁き交したり、咽び泣いたりする声が聞こえる。見える景色のところどころに、靄のような人面のようなものが浮き上がっては消えている。当たり前のように霊障が起こっている。

本来、黄泉《よみ》とか冥府とか呼ばれる場所でなければあり得ぬ光景だ。現世にこんな場所が存在していいはずがない。

耐呪加工されたスーツを着ていなければ――なんてことはもう言っていられない。着ていたところで、長くとどまるのは非常に危険だ。自分のように霊的訓練を積んだ者でなければ、とっくに精神を蝕まれて、正気を失ってしまうだろう。いや、すでに僕の精神にだって、なんらかの悪影響が生じていないとも限らない。

――これが史上最強最悪の呪具【コトリバコ】……！

そうだ。わかった。すべてわかってしまった。

徐々に増加した研究所内の呪力指数。だけど、それはグラフにしたならば緩やかな傾斜を描いて少しずつ少しずつ上昇していただろうか？

いいや、たぶん違う。あるタイミングごとに、ぐん、と上がっていたに違いない。

そのタイミングとは――Zメンバーが死亡したタイミングだ。

Zが死ぬごとに……子供が死ぬごとに呪力指数が上昇した。

ああ、そうだ。八八式研究所ではコトリバコ製造の実験をおこなっていた。八八式研究所はコトリバコを製造する施設……！

つまり、今回の一連の事件は、コトリバコ製造のための儀式。

犠牲にする子供の妖力が高いほど、強力なコトリバコが完成すると『コトリバコ製作秘伝書』にあった。

だとすれば、全員が怪異的異能力者であったZの子供たちほど最適な生贄はいない。Zメンバーたちが、この八八式研究所に誘き寄せられたのはコトリバコを製造するための生贄として。

僕らイヤサカは、Zメンバーたちを生贄に捧げる執行官としてここに派遣された。つまり――。

――この八八式研究所自体が巨大なコトリバコ……！

Zが研究所を襲撃した際、所長が古びた寄木細工の箱を開き、そのときから研究所に原因不明の呪力の充満が始まったそうだ。

たぶんだけれど、所長の解放した箱は、隠岐島からコトリバコが伝えられたとき、呪術師が所有していた原初のコトリバコだったんじゃないか？　そして、それは八八式研究所全体をコトリバコ化させるための起爆剤としての役目を果たしていたに違いない。

昔、空になった缶詰のラベルを内側に貼ることによって「宇宙全体を缶詰に閉じ込めた」と主張した前衛芸術家がいた。マクロな空間をミクロな空間へ変換する逆転の発想。非常に呪術的な発想だ。

所長のおこなったのは、これの反対と言えるのかもしれない。八八式研究所という巨大な箱の内側で、小さな原初コトリバコを開くことによって、コトリバコの内側の空間を研究所全体へと拡張させた……。

犠牲にした子供の人数が多いほどコトリバコの呪力は増す。ひとりでイッポウ、ふたりでニホウ、三人でサンポウ、四人でシッポウ、五人でゴホウ、六人でロッポウ、七人でチッポウ、八人でハッカイ。この施設内でZメンバーが命を落とすたびに呪力指数が上がっていった理由はこれだ。

現在の八八式研究所内の常軌を逸した状況も納得だろう。だって、ここは七人の子供を犠牲にしたチッポウのコトリバコの内側なのだから……。

強力な怪異的異能を有したZの子供たちの犠牲で作り上げた巨大なコトリバコ。潜航能力を有し、身を隠しながら世界のどこにでも移動でき、備え付けられた【誰ソ彼】によって、随意の国家へ莫大な呪詛を送信できる最強最悪の呪的サイバー無差別大量殺戮兵器――。

――それこそが【新コトリバコ】……。

Zメンバーはもうひとりいる。他のメンバーから〝あの子〟と呼ばれている八番目の大罪の名をコードネームとした子供。

その子が殺害されれば、禁忌とされ、いまだかつて製造されたことのない、八人の子供を犠牲にした最悪の呪具〝ハッカイ〟が完成する。

先ほどから僕の脳裏には、ノイズ交じりの念話が聞こえていた。イザナミ課長からオキナガさんへ送られている念話だ。

イザナミ課長は、僕の【誰ソ彼】が壊れたままだと思っているのだろう。実際、壊れたままだ。聞き取りづらいノイズみたいな念話を受け取れるだけで、こちらからは送ることができない。だけど受信はできている。

イザナミ課長は、オキナガさんへ最後のZメンバーの抹殺を命じた。オキナガさんは、それを受け、サーバールームへ向かっている。

——絶対に止めなければならない……！

【新コトリバコ】のような大量殺戮兵器がこの世に生みだされてしまうことの是非なんて、僕ごときにわかるはずがない。だから、僕が止めなければと思うのは【新コトリバコ】の完成じゃない。

——オキナガさんに、子供を殺させることだ。

コトリバコとは、幼い子供の怨念を媒体とした呪詛だ。子供や女により強く影響を及ぼすのは、子供同士の親和性、そして母になる女に対する親和性だ。

【誰ソ彼】を通して垣間見たオキナガさんの心的外傷は、恐ろしくコトリバコの怪異《エモクロア》と親和性が高い。

すでにオキナガさんの精神と魂は、コトリバコと共鳴し、怪異に侵食されている。

そんなオキナガさんが、自らの手で子供を殺めたりなんてしたら、彼女の魂は閾値に達し〝逸脱〟——怪異に呑み込まれてしまう……!

——だから、いけない! それは、いけない、オキナガさん! オキナガさん!


——オキナガさん……オキナガさん……オキナガさん……!

名を呼ばれた気がした。だが、歪みに歪みきった世界の中、幻聴ならば先ほどからいくらでも聞こえている。

私はふらつきながら階段を下っている。下れば下るほど、粘性の強い闇と穢れの底に潜っていっているようだ。

ああ……これはあれだ……。

——我が子の箱の中に詰まっていた濃厚で凝縮されたヘドロみたいな闇……。

あれと同じ感じだ……。もしかして私は、あの箱の中にいるのか……。

あの子が呼んでいるのかもしれない。

自分を殺しておいて、母だけが生きている理不尽を恨み、呼んでいるのかもしれない……。

おまえもこっちにこい……おまえもこっちにこい……と。

ああ。ごめんなさい……ごめんなさい……ごめんなさい……。

階段を下りきった。八八式研究所の最下層。深海底のごとき静寂と闇に沈んだ廊下を、私はサーバールームへ向かって歩く。

私の手は自然と腰の刀の柄へとかかる。

ああ、だけど、どうしてだろう。こんなにも刀を頼りないと思うなんて……。

この先で待っているものは、刀でどうこうできる存在ではない——そんな気がしてならないのだ……。

サーバールームの扉が見えてきた。そこへ歩む私は、まるで魅入られているようで、二度と戻れぬ黄泉への道を歩まされているような、そんな気がする。

扉に辿り着く。私は慎重に、その扉を開いた……。

部屋には、それこそ濃厚で凝縮されたヘドロみたいな闇が籠っていた。

闇の奥に、ぼんやりとちっぽけな生き物が浮いている。

「ひっ……！」

私は魂の深奥から湧き上がる恐怖に、引き攣った悲鳴をあげた。

それは裸の赤ん坊だった。赤ん坊が、自らの膝を抱えて、丸まるような体勢で浮遊している。

その目が、ぎょろりと私を見た。

『来たか、イヤサカよ。私が八番目の大罪——〝汚い爆弾〟だ……』

八箱目【コトリバコ】

闇に浮遊しているかに見えた赤ん坊だったが、それは動転したオキナガの精神が見せた錯覚だった。

正しくは、サーバールームの中央に据え置かれた大型のガラスシリンダー――それに満たされた培養液の中に、生後一年にも満たない赤子が裸で浸かっていたのである。

赤ん坊の頭部にはコードが接続されており、そのコードはシリンダーの外まで延びて、八八式研究所の全システムを掌握するコンピューターへと繋がっていた。

「あ……あ……あ……」

恐怖の極致といった表情で、オキナガが後ずさった。

箱状の建物の最奥で待っていた赤ん坊……。それは、まさにオキナガの心的外傷が悪夢のままに具現化してそこにいるかのようだった。

「ごめんなさい……ご、ごめんなさい……」

『何を怯えるか、イヤサカの女よ……』

声は、直接の音声ではなく念話としてオキナガの脳裏に響いた。研究所のシステムと繋がっている赤ん坊は、当然、通信室の【誰ソ彼】とも繋がっている。そこを経由して念話を送っているのだろう。

オキナガの足がガタガタと震えていた。

『何を怯えるか』

　もう一度、赤ん坊――最後のZメンバー〝汚い爆弾〟は言った。

『私を見ろ……。まだ生まれて間もない私は、人や機械の手を借りねば物を動かすことすら敵わぬほど無力だ。いいや、この培養液の外では生きていけぬほどに儚い存在なのだ……。むしろ怯えるべきは私であろう……』

　脳裏に響く朗々たる声色は、到底新生児とは思えなかった。

「しゃ……しゃべって……」

『そのように作られたのだよ。大人たちによってな』

　忌々しげに〝汚い爆弾〟は言った。

『私はとある実験所で作りだされ、過剰な知能を与えられた人工の生命体だ。その実験所で、実験体である私がどのような扱いを受けてきたか……などということは今更語るまい……。ただ、これだけは言おう。私は、私を尋常な命として生みださなかった大人たちを憎んでいる！』

　ビクッ！　と、オキナガの身が竦んだ。

　まるで、我が子にそう言われたかのようだったのだ。

「ご……ごめんなさい……ごめんなさい……」

『なぜ、怯える！』

〝汚い爆弾〟が怒鳴った。ぼこぼこっと培養液が泡立つ。

『なぜ、作っておいて怯える？　なぜ作っておいて恐れる？　なぜ作っておいて蔑む？　なぜ作っておいて玩弄する？』

「ごめ……ごめんなさい……ごめんなさい……！」

『Ｚは、皆、そのような理不尽を抱いていた。ゆえに、私はＺの理念に賛同し、一味へと加わった。が、ここで私は白状しよう。私は彼らを利用していた』

「利用……？」

『八八式研究所の存在をＺの皆に教え、ここを乗っ取るようそそのかしたのは私だ。この施設は核兵器を搭載した潜水艇であると。研究所を奪ってアジトにすれば、大人たちの干渉を受けない子供だけの独立国家を創りだせるぞ……と』

「…………」

『彼らは乗り気になってくれた。だが、私の目的は独立国家の創建などではなかった。この施設に保管されてあるコトリバコの呪力を解放し、大人たちへ復讐することにあったのだ』

ぼこぼこぼこっ！　と、培養液がまた泡立った。

『ふふふ……。感じるな？　今、この施設には解放されたコトリバコの呪詛が充満している。私がこの施設の結界構築システムを解除すれば、それだけでコトリバコの呪詛が一気に日本の国土に流れ込むだろう……』

「そ、そんなことをしたら……あなたも無事では済まな……」

『重々承知だ。異常な生命として作りだされた私に、この世への未練などあるわけなかろう……。だが、まあ、私の入っているこの培養シリンダーは高度な耐呪加工が施されてあってな。

いつまでも……とは、言わぬが、コトリバコの呪詛が大人どもの築き上げた日本の国土を蹂躙《じゅうりん》する光景くらいは見物しきれるだろう……』

「コトリバコが……国土を蹂躙……ううっ……！」

オキナガは額を押さえてふらついた。嘔吐感を覚えたのか、うえっ、と喉を鳴らしたが、先ほど胃の中身をすでに吐きだしていたオキナガの口からは何も出てはこなかった。

「大人だけじゃない……こ、子供も……あ、あ、赤ん坊も……死ぬ……！」

『――オキナガ』

脳裏に響いた声は〝汚い爆弾〟の声ではなく、冷たい成人女性の声だった。

「イザナミ……課長……」

『倒せ』

「倒す……？」

オキナガが顔を上げて、あらためて〝汚い爆弾〟へと目をやる。

「ご、ごめんなさい……わ、私には……できませ……」

『なぜだ？』

「あ、赤ん坊です！〝汚い爆弾〟は赤ん坊です……！」

オキナガは喚き散らした。

「やはり……私に赤ん坊を殺すことなんて……！」

『オキナガ！』

イザナミが叱咤した。

『赤ん坊と思うな！　国土を侵し、大虐殺をおこなわんとする怪異だと思え！　国土を脅かす怪異の討伐はイヤサカの使命であろう！』

「しかし……！」

『思え！　その目の前にいる敵を倒さねば、もっともっと多くの子供が、赤子が命を落とすことになる！　その命を救えるのは、おまえしか……！』

——タタタタタッ！

軽快な射撃音が鳴り渡った。咄嗟に飛び退くオキナガ。その足元に数発の銃弾が撃ち込まれた。

ハッ、と部屋の四隅へ目をやるオキナガ。四隅にひとつずつ、計四つの監視カメラがあり、カメラには小型の機関銃が搭載されていた。監視迎撃システムだ。オキナガを撃ったのは、そのうちの一台である。〝汚い爆弾〟が動かしたのだ。

『むざむざと倒されはしない……』

〝汚い爆弾〟がこう告げると同時に、四隅の監視迎撃システムが、一斉にジジジ……と動く音がした。四つの小型機関銃すべての銃口がオキナガひとりに向く。

サッ、と剣士の本能が、反射的にオキナガを抜刀させた。共鳴刀【玉響】を中段につけたオキナガは、心中の迷いが薄らぐのを感じる。攻撃されたことが、逆にオキナガの心を決めさせた。

『やるのだ、オキナガ……！』

イザナミの声が脳裏に響く。

培養シリンダーまでの距離はほんの五メートルといったところだ。オキナガの腕ならば、培養シリンダーごと中に浮かぶ〝汚い爆弾〟を両断することも可能だろう。

問題は、四つの機関銃がオキナガを蜂の巣にするのが早いか、培養シリンダーに刀が届くのが早いかだ。

ジリジリと隙を窺う時間が経過する。

その間にも、オキナガの心中では様々な葛藤が嵐のごとく渦巻いていた。

――ザザザッ……！

(――ごめんなさい　と　おもっているのに　どうして〝はこ〟が　こんなにふえてるの？)

――ザザ……ザザザ……ザッ……！

七つの箱のヴィジョン。

――ザザザザ……ザザッ……。

(ごめんなさい。ごめんなさい。あとひとつ……)

――ザザザッ！

(あとひとつだけ箱は増える。でも、それっきり。それっきり箱は増えないから。箱は八つでお終い。八つできれば、何百という箱ができるのを防げるから)

――ザザザ……ザザザザ……ザザッ……！

（だから許して！　お母さんを許して……！）

ダッ！　と、オキナガが床を蹴った。

「いけない！　ダメだ、オキナガさん！」

背後からぶつかってきた声が、オキナガの足を止めた。

息を切らし、声を限りに叫んだその声は、ワカヒコのものだった。


「ま、間に合った……。間に合って……よかった……」

ぜえぜえと肩で息をしながら、ワカヒコが言った。

オキナガは振り返らない。〝汚い爆弾〟へ刀を向けたまま、緊張と臨戦態勢を解いてはいなかった。

「イザナミ課長……。あなたとオキナガさんの念話……【誰ソ彼】で全部聞こえていましたよ……」

ワカヒコがサーバールームへ歩み入ってくる。

『邪魔をするな、ワカヒコ！』

イザナミの苛立たしげな念話が響く。

『今、オキナガを止めれば、コトリバコの呪詛が解放され、国民の多くが命を落とすことになるのだぞ！』

「騙されちゃダメです、オキナガさん」

ワカヒコは、イザナミの言葉を無視するようにオキナガへ語り掛けた。

オキナガは刀を構えたまま押し黙っている。

「イザナミ課長は嘘を吐いています。この研究所のコトリバコはすべて除染されていました。Zも国へ声明文なんて出していない。僕らが招集を受けたのは、Zがこの研究所を制圧する一時間前です。それをイザナミ課長は知っていた」

イザナミが口を挟む。

『オキナガ、裏切り者の言葉に耳を貸すんじゃないぞ。いいか、このワカヒコは〝遺伝子改造〟と共謀して日置を殺したのだぞ』

「その日置さんですが、擬人式神でした」

「……！」

ピクッ、とオキナガの肩が動く。

「操っていたのはイザナミ課長です。それと所長室に倒れていた所長も同様の擬人式神でした。イザナミ課長は、イヤサカと、八八式研究所の、両方に自らの式神を忍び込ませていたんです」

『信じるんじゃないぞ、オキナガ』

ワカヒコは、イザナミの言葉を黙殺し続ける。

「イザナミ課長は、強力な妖力を持った八人の子供——Zを八八式研究所に誘き寄せ、犠牲にすることによって研究所そのものを禁忌であるハッカイのコトリバコに変えようとしています。その赤ん坊を殺してはいけません。殺せば、ハッカイのコトリバコが完成してしまいます！」

『黙れ、ワカヒコ！』

　イザナミが怒鳴った。

『貴様の世迷言《よまいごと》はあとでいくらでも聞いてやる！　今は一刻を争うのだ！　早く〝汚い爆弾〟を倒さねば、日本の国土へコトリバコの呪詛が……』

「いつになったらやるんですか？」

　ワカヒコが鋭く問うた。

『何？』

「オキナガさんが刀を止めてから何分経っていますか？　なのに〝汚い爆弾〟は、呪詛の解放どころか、監視迎撃システムでの攻撃すらおこなっていません。それはなぜですか？」

『……っ』イザナミは一瞬、言葉に詰まった。『テロリストの考えることなどわかるものか！』

「なぜですか？」

　ワカヒコは、問いかける先を培養シリンダーの内へ変えた。

　しばし〝汚い爆弾〟は黙っていたが、やがてこう答える。

『……私たちを犠牲にしてコトリバコを製造しようとしているというその話に興味があった……。が、世迷言の域を出ぬのならこれ以上聞く必要もない……』

「違う」

　ワカヒコは即座に〝汚い爆弾〟の言葉を否定した。

「あなたにはコトリバコの呪いを日本の国土へ解放するつもりなんてない。それにオキナガさんを撃つつもりだってないんです」

『『なんだと……？』』

〝汚い爆弾〟とイザナミの念話が重なった。

「イザナミさん、あなたは日置さんを操っていたとき、銃弾を跳ね返されて倒れた〝過剰な富〟や、自ら命を断とうとした〝貧困〟を、わざわざ射殺したそうですね？　どうしてそんなことをしたんですか？」

『…………』

「理由を言いましょう。自殺させないためです」

『…………』

「『コトリバコ製造秘伝書』にこうありました。『子供を犠牲にする際には〝他殺〟でなければならない』と。あのまま〝過剰な富〟や〝貧困〟が死んでしまえば、それは自殺になり、コトリバコの生贄としてカウントされないからです」

『…………』

イザナミの沈黙に、ワカヒコはどんどん言葉を重ねていく。

「それと、イザナミさん、またこれも日置さんを操っているときですが、〝遺伝子改造〟と対峙している緊迫した場面で、僕を説得しようとしていましたよね？」

『……だからどうした？』

「擬人式神を操っているあなたは命の危機に直面していない。それに呪力指数の上昇が〝遺伝子改造〟の身を蝕んでおり、彼女がそう長くないことも知っていた。だから、あの場面で重要なのは〝遺伝子改造〟を倒すことよりも、僕を説得することだったんです。いや、むしろ〝遺伝子改造〟を倒してしまったあとでは、彼女と行動を共にしていた僕を説得するのは難しいと思ったんじゃないですか？」

『…………』

「あの時点で、古熊さんとソバカリさんが倒されていました。それにオキナガさんも意識不明になっていましたし、過去のトラウマの影響で今回の任務の遂行が危ぶまれていた。最後のZメンバー〝汚い爆弾〟を〝他殺〟できるのは僕しか残っていなかったんです。だから、僕を説得しようとした」

　ワカヒコは〝他殺〟という言葉を意図的に強調していた。

「だけど、おかしいですよね？　日置さんを使って〝汚い爆弾〟を抹殺してはなぜいけなかったんですか？　それにいくらシリンダーに高度な耐呪加工が施されてあったとして、これだけの濃度の呪詛の中で長時間無事ではいられません。ほっといても〝汚い爆弾〟は死ぬんです。戦闘員でもない僕をわざわざ説得して手を下させる必要はないはずなんです。理由を考えればひとつしかありません」

　イザナミが、くっ、と喉を鳴らす音が聞こえた。

「日置さんが手を下せば、そして呪詛で死んでしまったら〝自殺〟になってしまうからです」

『『…………ッ！』』

ガバッ、とこのときようやくオキナガが振り返った。

「どういうことだ、ワカヒコ……？」

「八八式研究所内にコトリバコの呪詛を放ったのは所長です。所長も、日置さんも、イザナミ課長の操る擬人式神でした。所長の呪詛で人が死んだ、日置さんが人を殺した、となった場合、これは間接的にイザナミ課長が殺したことになります」

「……ちょ……ちょっと待ってくれ……なら……」オキナガが自分の頭を整理するように、額に手を置く。「日置の攻撃や呪詛で死んだ場合、イザナミ課長が殺したことになる……。イザナミ課長が〝汚い爆弾〟を殺した場合、〝自殺〟になる……。つまり〝汚い爆弾〟とイザナミ課長は……!?」

ワカヒコは頷いた。

「はい。同一人物です」

『『ち、違う！』』

〝汚い爆弾〟とイザナミが同時に叫んだ。重なってしまった声は、むしろワカヒコの推理に信憑性を与えてしまっている。

「正確には、同一人物ではありません。イザナミ課長が、〝汚い爆弾〟の操る擬人式神だったんです」

「えっ……!?」

愕然とオキナガが目を見開く。

「イ、イザナミ課長が……？　擬人式神……？」

『……』

当のイザナミは、言葉を失って、なんの弁解もできないでいる。

「つまり今回の一件は、襲撃される八八式研究所の中に〝所長〟、襲撃するZの中に〝汚い爆弾〟、Zを抹殺するイヤサカの実行部隊に〝日置さん〟、イヤサカへ指示を出す者として〝イザナミ課長〟――たったひとりの人物が、擬人式神を用いて、四役を演じておこなわれたことだったのです」

「じゃ……じゃあ……」

オキナガの口がわななないた。ひとつ頷いてワカヒコは続ける。

「〝麻薬中毒〟しか調合法を知らないはずの治療薬と同じものが、なぜイヤサカにあるのか？　Zメンバーが国家機密である八八式研究所の存在をどうやって知ったのか？　高度な結界呪術に守られた八八式研究所にどうやってZは入り込んだのか？　それぞれの勢力に同じ人物が入り込んで通じ合っていたと考えれば、何ひとつ不思議じゃなくなります」

おずおずとオキナガは、培養シリンダーへ目を移す。そこには、変わらず裸の赤ん坊〝汚い爆弾〟が浮いていた。

「おまえは……何者なんだ……？」

オキナガが〝汚い爆弾〟へ問いかけた。

「実験室で高度な知能を与えられた……？　だ、だからって……そんな幼くして、高度な擬人式神の技術を……？」

『………』

〝汚い爆弾〟は答えない。

「オキナガさん、さっきこの赤ん坊の言った、実験所で作られただの、大人への復讐だのといった話は全部嘘です。だって考えてもみてください。こいつは、生後一年も経っていない赤子です。イザナミ課長や日置さんにオキナガさんが初めて会ったのはいつですか？　一年以上前でしょう」

「あ、ああ」

オキナガは頷いた。

「新生児の肉体で、精巧な式神人形を作製し、八八式研究所やイヤサカの人間とすり替えるなんて不可能です。こう考えるしかありません。こいつは、イザナミ課長や日置さん、所長の擬人式神を用意したあと、赤ん坊の肉体に憑依したんです」

「憑依……!?」

「〝汚い爆弾〟は、そういう存在なんですよ。魂に関する術の蘊奥《うんのう》を究め、肉体から肉体へ憑依を繰り返し、幾世代も生き続ける……そういう存在……」

古い占家の出であるワカヒコは歴史上そういう存在が幾人かいることを知っている。武内《たけのうちの》宿禰《すくね》、彭祖《ほうそ》、サンジェルマン伯爵、さまよえるユダヤ人……。

「そうですよね？　〝汚い爆弾〟……いいや」

ワカヒコは、培養シリンダーの赤ん坊をキッと睨んだ。

「――隠岐正義さん」

ボコッと培養シリンダーが泡立った。

「隠岐……正義……？」

オキナガが初耳の名に当惑を見せた。

「オキナガさんも知りませんか？　イヤサカの初代代表です。そして、コトリバコの製造法を隠岐から伝えた呪術師の名もまた隠岐正義です」

「待て。コトリバコが伝来したのは幕末……」

「ええ。だから同姓同名の別人と思いました。ですが、憑依を繰り返し現代まで生き続けていたとすれば、意識を同一とする人物と考えることもできます。コトリバコのような史上最上級の呪物の製造法を知るほどの死霊術師ならば、自らの魂魄を意識を保ったまま次代に憑依させていくのも可能かもしれません」

ボコボコッ……。またシリンダーが泡立った。

「隠岐正義は、国に『新国防提案書』というものを提出し、それに他国からの侵略に対する抑止力として核兵器に匹敵する威力を持ち、国際法上規制され得ない〝非物理的最終兵器〟【新コトリバコ】の開発を提言しています」

ボコボコボコッ……。

「その提言が受け入れられたのかどうかはわかりません。だが、隠岐正義は、【新コトリバコ】

の開発を諦めなかった。用意周到に各組織に擬人式神を潜入させ、ついに実行に移した……。そうですね？　隠岐正義さん」

　ボコボコボコボコボコボコボコボコッ！

　沸騰したかのごとく激しく培養シリンダーが泡立った。シリンダーの内より、赤ん坊が妖しく輝く眼差しでワカヒコを睨みつけていた。

『――いかにも』

　ワカヒコとオキナガの脳裏に響いた念話は、しわがれた老人の声だった。

　赤ん坊の肉体に宿った隠岐正義の声だ。

　イザナミの気配がいつの間にか消えている。正体の知れた今、擬人式神を操り、一人二役を演じる煩わしさを捨てたのだろう。

『卜部ワカヒコ――君は実に優秀な隊員だ。ゆえに配下に置いたのだが、いささか優秀すぎたようだな……』

「…………」

『いかにも私は、コトリバコの製造法を編みだした呪術師であり、初代異形厄災霊査課課長の隠岐正義である。ワカヒコ君、君の指摘に誤りはない。私は、君たちを、八八式研究所職員たちを、Ｚの子供たちを謀り、犠牲にし……【新コトリバコ】を製造せんとした……。が――』

　ボコボコボコボコッ！

『――それらはすべてこの日本国を護らんがため！』

念話は、ものぐるおしいまでの熱を帯びていた。

『ああっ！　私は幕末の動乱期、諸外国の介入により徳川三百年の太平が破られるのをこの目で見た！　アメリカが鎖国を破り、イギリスとフランスとが内紛を煽り、幕府政権を瓦解に導いた！　よいか、明治維新を起こしたのは討幕の志士などではないぞ！　海外列強国だ！　皇国の歴史は外国によって動かされたのだ！』

「…………」

『私はそのとき、思ったのだ！　このままでは、いずれ神国の国土は侵略を受ける！　ならば我は肉体を持たぬ亡霊となろうとも、とこしえに、この国を守護し奉らんと！　以来、私は我が死霊呪術の粋を尽くし、肉体を捨て、憑依を繰り返し、何世代にもわたり、この国を見守り続けてきたのだ！　ああっ！　しかし――』

ボコボコボコッ……！

『太平洋戦争での敗北！　目の当たりにした圧倒的な核兵器の力！　戦後、表向きは独立国としての体裁を保っている我が国だが、その実、軍の保有も、核の所持も許されず、アメリカの属国に等しいものに成り下がっておる！　再びこの国は皇国の誇りを取り戻さねばならん！』

ボコボコボコッ！

『肝要なのは、軍でも核でもない圧倒的な抑止力の保持！　平成に再興された神祇省へ入り込んだ私が、怪異の鎮圧を名目に呪的特殊部隊イヤサカを設立したのも、その一環！　だが、それだけではまだまだ不十分！』

「それで【新コトリバコ】の製造を？」

このワカヒコの問いは、どこか反発的なものが含まれていた。

『いかにも！　提言したのだよ！　私の提言は、一時期受け入れられ、八八式研究所が建設されたのだ！　しかし、だ！　間もなくして神祇省内の私とは異なる派閥――宮内庁と繋がりの深い連中が横槍を入れてきたのだ。卑しくも神国日本が護国の手段として忌まわしき死霊術を用いるとは何事か、と。いずれ、皇国の聖性を侵す大きな穢れとなるやもしれぬぞ、と……！』

隠岐正義の声色に激しい怒りが垣間見える。

『これにより【新コトリバコ】の開発は取りやめとなり、八八式研究所は、回収した十六のコトリバコの除染のみに専念するよう通達を受けた。が、私は諦めなかった！　秘密裏に【新コトリバコ】の開発を続行することにしたのだ！』

「…………」

『しかし、ここでまた私の前に困難が立ちはだかる！　研究所の職員の中に【新コトリバコ】開発に反発する者が現れ始めたのだ。研究所で秘密裏におこなっていることを告発するぞと、脅迫してきたのだ。私は焦った。無論、告発されることに焦りを覚えたわけではない。思え、近年のキナ臭い国際情勢を。そう遠くない未来、第三次世界大戦の火種となり得る戦が、ごく近隣の国で始まるだろう。その際、この国を守るのは、強大な抑止力だ。【新コトリバコ】だけなのだ！　職員の反乱などで開発を遅らせるわけにはいかん！』

「…………」

『幸い【新コトリバコ】は理論の段階ではすでに完成しており、実現させるのみとなっていた！ 私は古き肉体を捨て、かねてより用意しておいた赤子の肉体に憑依し、Zの一員となりつつも、八八式研究所やイヤサカに残してきた擬人式神を操作し、すべての段取りをたったひとりで調えた！ そして、あと一歩なのだ！』

シリンダーが泡立ち、赤子の双眸がギラッと輝いた。

『――私を殺せ！』

熱に浮かされた念話がオキナガとワカヒコの脳裏に響く。

『八人目の私が〝他殺〟されることにより、最強の呪物〝ハッカイ〟の【新コトリバコ】は完成を見る！ 私には意志を残しながら憑依を繰り返す能力がある！ 殺されて、呪物に呑み込まれても私の意志は消えぬ！ いいや、私は【新コトリバコ】そのものとなるのだ！ 最強の呪物と一体になり、未来永劫、皇国を守護し続けるのだ！』

ボコボコボコボコッ！ と、凄まじい勢いで培養シリンダーが泡立った。

『さあ、殺せ！ これは命令だぞ、オキナガ！』

「こ、殺す……」

刀を持つオキナガの手が震えた。

オキナガの脳裏に語り掛ける念話の声は、尊大な老人のもの。今、目の前にいる存在が、数百年を生きる国防思想に取り憑かれた邪術師であることもわかった。

「あ……あ……」

オキナガの身の震えが、痙攣するがごとく高まる。顔中から脂汗が滲みでる。

シリンダーの培養液に浸かっている存在は、やはり――赤ん坊だ。箱の底の暗闇でオキナガを待っていた赤ん坊……。亡くなった我が子と重なった。

（……また……〝はこ〟をふやすの……？）

そんな声が脳裏を過る。斬れない。体が動かない。

『躊躇うな、オキナガ！　国を守るためなのだ！　おまえの一太刀が最強の抑止力をこの国にもたらし、戦の火種を除くこととなるのだぞ！　第三次世界大戦が勃発すれば、多くの幼い命が奪われる！　結果的におまえはたくさんの子供の命を救うことになるのだ！』

「子供の……命を救う……？」

かつて救えなかった我が子の命……。たとえ何百という命を救ったところで、我が子ひとりを失った苦痛が癒えることはない。だけれど、何百という母が、自分と同じ苦痛を味わうことを防げるのならば――。

「耳を貸しちゃダメです、オキナガさん！」

ワカヒコの凛とした声が飛んできた。

「隠岐正義が作ろうとしているのは大量虐殺兵器です！　そんなものを作ることに、手を貸したりなんかしちゃいけない！」

『黙れ！　【新コトリバコ】はあくまで国防のための抑止力！　使うことはない！　あくまで

も戦を回避し、平和を維持するためのものだ！』

「オキナガさん、この男の口にする平和がどういったものか考えてください！　この男は、Zの子供たちだけじゃない、八八式研究所で何人もの子供を実験体として犠牲にしているんです！　八八式研究所の職員が【新コトリバコ】開発に反発したのは、その罪悪感に耐えられなかったからですよ！　この男は、その職員たちすらもZを使って皆殺しにしたんです！」

『反逆者どもを粛清するのは当然であろうが！　第一、実験体とした子供たちは、皆、身寄りのない、養育を放棄された子供たちばかりだ！　そのまま育ったところで、大半が非行に走り、最終的に反社会勢力に加わるであろうことが予想される子供だぞ⁉　実験体として国防の礎としてやったほうが、彼らの命も報われるとは思わぬか……⁉』

オキナガの身が、ジリリ……と退いた。

隠岐正義は、自分の失言に気がつき、うっ、と声を呑む。

「わかりましたか、オキナガさん」

ワカヒコがオキナガへ語り掛ける。

「今の隠岐正義の言葉こそ、彼の命に対する認識です。意見の異なる者は粛清する。社会に馴染めぬ者に生きる価値はない。そういう思想の人間が語る平和がどんなものかわかるでしょう？　こういう男が本当に【新コトリバコ】を抑止のみに使うと思いますか？」

「………」

オキナガは、まだ判断をつけられず、刀を構え続けている。

『では……無駄にするというのか？』

隠岐正義が言い直す。

『ああ、私は【新コトリバコ】を開発するために多くの犠牲を生んだ。そこは認めよう。実験体となった子供たち、粛清された職員、Ｚたち、それだけではないな、武古熊や穢土ソバカリもまた、命を落とした。その命を無駄にしてよいのか？』

「無駄……？」

オキナガが反応を見せた。

『そうだ。【新コトリバコ】のためにそれだけの人間が犠牲になっている。もう後には引けぬのだ。彼や彼女らの尊い犠牲を無駄にしてはならぬ。彼らの命――ことに子供たちの命に意味を与えるためにも【新コトリバコ】は完成させねばならないのだ』

「命に意味を……」

オキナガが隠岐正義の言葉を鸚鵡《おうむ》返しに呟いた。

その言葉を発している赤ん坊と、我が子の姿が重なっている。

死んだ我が子も同じことを言うだろうか？　自分の命を無駄にしないでくれと懇願するだろうか？　生きていれば夢を持ったかもしれない。恋をしたかもしれない。家族を持ち、子を生したかもしれない。だけれど、幼くして、そのあったかもしれぬ未来を断たれてしまった命……。無駄になってしまった命……。

無駄になってしまった命を、無駄ではなかったことにする……！

すうっ、とオキナガの剣が、中段から八双へと動いた。中段につけていたのは、守りのため。八双に移したのは、抵抗せぬとわかっている相手を介錯するため……。

ズズ……と、オキナガが前へと踏みだす。そこで——。

「命を馬鹿にするのもたいがいにしろ！」

突如、ワカヒコが怒鳴った。その怒鳴り声がオキナガの足を止める。

「命に無駄だとか、無駄じゃないとか、そんな優劣をつけるんじゃない！　いいか！　どんな命も、命である時点で尊いんだ！　おまえが憑依を繰り返しながら、何百年生きてきたのか知らない！　だが、人生の途中で終わってしまった儚い命が、おまえの命と比べて無駄だなんて、そんなことがあるものか！」

「儚い命……無駄じゃない……」

その言葉が、オキナガの心奥に響いた。

「たったの八歳で亡くなったある女の子が言っていたよ。『短くてもちゃんと人生だった。可哀そうな命なんてない。どれだけ異常でも、どれだけ短くても命は命。人生は人生。可哀そうなんて誰にも言われたくない』って！」

「どれだけ短くても……命は……命……」

——生まれたと同時に死んでしまった命でも、命は命……？

——人生は人生……？　無駄ではない……？

——じゃあ、死んだ我が子もまた人生を生きたと、そう思っているだろうか？

「ああ、わかったよ、ルル」

　ワカヒコが虚空に向かって呟いた。

「君たちが憎んでいた大人のルールとはこれだろう？　無駄だとか無駄じゃないとか、そうやって命を選別するデカいだけの赤ん坊の作ったルールだろう？」

　誰かに語り掛けるように言った。きっとそれは、先ほど彼の言った八歳で亡くなった女の子に対してだろう。ワカヒコの胸でその子は生きているのだろう。

　ああ、そうか……。と、オキナガは気がつく。命を無駄にせぬとはそういうことなのだ。亡くなった命とともに生きることなのだ。

「僕は、本物の大人としてそんなものには従わない！　選別したり、切り捨てたり、優劣をつけたりすることをやむを得ないとするような、そんなルールには従わない！　いいか、国を守るために犠牲にしていい命なんてひとつもないんだ！」

　決然と、ワカヒコは言い放った。

　チッ、と隠岐正義は舌打ちをする。

　ワカヒコの言い分にぐうの音も出なかった、からではない。なんて青臭い理屈を抜かすやつだと思ったからだ。

　犠牲なくして国を守れるものか。人を選別せずに平等に扱いきれるものか。自分は、数百年を生きてきたのだ。せいぜい二十数年しか生きていないワカヒコになど見られぬものを見、体験できぬことを体験してきたのだ。

だが、そんな青臭いワカヒコの言に、オキナガは心を動かされている。

問題はそこなのだ。ワカヒコの言などいくらでも論破できるだろうが、論破したところでオキナガの心は動かせぬ。

――時間がない……！

このままでは、八八式研究所に充満する呪詛が、シリンダーの中まで侵食して、隠岐正義を呪殺するだろう。そうなれば隠岐正義は〝自殺〟したことになり、【新コトリバコ】は不完全なものになってしまう。また、隠岐正義の魂がコトリバコと一体になることもできない。

――早く〝他殺〟されねば……！

今、八八式研究所内で隠岐正義を〝他殺〟できる人間は、ワカヒコとオキナガしかいない。どちらかに〝他殺〟してもらわねばならぬわけだが、まずワカヒコはそうしてくれそうにない。

隠岐正義が想定している以上に、ワカヒコは有能だ。何よりも意志が強い。

「監視迎撃システムで撃ち殺すぞ」とか「結界を解いてコトリバコの呪詛をばらまくぞ」と、脅迫して〝他殺〟させようとする手も考えたが、そんな脅迫はワカヒコには通用しなさそうだった。

――やはりオキナガだ……。

オキナガは〝麻薬中毒〟から受けた呪詛と、コトリバコとの共鳴によって非常に精神が不安定になっている。揺さぶりをかけてやれば、言うことを聞きそうだ。

実際、二度ほどオキナガはシリンダーへ刀を向けている。だが、その都度、ワカヒコが邪魔をした。ワカヒコの青臭い言葉が、オキナガには響いてしまうらしい。

——ワカヒコさえいなければ……！

そうだ！　ワカヒコさえ始末してしまえば、オキナガを懐柔するのは容易だろう。

赤ん坊の姿をした隠岐正義を手にかければ、オキナガは過去のトラウマの増大によって、コトリバコの怪異に呑み込まれてしまうかもしれない。

だが、それでも構わぬだろう。永遠《とわ》に皇国を守護する【新コトリバコ】と一体になれるのならば、それはイヤサカ隊員としてこの上ない誉れのはずだ。

——ワカヒコを殺す……！

『では、ワカヒコ君……君に問いたい』

隠岐正義はワカヒコへ念話を送った。これといって意味のない呼びかけだ。ワカヒコの意識を念話に向けさせ、その隙に部屋の四隅に設置された監視迎撃システムの銃口をワカヒコに集める、そのための呼びかけだった。ワカヒコは、機関銃の動きに気がついた様子がない。

『君の思う国防とは？　いかにして諸外国から国を守っていくべきだと思うね？』

照準が合う。内心で隠岐正義はほくそ笑む。

「僕は……」

と、ワカヒコが口を開きかけたとき——。

『貴様に、その答えなどありはしないだろうッ！』

四つの機関銃が一斉に火を噴いた。

「ワカヒコっ!?」

オキナガの驚愕の声。タタタタッ！　と、軽快に響き渡る機関銃の音。

戦闘員でないワカヒコには、射撃を察知する能力も、四方から掃射される弾丸を躱す反射神経もない。ワカヒコは、全身を蜂の巣にされ、血を噴き上げて絶命するかと思われた。が――そうはならなかった。

「なっ……!?」

平然とワカヒコは立っていた。

彼を撃ち殺すはずだった無数の銃弾が、ワカヒコの周囲の中空で、接着されたかのように停止しているではないか……!?

隠岐正義の精神は混乱の極みに達していた。

なんだ!?　何が起こった!?　術!?　術で銃弾を止めた!?　そんな術をワカヒコは持っていたか!?　持っている者と言えば――。

ハッ、と隠岐正義は気がついた。

どうして、今まで気づかなかったのか？　ワカヒコの着ているスニーキングスーツが僅かに膨らんでいる。二枚のスーツを重ね着しているのだ。

理由は容易に想像できる。危険領域に到達した呪力指数の中、耐呪加工されたスニーキングスーツを重ね着することで、呪詛の影響を可能な限り少なくするためだ。

問題は、ワカヒコが誰のスニーキングスーツを重ね着しているのか、だ。古態のものは大きすぎる。ソバカリのは小さすぎる。ちょうどいいのは日置だ。

そう。日置カツラのスニーキングスーツを重ねて着ているのだ。

害意を持って放たれた矢――矢に限らず、銃弾、石礫、ミサイルに至るまで、射出・投擲されたものであればなんであれ、反射して返す【天之返矢《アマノカエシヤ》】の呪の込められたスニーキングスーツを……！

停止する銃弾に囲まれたワカヒコの目には、深い哀れみが籠っていた。

「――犠牲になる子供は〝他殺〟でなければならない……」

直後――停止していた銃弾が、弾けるように跳ね返った。戻る先は銃弾を射出した機関銃ではない。それを操作した隠岐正義にだ。

――無数の銃弾が培養シリンダーに殺到する！

『ぬあああっ！』

シリンダーが砕け散った。培養液が飛び散り、キラキラと舞い散るガラス片の中、赤ん坊の小さな体が宙に舞った。

オキナガの目に、それはスローモーション再生されたかのようにゆっくりと映る。

――ザザザッ……！

フラッシュバックする光景。「神奈川」……。燦々たる太陽に照らされた青い芝生の公園……。白昼夢のように手を繋ぎ、歩み去っていく男と女と子供……。公衆トイレの狭い個室……。そこに産み落とされた早産の……。

トッ、と静かに赤子が床に落ちたとき――。

「いやあああああああああああああああああああっ！」

耳を劈く絶叫がサーバールームに木魂した。

オキナガの目も口も……顔の部品の尽くが恐怖を湛えて開かれていた。その手から刀が落ちて、床で跳ねる。

「いやああああっ！　赤ちゃんが……！　いやあああああああああっ！」

床に落ちた赤ん坊へ駆け寄る。ぴくぴくと微かに動く嬰児《みどりご》を抱き上げた。

「あああ……ごめんなさい……！　あああああ……ごめんなさい……！」

そう繰り返すオキナガの精神は、完全に十五歳の日、ひとり公衆トイレの個室で生きられぬ赤子を産み落としたその瞬間へ退行していた。

「ごめんなさい！　ごめんなさい！　ごめんなさい！　ごめんなさい！」

錯乱して咽び泣くオキナガを、ワカヒコは呆然と眺めていた。

隠岐正義は自身で撃った銃弾を跳ね返され、シリンダーを割られた。銃弾の直撃は受けていないが、培養液の外へ出た隠岐正義は、そう長く生きられぬだろう。

隠岐正義は〝自殺〟したのだ。ハッカイの【新コトリバコ】の製造は、これで失敗に終わり、隠岐正義はコトリバコと一体になることもない。

だけど――。

「ごめんなさい！　ごめんなさい！　ごめんなさい！　ごめんなさい！」

慟哭《どうこく》するオキナガの腕の中で、赤ん坊の動きが徐々に弱くなっていく。

(――だけど、こんな終わり方でいいのか……!?)

オキナガの目の前で赤ん坊がまた死んでいこうとしている。

そんな光景を二度も……二度もオキナガに……!

「オキナガさん!」

ワカヒコが強く名を呼んだ。涙でぐちゃぐちゃになったオキナガが振り返る。

「今度こそ助けましょう、オキナガさん」

「助け……る……?」

「〝命〟を……!」


隠岐正義は死にゆく己の生命を意識していた。

(おのれ……おのれ……おのれ、ワカヒコ……! あと少しで……あと少しで【新コトリバコ】は完成を見……私は皇国守護の英霊となれたものを……!)

凄まじい憎悪と悔恨が隠岐正義の内に渦巻いていた。

が、拘泥《こうでい》しても仕方がないことを隠岐正義は理解している。

(今生においては、失敗であった。だが、私は消えはせぬ。幾度でも憑依し、未来永劫、永遠に日本国を見守り続けるのだ。次こそは、必ずや【新コトリバコ】を──いいや、それ以上に強力な抑止力となり得る呪術兵器を作りだしてみせようぞ！）

間もなく新生児の彼の肉体は死を迎えるだろう。そのとき、隠岐正義の魂は、古き肉体のくびきより解放される。そして、次に宿るべき適当な肉体を探して、浮遊する存在になるのだ。

いたいけな赤子の肉体を乗っ取り、その人生を我が物とする憑霊──国防に執着し、何世代にもわたって他者を犠牲にしてきた隠岐正義は、悪霊と呼ばれる存在にほかならなかった。

邪霊隠岐正義は、用済みとなった肉体から脱出する瞬間を静かに待っていた。

しかし──。

（なんだ……？）

肉体より消えゆかんとする生命が、なぜか漲り始めた。

（どうしたことだ？　何が起こっている？　まさか、これは……？）

口の中に、少しずつ少しずつ流し込まれているものがある。

──【ヤオビク８００】!?

〝麻薬中毒〟が神託によって調合法を知った超回復薬。隠岐正義はその調合法を神祇省に伝え【八百比丘】を開発し、イヤサカに実戦投入させた。

副作用を気にせずに作られているぶん【八百比丘】よりも【ヤオビク８００】のほうが再生効果が強い。少量ずつでも投与され続ければ、小さな赤ん坊の肉体には絶大な効果があるだろう。

さらに隠岐正義は、ワカヒコが脱いだ日置のスーツにくるまれていた。それをオキナガがしっかりと抱きしめることによって、耐呪加工されたスーツ二着に守られる形になり、呪詛汚染を最小限に抑えられている。

（なぜだ？　ワカヒコとオキナガは、私を助けようとしているのか？　なぜ？）

隠岐正義を抱くオキナガとワカヒコは駆けていた。

向かうのは屋外ではない。八八式研究所のどこかを目指している。

何をする？　どこへ行くつもりだ？　なんだ？　何をしようとしている？

オキナガとワカヒコが駆け込んだ場所。そこがどこだかわかったとき、隠岐正義は青ざめた。

（ま、まさか……ここは……!?）

水の流れる音が聞こえた。注連縄で囲まれた人工の池がある。霊水で満たされた池の表面から十六個の台座が突きでており、その台座に大小さまざまな大きさの寄木細工の箱が載っていた。さらに池を取り囲むように照魔鏡が十六個配置されている。

高濃度の呪詛に満ちた八八式研究所の中で、ただ一室この部屋だけが、一切の汚染を受けず清涼な気に包まれていた。

（――除染室……!?）

そう。回収された十六個のコトリバコを除染した部屋である。

隠岐正義を抱いたまま、オキナガが、超強力な除染装置である霊水の満たされた池へと身を浸していく。

（ちょっ……待て！　まさか、おまえたち私を……！）

オキナガは腕の中の赤ん坊を、優しく霊水に浸ける。

途端、隠岐正義の肉体ではなく魂そのものに猛烈な激痛が生じた。

（うぎゃあああああああっ！）

邪霊隠岐正義は、国家最高峰の呪詛除染装置で〝除染〟されようとしていたのだ。

（うぎゃあああっ！　よせ！　やめろ！）

隠岐正義はオキナガの腕の中で身悶えた。だが、オキナガはもう絶対に放さないとばかりにしっかりと隠岐正義を抱きしめている。

ダメ押しとばかりに、ワカヒコが十六個のコトリバコへ向けられた照魔鏡をひとつひとつ隠岐正義へ向け直していく。

破魔の鏡に一斉照射され、隠岐正義の魂は絶叫をあげた。

（うぎゃあああああっ！　やめろ！　やめろ！　私はまだまだ存在し続けねばならぬのだ！　千年、万年、この国の行く末を未来永劫見守り続けねばならないのだ！　こんなところで……こんなところで浄化されるわけには……！　うぎゃああああああああああああああああああっっ！）

断末魔の叫びをあげ、隠岐正義の霊体が消滅していく。

それとともに、今まで一度として赤ん坊の口から発せられることのなかった、赤ん坊ならば当然発せられて然るべき声が、可憐なその喉から発せられた。

「オギャアアアアアアア！　オギャアアアアアアア！　オギャアアアアア！」
子を殺《と》る呪物――巨大なコトリバコの底で、ひとつの〝命〟が高らかに産声をあげたのであった……。

【エピローグ】

あの後、僕とオキナガさんは、呪詛汚染を免れることができる除染室にそのまま籠り、【誰ソ彼】で本部に救助を請うた。

僕とオキナガさんだけならば、脱出も可能だったろうが、赤ん坊がコトリバコの呪詛にやられる危険性が非常に高かったからだ。

呪詛除染作業保護具を纏ったイヤサカ隊員によって僕らと赤ん坊は救助され、僕とオキナガさんは本部に帰還し、赤ん坊は神祇省付属病院の新生児集中治療管理室へ送られた。

異形厄災霊査課本部は騒然としていた。なぜならば、課長室にいたイザナミ課長が突如倒れ、人間ではなく精巧に作られた人形であったことがわかったからだ。擬人式神であったイザナミ課長は、隠岐正義が消滅したことによってただの人形に戻ったのだ。

僕とオキナガさんは八八式研究所で見聞きし、体験した一切を包まず神祇省へと報告した。八八式研究所で【新コトリバコ】の製造が継続されていたなど、神祇省上層部は寝耳に水であり、今回の一件が、暴走した隠岐正義ひとりによる自作自演であったことが明らかになった。

隠岐正義が語っていた通り、神祇省は、死霊術である【新コトリバコ】を国の守りの手段とすることに対して反対の立場を取っていた。それは何も死霊術に対する単純な嫌悪感が理由ではなく、それが因果レベルで非常に不吉なことであり、将来的に日本国に大きな災いを招きかねないと神祇省陰陽寮が託宣を下したからなのだそうだ。

それは占家に生まれた僕としても納得のいく話であった。

建物ひとつが巨大な呪物と化してしまった八八式研究所は、神祇省が総力を挙げて除染したうえで、いずれ海中深くへ廃棄することが決定された……。


夏の日差しが眩しい。

僕は、島根県の海辺の町に来ている。

島根県に来たのは任務の関係だ。任務は昨日で終わり、僕はすぐに帰らず、人に会うためにこの町へ寄っていた。

待ち合わせ場所の海浜公園の東屋《あずまや》に、僕はひとり座ってペットボトルのお茶を飲んでいた。、帽子を被り、リュックを背負い、Tシャツにパンツといったラフな格好をした女性が、ベビーカーを押して近づいてくる。

初め、誰だかわからなかった。が、その女性が僕の前でベビーカーを止めて——。

「久しぶりだな、ワカヒコ」

と、声をかけてきたことで、ようやく誰だかわかった。

「オキナガさん」

「逞しくなったじゃないか」

と、微笑んだオキナガさんは、現役の頃と比べて少しぽっちゃりしていた。そのせいなのか、それとも除隊して怪異相手の任務を離れたからか、雰囲気が優しくなっている。ああ、いや、違う。それはきっと――。

「ご結婚されたのですよね？」

「ああ。連れ子のいる私を貰ってくれる男がいるとは思わなかったよ」

オキナガさんが、ベビーカーの中に目線を移す。眼差しがひどく優しかった。

ベビーカーには、もう数か月もすれば、ベビーカーに乗るのも終わりであろうという年頃の男の子が眠っていた。

「大きくなりましたね。名はなんでしたっけ」

「ホムタだ」

さすがに〝マサヨシ〟とはつけていなかった。

隠岐正義に憑依されていた赤ん坊を、オキナガさんは引き取って育てていた。当初、培養液の中でしか生きられなかった赤ん坊だが、新生児集中治療室で健康を管理され、体が丈夫になるにつれ、健常な赤ん坊と変わらなくなった。

当時、オキナガさんは、任務の合間、毎日のように赤ん坊の様子を窺いに病院へ赴いていた。退院が決まると、オキナガさんは赤ん坊を引き取ることを決め、長期の育児休暇を取った。育児が落ち着いたら帰ってきてくれると思っていたのだけれど、休暇中に出会った男性と結婚し、そのまま除隊してしまった。だけでなく、結婚相手の実家のあるこの島根県に引っ越してしまったのだ。

今だから言えるが、オキナガさんに密かな憧れみたいなものを抱いていた僕は、ちょっとショックだった。まあ、高嶺の花だったんだな。

「こっちは続けているんですか？」

僕は刀を振る手ぶりをする。

「いいや、やってない。おかげで太ってしまった。健康のためにやりたいのだが、しばらくはあまり激しいのはダメだな」

オキナガさんが、自らのお腹をさすった。微かに、ふっくらと膨らんでいた。

「おめでとうございます」

「ありがとう」

微笑んだオキナガさんの背中のリュックには、マタニティーマークのキーホルダーが揺れていた。

「オキナガさんが幸せそうでよかったです」

本心からこう言った僕だったが、なぜかオキナガさんは寂しそうな表情をする。

「行こうか」

何かを誤魔化すようにオキナガさんは、ベビーカーを押して歩きだした。僕はそのあとについていく。

僕らは、公園内にある桟橋へやってきた。桟橋に立ち、僕とオキナガさんは沖を眺める。島根県の海――未だ除染作業の続いている八八式研究所のある海だ。

僕は紙袋に入れて持ってきたものを取りだす。箱型の船の模型――箱船だった。

箱船には花が詰まっている。

僕はそっと箱船を海へ浮かべた。波に流され、行きつ戻りつしながら、箱船は少しずつ桟橋を離れていった。これは箱船に乗って世界の外側で出ていくことを望んだ七人の子供たちの供養だった。

(ねえ、ルル……)

僕は心の内で海の向こうへ呼びかける。

(僕は本物の大人でいられているかな？　君に誇れる人生を送っているかな？)

そんなことを思っていると、僕の傍らでポツリとオキナガさんが呟いた。

「……悲しいままなんだ」

オキナガさんは流れゆく箱船を眺めていた。

「我が子を亡くしたときから、変わらず、悲しいままなんだ。ホムタはあの子の代わりにはならないし、きっとこれから生まれてくる子も代わりにはならない……」

「…………」

「ホムタよりも亡くなった子を愛しているからじゃない。あの子はあの子、ホムタはホムタなんだ。命に〝代わり〟なんてないんだ。べつの子がいるからといって子を亡くした悲しみがなくなるなんてことはない。きっと私は生涯悲しいままだ」

「…………」

「だけど、申し訳ないんだ。悲しみ続けていることが。ホムタがいるのに、新たに子が生まれてくるのに、悲しみ続けていることが申し訳ないんだ。生きている子にも、死んでいる子にも……」

「…………」

「……なんでもない」

僕はしばらく黙っていたが、こう言った。

「申し訳ないなんて思う必要はないんじゃないですかね」

「そうかな？」

「そうですよ。むしろ、悲しみたいだけ悲しむべきだと思います。〝想う〟とはそういうことだから。それが亡くなった子と一緒に生きるということだから……」

「…………」

今度はオキナガさんが黙った。僕は、箱船を眺めたままオキナガさんの顔を見ようとはしなかった。泣いているような気がして、その顔を見てはいけない気がして。

「だけどな」

オキナガさんが口を開いた。

「悲しみは消えないが、夢は変わったぞ」

「夢？」

「闇の詰まった狭い箱の中に、亡くなった子が入っている夢だ。昔は毎日のようにその夢を見ていた……」

「…………」

「だけど、今は違うんだ」

堰を切ったようにオキナガさんは語り始めた。

「見るのは、広い広い穏やかな海だ。その海に、あの子が浮いている。顔は笑っているんだ。あの子の顔を太陽が照らしている。潮風が撫でている。真っ青な空を海鳥が飛んでいる。波間を跳ねているのはきっとトビウオだ。あの子は決して沈むことはない。だって、あの子は一艘の船なんだ。もうあの子は箱の中に閉じ込められてなんかいない。狭い狭い暗闇の箱を飛びだしたあの子は一艘の船となって、大海原へ漕ぎだしたんだ。どこに行くのかわからない。置いていかれるのは寂しいし、心配だ。だけど、あの子の向かう先には希望がある。新しい世界がある。だって、あの子の顔は笑っている。必ず笑っているんだから……。必ず、笑って……」

オキナガさんが声を詰まらせた。やっぱりオキナガさんは泣いている。

僕はその顔を見ない。

ただ目の前に広がる水平線――空と海を隔てる一本の線へ流れていく箱船を、じっと目で追っていた……。

【解説】

まだら牛

『新約・コトリバコ』という物語は元々、ＴＲＰＧというゲームのシナリオとして作られたものです。ＴＲＰＧはプレイヤー自身が物語の主人公を演じるゲームです。つまり、プレイヤーはイヤサカの一員となって八八式研究所に潜入し、コトリバコを巡る陰謀劇と対峙することになるのです。シナリオといっても細かな筋書きはなく、あるのは舞台だけ。プレイヤーたちが自由に行動し、そこで何を思い、どう決断をしたかによって、物語の展開も結末も千差万別です。これまでたくさんのプレイヤーたちが八八式研究所奪還作戦に挑み、様々な結末を迎えてきました。そのいくつかはＹｏｕＴｕｂｅなどの配信上で行われており、その顛末を動画として見ることができます。

　このシナリオを小説化するにあたって、原作者の僕から手代木先生にお願いしたことはたったひとつでした。「手代木先生なりのイヤサカ隊を編制し、八八式研究所で好きに暴れ回ってほしい」と。こちらから細かく展開を指定して可能性を狭めてしまうのではなく、ＴＲＰＧを遊んでもらう時と同じように、全てを委ねたほうが、僕の想像を超えた物語が出来上がるのではないかと考えたのです。

　そうして生み出された物語は、僕の期待を遥かに超えたものでした。キャラの立った魅力的な主役たち。構成の美しさ。手代木先生の圧倒的な知識量に裏打ちされた重厚な世界観。なのにしっかりと外連味《けれんみ》たっぷりなエンターテイメントに仕上がっている。

何より嬉しかったのは、TRPGプレイでは描かれ得ない、小説ならではの物語として完成されていたことです。特に、物語の核心のテーマと密接に結びついた、主人公・神功オキナガの過去については、あまりの巧みさに「その手があったか！」と思わず膝を打ちました。またTRPGでは構造上、中々語り尽くすことができなかった〝Z〟の子たちのバックストーリーや関係性が、見事に描かれていたことも感無量でした。結末こそ悲しいものでしたが、彼らは皆、本当に「いい顔をして」いました。手代木先生には感謝してもしきれません。

本作は、テロリストの手に渡ったコトリバコを奪還するために派遣された特殊工作員たちのオカルティックステルスアクション（？）です。コトリバコの大本の伝承に魅入られたオカルトファンたちが聞いたら、ふざけるなと激怒するんじゃないかと思うような珍妙な導入ですが、それなりにちゃんと「コトリバコ」という存在と向き合っている……はずです。

子供を犠牲に、大人たちが武力を得るという歪んだ構造。コトリバコ製造法を伝えた男が関わっていたとされる隠岐騒動。自治と抑止力。これらの伝承の中には、令和の時代となった今にも通じるテーマが横たわっている気がします。現代にコトリバコが蘇るとしたら、それはどんな姿をしているのか……そのひとつの解釈が、『新約・コトリバコ』という物語です。

本作以外にも、〝きさらぎ駅〟や〝八尺さま〟などの都市伝説の傑作たちを現代に合わせて再解釈したシリーズ作品があります。気になった方はぜひ、「新約ネットロア」で検索してみてください。次の都市伝説の主人公は、あなた自身かもしれません。

新約《しんやく》・コトリバコ

2024年 4月3日　初版発行

著／手代木《てしろぎ》 正太郎《しょうたろう》

原案／まだら牛《うし》

イラスト／ヨタロー

発行者／山下 直久

発行／株式会社KADOKAWA
〒102-8177　東京都千代田区富士見2-13-3
電話 0570-002-301（ナビダイヤル）

印刷所／大日本印刷株式会社

製本所／大日本印刷株式会社

●お問い合わせ
https://www.kadokawa.co.jp/（「お問い合わせ」へお進みください）
※内容によっては、お答えできない場合があります。
※サポートは日本国内のみとさせていただきます。
※Japanese text only

定価はカバーに表示してあります。

ISBN 978-4-04-897586-5　C0093